我从

雪域走过

俞敏洪 著

NEWSTAR PRESS
新 星 出 版 社

图书在版编目（CIP）数据

我从雪域走过 / 俞敏洪著. -- 北京：新星出版社，
2024.10.（2024.10重印）
-- ISBN 978-7-5133-5759-3

Ⅰ. I267

中国国家版本馆CIP数据核字第2024PK0677号

我从雪域走过

俞敏洪　著

责任编辑	汪　欣		**产品监制**	王秀荣
特约编辑	慕　虎　朱　江		**特约审校**	李佳宁
责任印制	李珊珊		**封面设计**	尤媛媛
版式设计	曹晰婷			

出 版 人　马汝军

出版发行　新星出版社
　　　　　　（北京市西城区车公庄大街丙 3 号楼 8001　100044）

网　　址　www.newstarpress.com

法律顾问　北京市岳成律师事务所

印　　刷　炫彩（天津）印刷有限责任公司

开　　本　890mm×1280mm　1/32

印　　张　11.75

字　　数　240 千字

版　　次　2024 年 10 月第 1 版　　2024 年 10 月第 2 次印刷

书　　号　ISBN 978-7-5133-5759-3

定　　价　68.00 元

发行公司：010-62605166　　总机：010-88310888　　传真：010-65270449

目录

第二部分

序 一

让远方成为生命的乐章

一眨眼，我的藏地之旅已经过去了四个月。

团队有心，把我一路写的文字和直播音频整理成的文字，再加上我原来讨论西藏时留下的文字，合在一起，变成了现在大家手中的这本书。

这不是一本思想之书，也不是一本深度讨论西藏地区历史和文化的书，它只是一本记录了我在西藏行走时的所见所闻、所思所想的书，其中不少关于景点的介绍，都得到了藏地各位优秀导游的帮助。

即使我去过西藏很多次，也对西藏的人文历史、自然风景非常感兴趣，落笔的时候也尽可能谨慎，但书中也不可避免存在一些内容和表达上的错误，如果你发现了，请及时告诉我，我们及时纠正。之所以要出这本书，是因为我觉得，也许有人会和我一样，愿意去青藏高原进行一次难忘的旅行，希望这本书多多少少可以作为一本指导手册。

21天的藏地之行，时间其实不算长，和那些徒步一年半载，深度行走在藏区大地上的修行者相比，我的这趟旅程连"蜻蜓点水"

都算不上，更加没有办法和当地一路磕长头朝拜心中圣地的虔诚百姓相比。

真正的修行不会落入文字，而是把自身的觉悟藏在心里，让自己的生命自在地开花结果，就如高原那些绚烂的野花，在无人关注的高远天空下，自在开放，随风播撒种子，生生不息。而我不仅没有深度领悟，还落入了文字的窠臼，实在有点惭愧。但我一直觉得，记录是一件很重要的事情。小时候，我母亲就一直说："好记性不如烂笔头。"把你经历过的事情落入文字，如春雨滋润大地，孕育出生命，便留下了痕迹。零碎的生命，因为文字连接在了一起，就像一串音符，构成了自己生命的乐章。这些记录，主要是为了给自己阅读。在夜深人静的时候，我有时会翻阅自己的日记，就像在看另外一个人的生命历程。很多事情，在自然的记忆中早就遗忘，却能从文字中找到踪迹，于是，过去的生命与现在联结，又走向未来，让你知道从何处而来，要到何处去。

文字是有力量的，它承载着远古文明的信息，以不朽的符号连接着每一个人的心灵。那些阅读的人，他们吸纳的是人类智慧的结晶；那些用文字分享的人，他们传递的是自己生命的智慧之光。所以，我一直愿意做一个喜爱阅读的人，也愿意做一个乐于分享的人。尽管我的分享，也许只有萤火虫一般的光亮，但总比让自己完全沉寂在无边的黑暗中看不见希望要更好，而希望，永远是个好东西，它是一个人前行的最终动力。

一个人，除了打理好自己的日常，需要有突破自己的勇气，才能让生命拥有一些意外之喜。人类靠理想和渴望牵引走向未来。我生命中的革命性转变，都是来自改变现状的渴望。从农村到北大，从北大到新东方，一次次的改变，都源于我对自己生命丰富性的渴望。人可以有一万个理由不做一件事情，但想要做一件事情，一个理由就够了，那就是：我想做！

藏地之旅，我期盼了很多年，但每次都以各种理由拖延。今年三月份，我对自己说，无论如何要完成这趟旅程。随着既定行程的临近，很多工作像猴子一样爬满身体，以至于我越来越觉得这次藏地之旅或许又会成为泡影。我一直对自己说，六十岁之后要过另外一种生活，一种更加自由的、天马行空的生活，可是现实为什么反而让我越来越受束缚呢？有一天晚上，我对着星空叹息，突然间想明白了，所有的羁绊都不是来自外面，而是来自内心——你不想解放自己，谁又会解放你呢？

于是，放下一切，整装上路，就有了藏地的 21 天旅行。虽然这只是一次小小的尝试，却给了我无穷的启示。当你去到你要去的远方时，远方就不再是遥不可及的地方，它会变成你生命不可分割的乐章。

我相信，这本书给你带来的收获，不是书中的文字和图片，而是你也将背上行囊，上路出发！

2024 年 9 月 1 日星期日

序 二

各位朋友，大家好！

现在我在北京首都机场，马上就要飞往成都，从今天（4月10日）开始，我将开启二十天左右的藏地之旅：自成都出发，从西藏北线马尔康、色达、德格、昌都到那曲，再到阿里，再从阿里前往普兰，到定日、日喀则，再到拉萨，到拉萨后再继续走，到林芝、墨脱，最后返回昌都，从昌都飞回北京，结束这次藏地自驾之旅。

我们一路会进行各个景点的直播，或者通过短视频告诉大家一路的行程，和大家一起分享藏地之旅所看到的点点滴滴，请大家一起来期待这一次精彩的藏地之旅。

藏地自驾之旅是一次对自己内心的承诺，尽管世事纷繁复杂没有尽头，我们的生命却如流水浮云般转瞬即逝。我们常常陷入日常事务不能自拔，精神和心灵的诉求则被忽略，直到有一天才发现，自己再也无力远行。

这次行程，我也差一点放弃，最后终于说服自己，任何羁绊都不应该再成为我放弃的理由，于是毅然决然出发，走向高山大水，奔赴圣洁高原，在蓝天白云下，洗涤自己的灵魂，考验自己的体魄。

人生其实一直都在路上，或结伴奋发，或孤独前行，或风雨无阻，或坚毅攀登，要用乐观的心态面对不确定的明天。

莫愁前路无知己，天下总有同心人。

第一部分

马尔康、色达、德格、昌都、那曲、阿里、

日喀则、拉萨、林芝、墨脱……

藏地之旅带给我的，

不只是思考，更是觉悟。

第一天

羌管悠悠霜满地

（2024 年 4 月 10 日）

今天是藏地之旅的第一天。

上午十一点，我们从成都双流机场出发，开车奔向第一个目的地——汶川县城。

走出成都拥挤的车流，上了都汶高速，两边山势开始险峻，壮美秀丽。中午一点，到达了一个叫作大禹农庄的地方，美美地吃了一顿农家乐美食，然后到达汶川县城，在大禹塑像下开始直播。

据说汶川是大禹的故乡。汶川地震后，在广东的支援下重新建设，城市面貌焕然一新。经受了灾难的考验，汶川人多了一份淡定和从容，增添了面对生活的坚毅和勇敢。我们参观了布局非常合理的城市广场，滚滚的岷江水从旁边流过，激浪翻滚，流向成都平原。我不禁感叹沧海桑田，世事如梦；人类繁衍，生生不息。

离开汶川，我们到达了理县的桃坪羌寨。羌寨已经有两千年的历史，羌族人民自北方草原迁徙而来，定居在岷山山区，创造了独特的羌族文化和传统。自古以来，羌文化就和汉文化互相交融，

"羌笛何须怨杨柳，春风不度玉门关""羌管悠悠霜满地，人不寐，将军白发征夫泪"等诗句就证明了这一点。

我们参观了古羌寨。古羌寨的建筑具有独特风格，历经两千年而不倒，经受了强地震的考验，不能不说是一个奇迹。古老的房子里至今依然充满烟火气，流水潺潺，炊烟袅袅。羌族的建筑互相依靠，互相连接，象征着这个民族团结共存的精神。这是一个值得大家来的地方，不仅能让人感受到历史的韧性和活力，更能让人感受到人间烟火和对生命的乐观。过去了的不会再回来，但现在和未来依然可以期待。

晚上七点半，我们到达卓克基土司官寨。卓克基土司官寨既是历史上土司官寨的样本，也有着革命教育的意义。在长征路上，红军曾经在这里战斗，并且驻扎了一段时间，为走向延安积聚能量。据说阿来老师的《尘埃落定》一书，灵感也是来自土司官寨。

当黄昏来临时，官寨对面的西索民居更显风情，安静的藏寨，奔流的溪水，一位80多岁的老人邀请我喝茶、聊天。马尔康是阿坝州的首府，是梭磨河边的美丽城市，梭磨河穿城而过，让城市美丽的倒影随流水传向远方。山里人的心永远和世界相连，封闭的大山，养育了嘉绒藏族人开放的心灵。

游览了马尔康美丽的夜色之后，晚上十点，我和阿来老师进行了一场连麦对谈。对谈安排在马尔康的阿来书房，谈他的家乡、他的成长、他的心路历程。对谈结束，已是半夜，微雨朦胧，夜色正浓，雨色中的马尔康，拥有山区小城特有的干净而不可抵抗的魅力。

这一天，我很累，但很开心。不管怎么过，日子都会过去，也许这一天是值得纪念的一天。看着夜半马尔康的城市灯光，我和你在这里说晚安。

桃坪羌寨

去理县桃坪羌寨的路上，我的脑海中始终萦绕着两句诗，一句是"羌笛何须怨杨柳，春风不度玉门关"（唐王之涣《凉州词》），另一句是"羌管悠悠霜满地，人不寐，将军白发征夫泪"（北宋范仲淹《渔家傲·秋思》），思绪不时飞到唐宋时期的边塞。

每次旅行出发之前，我都会做些功课，不然到了景点就会两眼一抹黑，成了走马观花。我从资料中了解到，四川的阿坝州和甘孜州，是羌族最集中的地方，而阿坝州不仅有羌族，还有藏族。在理县这个地方，藏族和羌族是分开居住的，县城以下居住的是羌族，县城以上则是嘉绒藏族。阿来老师曾对我说，嘉绒藏族是由藏族、羌族、汉族包括其他民族在这个四通八达的交通要道上互相融合形成的一个民族。

在古代，理县是南北贸易和东西贸易的交会点，比如从成都平原到北部藏区，是必须经过317国道的，当时叫作"上下走廊"；比如从北部的甘南地区到南边的成都平原，这里也是枢纽和走廊。

来到桃坪羌寨，导游小易接待了我们。

小易告诉我，在这条藏羌走廊上，星星点点分布着81个藏寨羌乡，而桃坪羌寨是理县的第一个寨子，也是其中最出类拔萃的一个寨子。它承载着羌族的文化传统和习俗，可以说是"文化传承的活化石"，是代表羌族历史的标志。

据考证，桃坪羌寨始建于公元前111年，到现在已有两千多年的历史。朝廷当时定下一个政策，就是"羌人南迁"，也就是让羌族人从甘南草原一带往南边迁移。羌族吹唢呐的传统，我推测应该也是那时从北方带过来的。

"桃坪羌寨"四个字中，最核心的是"羌"字，因为"羌"是

中国非常古老的民族之一。在古代，羌族的分布十分广泛，据说在汉朝的时候，今天甘肃一带以及青藏高原北部，甚至蒙古大草原都有羌族的分布，后来因为匈奴势力强大，为了躲避战乱，羌族慢慢往四川那边迁移，逐渐跟藏族人民居住在了一起，变成了"藏羌一家"。

桃坪羌寨的特点是依山傍水，居险要之地，这样一来，既能够自卫，又能够生产生活。小易介绍说，整个寨子是由13条巷子和108栋石头房子组合而成的，是完全整合在一起的一个整体，而它最初其实是从几户人家慢慢演变出来的。理县距离汶川大约只有34公里，但汶川大地震的时候，桃坪羌寨基本没受太大影响，整个寨子也只有一两堵墙有些松动，可以说是个奇迹。桃坪羌寨之所以如此抗震，秘密就在于"团结"——这里的房子都是户户相连的，因此有了"互助墙"，也就是互相帮助扶持的意思；100多栋房子完全连在一起，坚固无比，不仅能够扛得住地震的冲击，还能够历经千年而不倒。形成鲜明对比的是，当地老百姓自己建造的20多栋新房子，在地震的时候就被一夜之间夷为了平地。可见还是古人的技艺更加高超，目光也更加长远，他们在建房子的时候，就已经考虑到了可能出现的极端情况。羌寨采用这种建造方式，另外一个原因是，这片区域可以利用的土地比较少，家家户户必须紧密地连接在一起。由于桃坪羌寨的这种特殊的建筑结构，美国西点军校还把它作为一个案例列入了教科书。

令人惊讶的是，寨子里还有精巧的地下水网系统。13条巷子里

面，每户人家门前或者屋后都有水道，上面有一个盖板，盖板搬开就可以随时取水。这个水道的另一个妙处是它实际上还是一个逃生通道，它的高度和宽度足可以容纳一个成年人通行。在战争年代，万一遇到致命危险，全寨人可以通过这个通道逃生。

为了承载桃坪羌寨的商业经营活动，当地也在兴建新寨子，主要用来做饭店、民宿、休闲场所、酒吧等。新寨子的整体建筑风格和老寨子也是保持一致的。

桃坪羌寨共有一百多户人家，他们每户人家都可以在新寨子中修建房子，但老寨子那里的房子也是有人居住的，并没有完全开发成旅游区，因为那种老房子如果没人居住，毁坏的速度会加快。

为了分流游客，进入老寨子是需要买门票的，因为老寨子年龄太大，承载能力有限，人太多的话房子会加速老化，而且这也是当地老百姓的收入之一——两千多年历史的古建筑和文化传承，外地来的人用购买门票的方式适当支持一下当地的发展也是合理的。

接着我们参观了老寨子中的杨家大院。杨家大院是寨中土司头领的房子，它的传人杨伯亲自给我们做了介绍。

杨家大院内道路七歪八扭，曲曲折折，是一座迷宫式的建筑。杨伯介绍说，杨家大院共有72道门，寓意"七十二行，行行出状元"。这些门的门框设计得都比较矮，男女老少经过这里，都得低头才能过去，寓意是"人在屋檐下，不得不低头"。杨家大院的堂屋，特点是"一条线，三道门"，分为上中下，门槛越高，级别越高：堂屋的中道门，门槛最高，是给上层人走的；两边的门，是给臣民走的；还有一道门是给下层人走的。杨伯把给下层人走的门关上了，因为他认为现在早已经没有下层人了，如果让成千上万游客走那里，是对他们的不尊重。

从杨家大院出来后，我不禁感慨，桃坪羌寨不只是"活着的文物"，也是活着的文化，更是活着的文明的一部分。这个地方老百姓的生活可以让我们推想到千百年之前当地老百姓的生活状态，那时尽管不如现在这么现代化，但小巷子里依然流水潺潺，柳树依然枝叶繁茂，鲜花依然在春天开放，人们的衣装依然多彩多姿。贫瘠的土地承载着羌族人民对美好生活的期盼。

（此景点直播导游为小易，特别鸣谢！）

卓克基土司官寨

离开桃坪羌寨，我们沿着317国道一路西行，一小时后来到了卓克基土司官寨。导游扎西带我参观了这里。

卓克基土司官寨整个建筑群始建于元朝，到现在已经有七百多年历史，是国宝级文物保护单位，被誉为"建筑史上的明珠"，堪称土司官寨的样本。毛主席在长征的时候曾住在此处，他说这是整个长征途中他住过的最有特色的地方，还留下了"古有郿坞，今有官寨"的评价。

扎西介绍说，官邸建筑主要由石、木、黏土三种材料建成。木头就是松木，几百年都冒着松香的味道。官邸一共有五层，每一层的拼接没有用过一个铆钉，这样一来，发生地震的时候，楼体就不会脱节。

这里仍保留着1896年和1938年由英国摄影师拍摄的官寨照片。从照片上看，卓克基的外形没有太大改变，包括门口的照壁，都与从前一样。但碉楼是不太一样的。碉楼以前有九层楼25米高，里面没有木柱，纯粹是用石块一层层垒上去的。它的整个外形是往外倾斜的，当地藏族工匠说，这是为了防止碉楼垮塌把官邸压住。虽然历经地震和其他灾祸，碉楼现在只有五层了，但依旧让人不由地感叹，这个比比萨斜塔斜得还要厉害的建筑，居然能历经百年而不倒。

卓克基的第一座官邸始建于公元1286年，这个家族在这里共传了17代，而土司制度也延续了六百多年。清政府曾经在这里执行了一个政策，叫作"改土归流"，但这个制度在阿坝州引起了土司和老百姓的反感，因此并没有执行彻底。改土归流，就是收权力的意思。中国古代常常实行分封制，比如明朝的时候，朱元璋会把他的子孙分封到各地当藩王。但藩王的权力如果变得太大是有问题的，比如朱棣就造了建文帝的反，自己当了皇帝，所以后来这些皇子皇孙分封以后，就只有"享受权"而没有行政权了，行政权放到了地方官手里。改土归流也是这样，本来行政权百分之百在土司手里，中央政府只能跟他商量或者听之任之，但清政府派地方官过来接管行政事务后，土司就只能享受待遇而不能干涉国家行政事务了，这等于把土司的权力剥夺了。

扎西告诉我，官邸有大小63个房间，其楼层的分布也体现了土司的权力：一楼主要是土司的下人、护院（也就是家奴）生活的场所，有一百多号人。二楼主要是用来接待国内其他地方来的客商。三楼是土司一家人生活和办公的地方。四五楼是佛堂，供奉释迦牟尼、十八罗汉等，雕梁画栋，精美异常。五层建筑以楼梯相连，非常有藏族传统特色。整个楼梯倾斜80度左右，旁边还有三个木梢，木梢抽下来以后，脚踏板就会自动往下脱落，人就上不去了。所有官邸旁边都有碉楼，也有密道相通，如果遇到危险，土司有时间可以离开，因此具有极佳的防御功能。

1935年7月，中央红军来到了这里，在这里召开了会议，休整了一个星期。在卓克基时，中央红军召开了以讨论民族政策为核心议题的会议，据说这也是后来我国民族政策的一个来源。当时我们党最大的一个政策改变，就是要团结少数民族，而不是对抗，后来一路越来越顺利，一个重要原因就是跟少数民族建立了和谐的互存关系。

现在的土司官邸已经成为旅游胜地。这里每个月都有锅庄节，本地的嘉绒锅庄被誉为锅庄的典范。马尔康也是锅庄舞的故乡。我

们在土司官邸第一层可以看到年轻帅气的藏族小伙制作的唐卡，也可以看到老师傅制作的精美的银器，还能看到藏康刺绣等文创产品，还有四个土司官寨的模型，供游客整体了解相关知识。历史与现代的结合，为这座古老的建筑赋予了更多的生命力。

在官邸中，可以看到川西地区18个土司地域的分布图，以及诸多土司的照片和讲解。当时的卓克基土司，主动废除了奴隶制，还把官寨交了出来，是一个很开明的土司。

卓克基土司官寨的对面，就是美丽的西索民居，充满了人间烟火气。到卓克基来，除了看卓克基土司官寨，看西索民居也是一大乐趣。

"西索"翻译过来的意思是"岗哨"，也就是说，这里原来是为土司官寨站岗的地方，后来演变成了一个村庄，目前有一百多户人家。现在这些民居主要是用来做农家乐，接待游客。村落旁边的潺潺小溪流淌了千年，听一听流水的声音就能让人心情平静。

小巷的藏式嘉绒建筑保存完好，正面看上去，整个墙面是个弧形。这种建筑在藏区非常有特色，下面宽上面窄，里面是木质结构，当地叫作"琼楼式建筑"。遇到地震的时候，这种建筑结构会往里挤压，不会倒塌。汶川大地震的时候，这里的房子也有摇晃，但是影响并不大。扎西说，现在看来这种手艺是越来越难了，藏区墙面是弧形的房子越来越少了。

春雨潇潇中，我们走在曲折的小巷里面，两边是漂亮的藏式建筑，一边是溪流，一边是咖啡厅，还有民居和民宿，这一切真是美好。如果有机会，大家一定要去马尔康的卓克基土司官寨和西索民居看一看，我觉得这是沉浸在历史中的思考，也是回到现实中的享受。看到这里老百姓安宁的生活，我也深感开心。让我们一起来享受现代社会的安宁给人们带来的美好生活吧。

（此景点直播导游为扎西，特别鸣谢！）

阿来：突然间泪流满面

阿来，藏族作家，历史上最年轻的茅盾文学奖获奖者，近年来连续获得诺贝尔文学奖提名。代表作有《尘埃落定》《格萨尔王》等。

俞敏洪：阿来老师，我现在在你的家乡马尔康，想聊聊你的成长。你的家乡在马尔康以北大约 50 公里，再往前走就快到红原大草原了。

阿　来：那个地方海拔 3200 米，是农耕区和游牧区的交界地带。在老家的小山，我们春天就种一季青稞，大部分时候放牧。我小时候的大部分时间都在放牧，男孩也不学种粮食，觉得种粮食是妇女干的事情。

俞敏洪：你放牧的时候怎么学习文化知识呢？

阿　来：共产党来了，我们就上学了。我 1967 年上小学，第一年上预备班，老师带我们讲汉语，第二年才开始听课。课本发到手里是《我爱北京天安门》，我们就从这本书开始学。

俞敏洪：你的汉语是什么时候学得这么好的？

阿　来：当时教我们的老师是四川人，用四川话说"毛主席万岁，我爱北京天安门"。我们的老师也没学过普通话。所以我学过两次汉语,第一次学的是四川话。后来我上中学了,到了县城才学的普通话。到了马尔康,我不光在那儿念书,还在那儿当过三年老师。

俞敏洪:你上大学也是在马尔康?

阿　来:我没上过大学,上的是中专。1976年我初中毕业,那时候都要上山下乡,而且我是农村出身,毕业都得回到农村。我家里负担很重,八个兄弟姐妹,我是老大。那时候我觉得回去打份工也能帮父母减轻一点负担,就回去了。结果回去一年后,1977年恢复高考,我去考试居然考上了。我当时是初中学历,不敢考大学,就考的中专。我一直不断学习,后来对学历教育有点怀疑,就没有再上学。我最后的学历还是中专,后来到马尔康教书。马尔康那时候大概只有一万人,我老家那个村有两百多人。

俞敏洪:你到马尔康来上学、工作,留在马尔康教书,后来又回家乡去了吗?还是难得回去看看?

阿　来:1977年我考上中专,父亲帮我缝了一双鞋,他一边缝这双鞋一边说:"儿子,我很高兴,你考上了。"恐怕大家猜不到我父亲接下来会对我说什么,他说:"你要有出息,不要再回来了,你就当我没有了。"那个时候的家乡,不给你提供任何可能性,我们家好像跟祖祖辈辈在这里的人有点不一样。父亲缝这双鞋,不是让你回来的;而你将来有可能走到哪儿，他也不要求你。

俞敏洪：实际你父亲不愿意你回家乡的期望，促成了你后来更大的成功，因为远离家乡就要自我奋斗。

阿　来：多少有一点。他是我们那个村唯一出去当过兵，少数见过世面的人。他拿鞋给我的时候说，"你不要回来，不要想在这个地方还有家人这件事情"。

俞敏洪：你在马尔康待了至少十年，这里给你带来一种怎样的滋养？我觉得这座城市特别美好，夜景非常漂亮，但是你当时在这里时应该不是现在这样。我今天在外直播两个小时，遇到了八九个当地的朋友和领导，开口闭口就是阿来，马尔康因为你的存在而充满文化气息和底蕴。这让我感觉到，作家可以为一个地区奠定文化基础，就像鲁迅把绍兴变成大家想去的地方。很多人来到马尔康的目的，是想来寻找阿来老师的足迹，我今天去卓克基土司官寨，也是因为《尘埃落定》，想看一看你生长的地方，看一看你经历过的、考察过的，给《尘埃落定》提供灵感的卓克基土司官寨。我一点都不说假话，《尘埃落定》是我读过的小说中最喜欢的。

阿　来：1949 年的马尔康，曾是一个宽广的平原，叫三家寨。三家寨的意思是只有三户人家。为什么叫"马尔康"这个名字呢？它是一个寺院的名字。马尔，藏语意思是"燃烧"；康，藏语指"某地、某处"。"马尔康"的意思就是除了三家寨，还有一个寺院，这个寺院里面香火旺盛，点了很多酥油灯。

俞敏洪：他们今天告诉我，"马尔康"的意思是火苗升起的地方。

阿　来：其实就是点亮很多酥油灯的地方，寺院的灯火很旺盛。1949 年后，这里建立了马尔康县。那时候阿坝州建在北边的草原上，那里海拔太高，后来想到海拔低一点的地方，就从海拔 3000 多米的地方迁到了 2000 多米的地方。

俞敏洪：你在马尔康的时候，那地方还很落后，对不对？

阿　来：也已经好多了。我是 1959 年出生的，马尔康那时候已经开始建设几年了。我在草原边的老家的村小学读到五年级毕业，后来老师告诉我，毕业照必须到乡里去照，只有乡里有照相馆。我第一次走了 5 小时的路，到达我们的上级行政区，那个乡政府大概有千百个人，那是我第一次觉得到了大地方。

俞敏洪：那算你在那时候走出的最远的距离了，对吗？

阿　来：那是第一次。后来我去到县城，再之后自己经历的人生，我从未设想过。我办《科幻世界》杂志，觉得现在经历的一切都是"科幻世界"。

俞敏洪：你在马尔康工作的青年时期，对你未来的文学创作之路，包括创作《尘埃落定》这样的优秀著作的影响是什么？

阿　来：那个时候我师范毕业，在乡下工作几年以后，被调到马尔康中学做老师。我在那里教了三届学生，而且我是学校的优秀教师。那时候非常缺师资，我是最好的老师，学校领导发现我是个会教书的人，就让我们几个老师搭起一个班子，只教毕业年级——那时候大学毕业是包分配的。那些老师中我是唯一的本地人，我记得教英语的是武汉人，教化学和物理的是上海人，他们的年纪都比我大。我教高中毕业年级，发现了一个问题，教了第一届觉得有意思，第二届我再改进，第三届继续改进……高中历史就薄薄这么几本，我一想就觉得恐惧：这辈子就被这几本薄书耗完吗？

俞敏洪：对现实不满意味着走向未来的开始。

阿　来：我刚好对历史有兴趣，但是我教的历史都没有回答我感兴趣的问题，它们回答的是大历史、世界史的问题，里面有古埃及历史，有美国独立战争，但没有我的家乡马尔康。我对马尔康的历史一无所知。

俞敏洪：所以你开始研究马尔康和周边的历史？当时我记得你研究了好长一段时间的土司历史。

阿　来：因为马尔康的历史就是土司的历史，后来光是马尔康还不够，我就把它扩展开。马尔康当时没有县的建制。我的老家叫梭磨，那是一个大土司的名称，下面还有一个党坝土司。

俞敏洪：党坝土司与你小说中的女土司刚好吻合吗？

阿　来：藏族的观念当中不太分父系和母系，所以每一家没了男性后人，就由女性来继承，反之也成立，他们只是要保持下去。汉族的姓，一定是男性家族这边的，但是我们嘉绒藏族看重的不是姓，而是建筑。我们的房子不能变，必须在这个房子里面完成一代代的生活，所以藏族的姓与汉族的姓有微妙的区别。我们的姓直译过来的意思是"房名"。

俞敏洪：家族传承的名字，传着传着不就乱了吗？

阿　来：那没有关系，只要是从这个房子里出来的后人，就是保持始终如一的，因为这个房子里的东西没有变。

俞敏洪：到底是哪一刻，你脑子里突然冒出要写一个土司故事的想法？

阿　来：我教历史时产生过一个想法，我讲授古希腊、古罗马历史，再到英国工业革命、法国大革命、美国独立战争，然后讲中国历史，比如夏、商、周历史，解决了大问题，但没有解决我的问题。我就去听老人讲我们这个村的历史。

俞敏洪：我觉得这个真的说到点子上了，因为读大历史的目的也是为了解决视角问题。

阿　来：对，了解历史可以"知所从来，知所从去"，但是我教的历史没有解决我自己"知所从来，知所从去"的问题。

俞敏洪：你说得太对了，我们现在学的很多知识都是"不知所从来，也不知所从去"的东西，表面上学了一堆知识，其实跟我们的人生、个人的发展以及我们与社会的对接没有太多关系。《尘埃落定》先有一个大框架的历史，最后落到某个个人的命运史，而个人的命运史加起来才是历史的本源，才是历史有血有肉的展示。你个人觉得，为什么《尘埃落定》这本书值得大家读呢？

阿　来：这本书就是解决了小历史的问题。我觉得大历史没有错，但是我们和大历史的关系到底在哪里？我们并不知道。当中学老师有个好处是有假期，每年寒暑假没事干，我就下乡去。我们这个地方到底是怎么来的，后来怎么样，较近的历史当然比较明确，但追溯到五百年前，谁都讲不清楚。于是我试着写一部小历史，讲我们这里两三百年来大概的情况。用现实的手法写历史是一种写法，然而有一天我在想，能不能把历史写得更美好一点、更浪漫一点？

俞敏洪：我觉得这真的是一件很棒的事情，历史学家写真实的历史也许会有难言之隐，或者真实的反映有可能不被接受，那么用小说的方式"假作真时真亦假"地来写历史，反而是一种更好的表达。从这个意义上来说，我觉得《红楼梦》是一部历史，《水浒传》是一部历史，《尘埃落定》也是一部历史。你觉得是这样吗？

阿　来：当然，我想，用小说的方式写出来，大家也会欢迎。我写了很多土司的故事，研究了马尔康十八家讲嘉绒方言的土司的历史，后来因为各种禁忌，我怕有人对号入座，于是就只写其中一家。

俞敏洪：小说高于真实，但是又反映了真实。

阿　来：对。这里有两个原因，我写文学作品，不论是写黑暗还是光明，我的动机是想展示历史的真实，不被任何人恶意揣测；而且我并不打算反思什么，我只是想反映当时人们的真实生活。

俞敏洪：你用超现实的手段反映现实的真实情况。

阿　来：我曾经有一段印象深刻的经历。在巴黎，我与在同一家法国出版社出书的作家对谈，他也是写故乡的。这个法国作家展示了一把钥匙和一张地图，他说这张地图是他老家的，这把钥匙是能打开他祖先房屋的钥匙。我想让他带我去他老家，他说他不能回去，因为他写了本小说，把老家的人全得罪了，回去会被揍。

俞敏洪：至少你回到马尔康没有人想打你，你写的土司的后代有的已经不在了，有的已经到国外了。

俞敏洪：现在我手里拿着《云中记》。今天刚好去了汶川，在那里做了直播，看到了汶川县城的新气象。《云中记》是让我感动的第二本小说，这个故事发生在因为地震而废弃的山村，一位老人震后回到村庄，因为对村庄历史的怀念和留恋，不愿意从村庄中出来，想跟村庄共存亡，最后一起灰飞烟灭。这给我内心带来很大的震撼。你当初为何想起要写《云中记》？是因为地震带来的创伤需要愈合，还是你觉得从作家的大爱情怀来说，想通过这样一种表达，来弥合地震灾害给人和自然的关系带来的裂痕呢？

阿　来：从汶川地震发生的那一天开始，我就在沉思。当时我有一辆三菱吉普，第二天就开到震中了。我能做的只有联络周围的朋友，在吉普车后备厢塞满东西，尽可能开车接近灾区，开到无法向前的地方，就把这些物资散发出去。震后第三天我就到了震中映秀镇，见到了这种场面：建筑的木制板揭开一层，下面有七八个人。那时，六层楼最多有三层还留在地表，地震发生的那天晚上，地表能挖出的人就挖完了。地震救援有黄金 72 小时，那几天出现了很多奇迹。大概第四天晚上，救援停止了，旁边的探照灯突然一关，部队、消防队、志愿者都停下救援，回到了帐篷里。很多人没有地方可以休息。那时候还下着小雨，我非常困，但是睡不着。那天晚上我就想，原来死亡是一瞬间的事。在映秀镇，半山上挖一层土，下面埋着一二百个人，撒一层石灰盖一层土，又盖住一二百个人。那个镇死了六七千人。当时，众多死亡给我带来了太大的震撼。后来我想，死亡只能是悲苦吗？死亡只能是哭泣吗？过了十年，我也不敢确定。后来我有点相信，可能那个世界是真的，就写了《云中记》。

俞敏洪：其实是了你的一个心愿？

阿　来：十年来的一个心愿。汶川大地震十周年纪念日，那天成都市拉紧急警报，我在写《格萨尔王》，突然间泪流满面。当时，我见到埋着的一两百人，一滴泪都没有流过，那时候干的都是很实际的事，把他们埋在坑里，洒上石灰，第一是表示礼敬，第二是不要让病毒传播扩散。十周年的那天中午，我老婆、儿子发现我有点反常。我把书房反锁，一个人在里面哭了半个小时。

俞敏洪：所以我个人感觉，《云中记》的文字结束，把你的心愿完成了，也把你心灵中难以安放的东西放下了。

阿　来：放下了。

俞敏洪：谢谢阿来老师。现在已经快到晚上十二点了，谢谢你这么累还和我连线对谈。我们下次见面再聊。

阿　来：好的，谢谢你，谢谢所有朋友。

第二天

桃花源在我们心里

（2024 年 4 月 11 日）

今天是藏地之旅的第二天。

昨天住在马尔康，早上起来透过房间窗户俯瞰马尔康全景，山腰白云飘舞，城市安宁美好。在中国的高山大水中，隐藏着不少像马尔康一样的城镇，体现着人们勇往直前的精神，也呈现着人们乐天知命的达观。

早餐后出发，一路向西，今天的目的地是色达。汽车在高山大水间穿行，道路不算难走，我们到达的第一个景点是松岗镇的碉楼古堡。山顶上的土司官寨曾经辉煌无比，但如今西风残照，只留下两座巨大的碉楼孤独地俯瞰人间，在废墟上感叹着人间沧桑。倒是古塔下的百年石屋村落古街，借助文旅的东风恢复了活力，成为民居和咖啡厅，为游客提供方便。在山上看松岗河谷，如桃花源般美不胜收。其实，桃花源就在我们心里，也在我们的远行中。

离开松岗镇，沿着大渡河支流杜柯河一路西行，我们到达了金川县的观音桥镇。沿着陡峭的盘山公路上行几公里，就来到了著名的观音庙。这是阿坝久负盛名的佛教圣地，供奉观音菩萨，据说从七世纪起就香火不断。这里令人印象深刻的，不仅是依山而建步步登高的寺庙，还有周围绵延不绝高远纯净的雪山。肉体陷入日常烦恼不能自拔的人类，需要寻找一种精神的寄托来摆脱绝望，或从自然中，或从信仰中，而此地正好把信仰和自然融为一体，能够给人带来慰藉。回到小镇广场，巨大的煨桑塔冒着缕缕青烟，向神灵祈求平安和幸福，而潇洒的锅庄舞又传递着人类对于红尘烟火的依恋。

　　饭后我们沿着317国道一路前行，到达了甘孜地界。甘孜的朋友用热烈的藏戏欢迎我们，并把我们带到了第一个景点——翁达镇格萨尔藏寨。藏寨是木石结构，姿态挺拔，造型独特，据说是模拟了披戴盔甲的将军。藏族人民以非常丰富的美食招待了我们。随

后我们继续向色达前行。路上遇到了一群藏区的猴子聚集在马路边上，因为被人长期投喂而变得毫无个性，充满媚态。

到了色达，我们先去了佛学院，去感受那里的环境和气氛，但由于某种原因不能直播，也不方便发短视频。日后如果你有时间，可以自己来看看，会有某种感悟。色达海拔约 4000 米，尽管我毅力足够，但高原反应还是如期而至，头疼脚软。黄昏来临时，色达气温骤然下降，我穿了两件外套，依然寒气逼人。为了感谢当地招待，我还是进行了两场直播，一场是对色达格萨尔文化艺术中心的宣传，一场是和甘孜网红局长刘洪的对谈。

直播结束已经是晚上十点多，夜色中的色达，灯光星星点点，在寒夜里让人感到安心。许多来高原的人，大概能体会到什么叫肉体的地狱、灵魂的天堂。人其实并不怕吃苦，就怕灵魂陷入泥淖不能自拔。那么多人来青藏高原，在肉体受苦的同时，都是为了寻找一种蜕变和净化，以期达到一种更丰盈充实的生命状态。面对雪山圣湖，有人过分美化，有人望而却步，如果你不亲身来试一试，怎么知道他们和你的生命会有怎样的交集呢？

我在海拔 4000 米的高原和你说晚安。

观音庙

这趟旅行，阿坝州是第一站，甘孜州是第二站。阿坝州和甘孜州都在四川，过了甘孜州后到达昌都才算真正进入西藏自治区。

地处马尔康与色达中间地带的是金川县。金川县的历史非常悠久，可以追溯到隋朝，而且那时候就叫金川，一千多年来这个名字始终没有变过。金川据说是九只孔雀饮水、十八条金龙飞起的地方，历史上发生过非常多故事，比如乾隆皇帝两次平定金川，从1747年到1776年，在将近30年的时间中，乾隆皇帝在这里投入了大量人力物力，来平定羌藏人民的反抗。平定金川后，清政府在这里"改土归流"，加强了中央的统治。但正因为双方对抗，金川反而是跟中原王朝结合得比较紧密的一个地方。

从马尔康出发，沿着317国道往西走一个多小时，就到了有名的观音桥镇。之所以叫观音桥镇，是因为山顶上有一座非常有名的寺庙，叫观音庙。这里已经成为317国道上旅游的必经之地，观音桥镇也因此变成很多游客的打尖之地，热闹了起来。

路过这里，青藏高原大山大水的雄壮开始显现。观音庙并不在山脚下，要经过很长一段距离的盘山公路，一直到达山顶，才是寺庙的所在地。从寺庙平台上极目四望，群山环绕，景色辽阔壮美。观音庙依山而建，层次分明，红色寺庙加上蓝天的背景，神圣之感扑面而来。景区的工作人员、壮族小伙子王小谷给我做了讲解。

小谷告诉我，这里的地名之所以带有"观音"两个字，是因为据说这里曾经从地里挖掘出一个天然形成的四臂观音像，也叫作"天成观音"。这是一个流传了1300多年的美丽传说。

传说绰斯甲（金川周边地区的旧称）有一个叫喜饶坚赞的修行者，他到西藏求教上师的时候，上师告诉他，他的家乡六山环绕之地会出土救苦救难的观音菩萨，还说黄牛卧地七天的地方，就是这个祥瑞之地。

在喜饶坚赞拉着黄牛回家的路上，经过一个叫"嗡嗡"的寨子时，黄牛卧地了。他觉得这里应该就是祥瑞之地了，便借住在了当地一个名叫克基者的当地人家里面。

克基者弟兄三个，其中有一个是农民，他耕地的时候，犁碰到了一个东西，但并没在意，以为只是碰到了石头，但当第三次碰到的时候，觉得有点古怪，就回去告诉了喜饶坚赞。喜饶坚赞想，这或许就是上师所说的祥瑞之石，就跑到地里开始挖，最后挖出了一个非石非土非金天然形成的四臂观音。

听到这个消息后，这里的信众就都赶过来了。大家想把这个四臂观音抬起来，结果却怎么都抬不起来。喜饶坚赞占卜以后说，他的妻子是白度母的化身，焚香更衣以后来到这里跪拜，四臂观音就能缓缓升起来了。于是在绰斯甲土司的主持之下，当地的信众都见识到了最原始的四臂观音像。

供奉四臂观音像的地方当时只是一个小房子，后来为了保护文物，就建成了寺庙。现在的观音庙是在原来的基础上扩建的。

观音庙的正殿，建筑风格有点像布达拉宫。小谷说这是从拉萨那边请过来的技师和匠人按照布达拉宫的格局建造的，从唐朝到现在，也就是从松赞干布和文成公主联姻的时候开始，传承了1300多年，只比布达拉宫稍晚了一些。

拾级而上。台阶旁边的台子和斜坡上存放着大量刻画。刻画上面的经文并不是机器印上去的，而是人工雕刻的。在古代，这个地方没有书，也没有笔，这些刻画就相当于一部部书，承载着传承文

化的使命。北京房山云居寺石经洞，就保存有大量刻有佛教经典的石板，经历了历朝历代的战火考验。

藏族的很多人会在孩子很小的时候，就把他送到寺庙里当小喇嘛，比如宗喀巴大师，就是在七八岁的时候被父亲送到了庙里，最后成为一代大师。

我们一般以为小喇嘛在寺院里面学的只是佛教经论，其实不是，他们要学的东西还包括天文、地理、历史，还有藏医等，相当于我们汉族学的语文、数学、化学、英语等科目。很多人只知道有中医和西医，但其实还有藏医。藏区有中藏医院，也就是藏医和中医结合的医院。藏医其实非常高明，我昨天在卓克基土司官寨里面看到了一整套藏传医学中用来动手术的器械，据说这门技艺十八世纪的时候就有了。

所以，其实很多人去庙里是为了学习，因为当地只有在这里才能学到知识。

有些小喇嘛长大以后会回到世俗中结婚生子，当然也有一些人选择继续留在当地寺院，还有一些人选择去其他寺院深造、修行。我在甘南的时候碰到了一个家庭，他们兄弟三个，小时候都进庙里当小喇嘛，后来老大成为一个寺院的主持；老二则还俗，成了公务员；老三后来喜欢上了画唐卡。

参观完观音庙，我们又依山而下，回到了观音桥镇。观音桥镇的广场上，有一个巨大的白色煨桑炉，据说是藏区最大的，有十几米高，里面袅袅娜娜冒着青色的松烟，这是藏族人民和自己的神进行沟通的语言。在广场上，当地的老百姓跳着锅庄舞，我一时兴起，也跟着跳了一会儿，虽然一直踩不上节奏，但自得其乐。当地朋友又安排我参观了非遗文化的展览，参观结束，又特意在小镇对面山坡上的农家乐请我们吃了非常好吃的藏餐。

（此景点直播导游为王小谷，特别鸣谢！）

格萨尔文化艺术中心

从观音桥镇出来，沿着 317 国道西行，下一站是色达。因为五明佛学院的存在，色达已经成为全国闻名的特色旅游目的地。

在从 317 公路拐到色达的岔路口，有一个小镇，叫翁达镇。翁达镇是当初茶马古道的必经之路，小镇上的藏寨建筑别具特色，和普通的藏式建筑有明显的区别。

这些建筑以藏族勇士拟人化的方式建造，房屋顶层由杨柳枝条编织而成，象征着勇士的长发。整个建筑犹如头戴盔甲的将士，依山而立。房屋层数有较严格的规定，一般是 3 层或 4 层。在翁达的传说中，在岭国（这一带的古代称呼，是格萨尔王的出生地）时代，尼崩达雅大将问格萨尔王，我们的民居应该修成什么样子？格萨尔王说，你是岭国的勇士，你们的房子要修成勇士出征的样式。所以，这里的房子，边上都有一根飘扬着经幡的笔直柱子，象征着武士手持的矛戈。

过了翁达镇，沿着色曲上行几十公里，就是色达。到了色达，

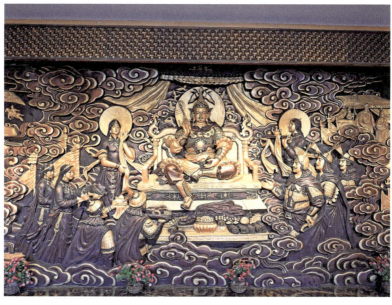

我们先去五明佛学院所在的山谷看了看，漫山遍野一排排红色的建筑，形成了独特的风景。在山谷底部的中央，那金碧辉煌的宏大建筑，就是五明佛学院的所在地。由于这几年政府对这里的乱象进行了治理，现在这个地方相对有了秩序。相关部门的人员不建议我直播，所以我们转了转就离开了，驱车前往县城的格萨尔文化艺术中心。

在整个青藏高原，尤其是康巴藏区，格萨尔王的故事是最深入人心的。到现在为止，所有格萨尔王故事的说唱文本加起来有近2000万字。所以，如果你不了解格萨尔王，就无法理解这里的文化。

格萨尔王诞生在德格草原，是正宗的康巴藏族。三岁的时候，他和母亲一起灭地鼠，让德格草原的植被得以恢复。十六岁的时候，赛马称王，成为格萨尔王。

格萨尔王登上王位以后，陆续征服了十八大宗、二十四小宗，结束了吐蕃王国政权崩溃后整个藏区的纷争和混乱，实现了统一，是藏族的民族英雄。后来格萨尔王的英雄事迹变成了藏区说唱艺人口口相传的"活态史诗"。格萨尔史诗共涉及二十四个民族，讲到的人物有上千名。

我曾询问刘局长，格萨尔王为什么在藏族人民心目中留下那么深刻的记忆，为什么有那么多关于他的说唱到今天依然还在流传？

刘局长回答，当时部落之间长达几百年的战乱，让藏族人民饱受苦难，他们非常向往安定和谐的生活，这时格萨尔王出现了，他惩恶扬善，解救了很多贫苦的牧民，他把生产资料公平公正地分配给大家，让大家终于过上了安稳的生活。所以，在藏族人民心目当中，格萨尔王不仅是一个人的形象，还是一个神的形象。

格萨尔王在藏区民间，既是英雄又是侠客，后来又变成了神，这也代表了藏族人民对美好生活的追求。

格萨尔文化是人类的非物质文化遗产，而格萨尔史诗不仅是藏区人民的，更是中华民族和人类的史诗。如果想了解完整的格萨尔文化，那么一定要来中国的格萨尔文化艺术之乡、藏族文化历史的核心地带——色达。

傍晚时分，我和刘局长、方局长一起参观了色达的格萨尔文化艺术中心。

格萨尔文化艺术中心海拔约4000米，我测了一下自己的血氧值，血氧80，是中度缺氧的状态。大家到高原来玩，虽然每个人的体质不一样，但氧气是必备的。我到高原来，一般是不吸氧的，备好的氧气是以防万一。我一般坚持一天到两天，到四五天的时候就不会有太大的问题了。现在在高原地区，不管是四川还是西藏，稍微好一点的宾馆里都有弥散式供氧，氧气充实在房间里，让你感觉不那么缺氧。在高原地区，如果缺氧的话，睡眠会受到影响，也就是晚上会睡不着。我在高原上有时候会通宵不眠，思考人生的意义，但由于脑子麻木，怎么也想不清楚人生的意义在什么地方。

话说回来。整个艺术中心一共有七层，占地面积17818平方米。整体建筑很有特色，第一层是金黄色，第二层是绿色，第三层是红色，分别代表的是黄金、绿松石和红珊瑚。艺术中心中除了大型铜雕像、唐卡、坛城沙画、酥油花等典型的藏族文化象征，还有彩绘石刻。

彩绘石刻是从格萨尔整体非遗项目中唯一独立出来的国家级非遗项目，起源于藏区佛教的传承，原来的彩绘石刻都是经文，而色达这边主要以雕刻格萨尔和格萨尔的大将以及其他格萨尔人物为主，成为极具特色的文化遗产。

在格萨尔史诗的传承中，说唱艺人的身影随处可见，还有神授艺人、顿悟艺人、吟诵艺人、智态化艺人、掘藏艺人、圆光艺人等。当然，其中最有特色的还是说唱艺人。这些说唱艺人有的是不认字的，有的甚至是盲人，他们有一天突然醒过来，就能大段大段地背诵格萨尔王的说唱词；还有的人，拿着一块石头就可以唱。圆光艺人也很神奇，拿着铜镜，他觉得铜镜上面有字，就可以开始讲述。

藏戏是艺术中心传播格萨尔文化的重要方式。甘孜有八大藏戏，色达的藏戏主要讲述的就是格萨尔王的故事。格萨尔文化艺术中心的藏戏团在全国都非常有名，代表中国去世界各地做过演出，还获得了诸多奖项。参观艺术中心的时候，我听到了多位艺人的唱诵，宛若穿越时间隧道而来，让人不胜感叹。

值得一提的是，艺术中心保留了很多乐器和乐谱。很多藏区乐器是用骨头制作而成的，为我们表演的藏族老人所使用的骨笛，就是秃鹫的肩胛骨制成的，乐声悠远而宁静。

艺术中心专为喜马拉雅古乐谱成立了工作室。古乐谱是通过山水、云海的走向进行记载的，这种记谱方式比五线谱早了五百年，非常了不起。汉文化中的一些著名曲调，比如《霓裳羽衣曲》，还有南北朝的《广陵散》就失传了，因为没有乐谱。

　　我时常感叹文化传承之不易，这次的艺术中心之旅，让我看到了色达在这一块做的贡献。大家以后来到色达，一定要来格萨尔文化艺术中心看一看，这里有非遗传承的藏戏、格萨尔王的故事、格萨尔王的将军和格萨尔王的塑像，以及更多无法通过文字传递给大家的感受。我们需要切身体会这一古老而神奇的文化。

　　　　　　　　（此景点直播导游为刘局长、方局长，特别鸣谢！）

刘洪：一年四季都是景

刘洪，目前任四川省甘孜州政协副主席、州文化广播电视和旅游局局长，是一名地道的康巴汉子。因为高颜值的外形和富有民族风情的导游才华，他在网络上吸粉数百万，被称作"网红局长"。

刘　洪：今天要推荐甘孜州的六座雪山，四个湖泊。贡嘎山通常会是游客到甘孜州的第一站。贡嘎可从南坡、西坡、东坡不同的角度观赏，有四十七个观景台，交通便捷。贡嘎的日照金山，不同距离看区别很大；贡嘎的冰川有蓝色、绿色、白色三种颜色。这是因为冰川形成的年代不一样，初形成的、形成几千年的与形成上万年的冰川色彩各异。

俞敏洪：贡嘎山不同角度有不同的风景，有些角度可以离雪山更近，向雪山倾诉自己的衷肠。

刘　洪：第二座雪山我推荐雅拉雪山，它和贡嘎属于同一个山脉。我们木雅地区的藏族人举行婚礼，会说一句谚语："上过雅拉雪山，下过贡嘎雪山。"我们木雅人散居在这几座山之间，分布于康定、九龙、稻城和雅江部分地区。

俞敏洪：木雅人是藏族的一个分支吗？

刘　洪：对。史书上有一种说法，木雅是西夏的后裔，属于北方少
　　　　数民族。

俞敏洪：当时党项族差不多被元朝灭了，木雅人就向南迁徙到贡嘎
　　　　山下居住。

刘　洪：第三座雪山我推荐稻城亚丁的三神山。三神山由三座雪峰
　　　　组成，在藏传佛教里，这三座雪峰是观音、金刚手、文殊
　　　　的化身。这里每年都有很多转山朝圣的人。转神山分为大
　　　　转、中转、小转三种不同方式。大转大概需要七天；小转
　　　　的话，体力好的年轻人大概需要两天。这三座雪山呈"品"
　　　　字形分布，非常罕见。1928 年，美籍奥地利人洛克来到
　　　　稻城亚丁，看见这些神山，感叹人世间竟然有这么美的雪
　　　　山，他说这是他一生中看到的最美的雪山。由此，稻城亚
　　　　丁一夜之间国际化了，当然现在也扬名中外。

　　　　第四座，我要推荐理塘的格聂神山，少年丁真的家乡
　　　　就在格聂神山脚下。格聂神山的名气很大，藏地的二十五
　　　　大神山中就包括格聂神山。山上一年四季冰雪不化，山脚
　　　　是茂密的原始森林，还有草甸、溪流、温泉，这里也是登
　　　　山爱好者和徒步者的天堂。

　　　　第五座我要推荐卡瓦洛日雪山，这座山在甘孜县和新
　　　　龙县的交界处。卡瓦洛日雪山背面就是新龙的红山，高度
　　　　大概在 4800 到 5100 米之间。之所以叫红山，是因为这里
　　　　分布着青藏高原最大的丹霞地貌。卡瓦洛日雪山是白色，

红山呈红色，远远望去，红色和白色的山交织在一起。

俞敏洪：红色与白色交相辉映，非常奇异。

刘　洪：中山大学研究中国丹霞地貌的彭华教授告诉我，在甘孜州，雪山和丹霞地貌的典型代表红山挨在一起，这是地貌奇观，全世界绝无仅有。彭教授现在已不在人世间了。再下来我要推荐德格的雀儿山。

俞敏洪：雀儿山是很有名的，走317国道必经，而且可以把车开到山顶垭口上。我们一帮朋友曾经翻越雀儿山垭口，在那儿滞留了6个多小时，最后大家把上半身衣服脱了个精光，还照了相。

刘　洪：那你厉害了。有种说法是，之所以叫雀儿山，是因为鸟儿飞不过去。雀儿山的冰川是中国冰川爱好者必看的。雀儿山的冰川离317国道很近，在路上就可以看到，我们这种未经登山训练的普通人去爬，也可以直接爬到一号营地，这样的地方在中国找不到第二个。

俞敏洪：我们也可以跟冰川近距离接触？

刘　洪：游客能爬到冰川最顶端。这几年很多人都喜欢去雀儿山冰川，我们当地政府也做好了保障。甘孜州大大小小的湖泊、海子有一千多个，我今天推荐四个。雀儿山下的湖泊玉隆拉错就是第一个要推荐的。我们也叫它"新路海"，这得名于当年修的这条新路。这一片的植被很好，高山上有云杉，雪山上是冰川，再下来是灌木，接着是湖泊，湖泊里有很多高山黄鱼。

俞敏洪：会有人捞鱼吃吗？

刘　洪：因为玉隆拉错是神湖，我们尊重当地老百姓的习俗。神湖里的鱼不让吃，也没人捞。

刘　洪：第二个要推荐的湖泊是巴塘措普沟的措普湖。走川藏公路从理塘到巴塘，一定会路过措普沟，它离318国道大概十几公里，开车半个多小时，那里有草甸、森林、湖泊，还有非常美的传统村落和寺庙，措普湖被称为康巴第一圣湖。

第三个要推荐九龙的伍须海，湖边有川西最大的青冈林，都是上千年的成片古树，树木大到三四个人合抱都抱不过来。

最后一个湖泊推荐康定的木格错，离康定城33公里。木格错是我们川西高原最大的湖，有4平方公里。

俞敏洪：游客自驾来甘孜玩，有没有推荐的线路呢？

刘　洪：走泸定桥到海螺沟，看冰川和贡嘎西坡。然后再到康定城，在那里泡个温泉，到塔公草原看看。然后再到新都桥往呷巴乡走，这一路主要看贡嘎雪山，早上或者下午可以欣赏贡嘎东坡的日照金山。看完再往九龙去，看伍须海，走318国道回新都桥。然后再到理塘看格聂神山，再到巴塘的措普沟，最后回到甘孜的白玉县。

俞敏洪：如果我想去稻城亚丁呢？

刘　洪：如果是到稻城亚丁，可以从理塘先到稻城亚丁，再往乡城县走，再过来到得荣县，到巴塘，到措普沟，到白玉县。

俞敏洪：想要把甘孜州一趟全走完，除非是个大闲人。甘孜州占四川三分之一的面积，如果把甘孜和阿坝加起来，占四川二分之一的面积。这两个州刚好在北纬30度线上，是青藏高原的边缘地带，也是横断山脉南北贯通的地区。这里山势险峻，湖泊纵横，大河奔流，大渡河、金沙江、雅砻江，贯穿整个甘孜地区，是一片大山大水的地带。

　　如果大家来甘孜旅游，你建议在物资方面做什么准备？

刘　洪：视季节而定，春秋季节甘孜早晚温差比较大，要备好羽绒服、冲锋衣这种保暖的衣服。甘孜每个县和景区都可以买到氧气，现在有很多便携式氧气罐可供游客选择，重量大约一公斤，可以用8~10个小时。

俞敏洪：我以为带了冲锋衣就够了，结果突然降温，冲锋衣在室外完全无法抵御寒冷天气。我的个人建议是不能一直吸氧，否则高原反应的症状无法消失。血氧度提高是非常重要的，建议在特别不舒服的时候，吸几口氧气，让身体舒展下来。订酒店可以选择有弥散式供氧系统的房间，也可以自己买一两罐氧气，让身体慢慢适应高原的气候。

刘　洪：很多游客第一次来到高原，看见雪山很激动，下了车就开始跑，这样最容易出现高原反应。到了甘孜，海拔从2000

米渐渐升高到 4000 米，大家拍照活动时要放慢脚步，这样高原反应才不会加剧。

俞敏洪：在高原，猛地站起来有可能就晕倒了，所以千万不要猛跑。我们昨天在海拔 2600 米的马尔康，我没有高原反应，但是今天在海拔 4000 米处，我出现了轻微的头疼发晕症状，感觉轻飘飘的。另外，大家来这里不能像我们这样拼命连续工作。我们凌晨三点睡下，今天早上七点就起床了，一路都在直播，回去还要剪片、配音。工作强度太大了。

还想问刘局长一个问题。你作为网红局长，到一个地方常常被人认出来，对此你有心理负担吗？

刘　洪：首先，大家找我合影、握手，我觉得是对我的尊重，是人家看得起我；第二，我也为家乡做不了其他贡献，做网络直播哪怕有一点流量都好，这样能扩大家乡的知名度。现在很多游客到我们甘孜来，老百姓牵马、卖藏餐、开民宿能有一些收入。以前他们只能辛苦地挖虫草，现在可以在自己家门口挣点钱，这让我感觉很欣慰，很有成就感，所以我干旅游文化相关工作 23 年，如今依然非常热爱。

俞敏洪：没有想过做点别的轻松点儿的工作吗？

刘　洪：从来没想过，23 年就这样过来的。我在雅江做旅游局局长 7 年，在康定 3 年，再到甘孜州旅游局干了 8 年副局长，到现在这个单位做了 6 年。在这里比较辛苦，我的车去年跑了 7 万公里。前段时间，给我开了 6 年车的司机说，这

6 年我们一共跑了 38 万公里。

俞敏洪：很厉害了。

刘　洪：我觉得我一生也做不了多大的事，现在虽然辛苦，但是能宣传一下自己的家乡，让更多的人到这儿来，已经觉得自己的人生很有意义，很值了。

俞敏洪：你出身藏族家庭，大学学的也是藏文专业，你现在这么流畅的中文表达能力是怎么来的？

刘　洪：我 5 岁的时候，同时开始学习拼音和藏文。我们班上有 7 个学生，大家背石头垒起一个非常狭小的教室，我们就在里面上课。教室中间烧一个很大的锅，大家围在一起，老师也只有 1 个。我们读书的时候，老师的小孩没人带，我们就轮换着带小孩，坐在一旁，边带孩子边听课。读到小学五年级，我考到了县城上初中。我的 6 个同学中还有 2 个考上了，但是家里条件不行，不让他们去读书了，最后只有我一个人出去读书。毕业后我考上了巴塘师范学校。

俞敏洪：后来怎么到的中央民族大学？

刘　洪：我后来又考到了西北民族大学，在那里待了 3 年，最后考上了中央民族大学，学的是藏汉翻译专业。

俞敏洪：凭你当时的学历，完全可以在成都这样的大城市工作和生活，为什么要回到家乡呢？毕竟在高原上工作和生活是很艰苦的。

刘　洪：这可能要感谢我的母亲。1950 年康定解放时，我母亲在雅安的陆军医学院当军医，1951 年她参加了十八军，最后她以部队军医的身份去了西南民族大学学习。

俞敏洪：老人家还在吗？

刘　洪：老人家已经走了。她读过书，明白知识的重要性。母亲对我说，我成了大学生，但从小也在这个地方出生长大，如果大家都走了，我们的下一代谁来管？谁来建设我们的家乡？所以她还是想让我回来，要回报自己的家乡。我就高兴又坚定地回来了。

俞敏洪：十八军是当时解放西藏的中坚力量。十八军分成南线和北线进藏，打下了昌都，后来进行和谈，整个西藏就和平解放了。后来，十八军也没有离开，而是留下来成为工兵，建桥修路——318 国道就是十八军修的。

刘　洪：平均每一公里至少牺牲一个战士。

俞敏洪：对。怒江大桥就是十八军修的，到了那里，车辆都要鸣笛致敬。当时，一个战士在修桥墩时掉到了桥墩的水泥里，没办法捞出来，就只能永久地安眠在那个水泥墩里。现在怒江上已经建成了新的大桥，旧的大桥已被拆掉，但那个水泥墩还一直保留着，耸立在汹涌的波涛之上，为了纪念因建造怒江大桥而牺牲的战士，以及所有因建设 318 国道而牺牲的战士。

刘　洪：上次我们自驾时，看到有鲜花、水果供在那里。我毕竟是军人的后代，对十八军有很深的感情。十八军走过的路，也是我母亲走过的路。

俞敏洪：我心中也对十八军充满敬意，他们既是中国的解放者，也是中国的建设者。

刘　洪：318国道是中国最美的景观大道，但是我们不知道，它背后有多少动人的故事，十八军进藏的路上有多少人失去了生命。

俞敏洪：所以沿着317和318国道往前走的时候，我们是走在英雄之路上。

刘　洪：最后，我非常欢迎所有人来甘孜，这里一年四季都是景，睁眼全是美景，闭眼全是吉祥，欢迎到大美甘孜圣地来旅游！

俞敏洪：大家看我一路在旅行，路过很多大山美水。很多人羡慕我，留言说想像我这样走一趟，但是没有时间、没有钱，没办法摆脱日常生活的羁绊。这一趟藏地自驾是我酝酿十年的心愿，之前每年都被我放弃，理由也非常简单，我太忙了。今年不管是新东方还是东方甄选，都到了事情最多、最繁忙的时候。这次旅行要21天，我选择了一条非常艰苦的线路——317北线，至少有10天，我们都要在海拔4000米以上行旅，从那曲到阿里，再到冈仁波齐，再到珠峰。如果我不下定决心，现在肯定还在办公室里干着非常琐碎的、让我烦恼却又解决不了的事情。我们觉得事情离不开我们，但往往最后是我们离不开这些事情。薄世宁医生说，人终会有一次向世界的告别。向世界的告别随时随地都可能发生，我周围已经有很多同龄的朋友，突然就离开了这个世界。我们不知道未来和意外哪个先来，所以我真的想通了，我想干的事情必须干，因为我不知道明天这个世界还有没有我。

很多网友都说，我们的直播让他们也云游了这个世界，可我觉得云游是不够的，一定要用自己的脚步来丈量，一定要自己亲身经历才行。今天早上，我走进观音庙大殿的瞬间，心就立刻变得安静和安宁，而这种体会在屏幕上是感受不到的。

不管你多忙，当内心真的有事情想做时，一定要摆脱杂务先把它做了。当你内心真的有某个人想要爱时，一定要摆脱那些羁绊去爱，因为这个世界不会等你，而你也无法让这个世界给你更多时间满足心愿。

今天我和刘洪局长的对谈就到此为止，谢谢大家！

第三天

投身火热的生活

（2024 年 4 月 12 日）

今天是藏地之旅的第三天。

旅行是对体力的考验，也是对精神的磨炼，在海拔 4000 米处过夜，真不是一件容易的事。在头昏脑涨迷迷糊糊睡了几个小时后，看到窗外蓝天白云，知道今天是好天气。

今天的行程是从色达出发，经甘孜县到达德格，这条线是当年红军长征路线之一，翻雪山过草地，艰苦卓绝。早上八点半从色达出发，一路向南，沿 6983 县道向甘孜前行。路上经过的第一个景点是东嘎寺，该寺有 500 多年历史，是藏传佛教格鲁派的重要道场之一，因为支持过红军而备受尊重。由于时间关系，我们没有停留，在公路上投以致敬的目光。一路峡谷草甸，常常看到成群的牦牛在地里觅食。动物更有灵性，感受到了丰茂季节即将来临。

我们翻过的第一座雪山为乃龙雪山。乃龙，意为神灵之所。登上雪山垭口，环顾四周，层峦叠嶂，心旷神怡，宠辱皆忘。这座雪山不算高，冬天刚过，现在还是白雪皑皑，夏天就会成为翠绿的牧场。翻过乃龙雪山，著名的卡瓦洛日雪山扑面而来，这座雪山东西横贯几百公里，是川西最俊美的雪山之一，也是甘孜县和新龙县的界山，又叫日巴雪山。卡瓦洛日是财神圣地，朝拜卡瓦洛日就是拜财神。

雪山迎面扑来的魅力不可阻挡。到达甘孜，我们直播了格萨尔王城，这是一个值得来的地方，展示了格萨尔王的平生故事，同时展示了丰富的文化遗产。王城后面的湖泊引领着奔流的雅砻江，雅砻江是长江最优雅的支流，流经了甘孜大部分地方。卡瓦洛日和卓达拉山在水波荡漾中愈加灵动。午餐后我们参观了格萨甲波（"甲波"是"王"的意思）文化博物馆，里面展示了藏族人民各种生息繁衍的传统物件，包括模型展示，生动有趣，看后大开眼界。

随后我们一路向西，到了丹霞小镇。此处原来是个乱石滩，一对小夫妻自驾西藏路过此地，一下子沉迷于雪山草甸的壮美风景，于是在这里建设了一个世外桃源小镇，现在已经成为自驾游的打卡地。如果你有勇气告别过去，开创新生活，其实并不难。告别小镇，我们奔向新路海和雀儿山。十年前我自驾经过雀儿山，半夜赶路，和美景擦肩而过。新路海又叫玉隆拉错，和雀儿山融为一体，浑然天成，极致美丽。据说格萨尔和王妃珠牡就是在这里相爱的，山无水不美，水无山不魅，山水相依，不离不弃，山雪滋养着湖泊，湖泊映照着山峦，万古相守，羞煞人间爱情。

离开圣湖，我们走向德格。翻越雀儿山，原来要登上海拔5000多米的垭口，行程艰苦而充满风险，今天的雀儿山隧道7公里长，让原来几小时的行程缩短成10分钟。过了雀儿山，很快到了德格。德格县阿须草原，是藏族人民心目中的旷世英雄格萨尔王出生的地方。还有德格印经院，是藏文经典的模刻中心，到今天已经有300年左右的历史。

晚上朋友请吃饭，在饭局上居然偶遇降央卓玛，并倾听她清唱了《草原夜色美》，纯粹的歌声让我的心在草原游荡。藏族饭局无歌舞不成局，在大家的歌声中，我不知不觉又多喝了几杯。盛宴散去，我步行在德格街头，发现市民在跳着美好的锅庄舞，我不知不觉加入，以不优美的动作来宣示自己为自己活着的自在。回到宾馆，高反还在，不知今夕何夕。人生也许并不需要太多的思考，任何哲学思考都不如投身于火热的生活，都不如人们劳累一天之后的载歌载舞。

我在德格的流水潺潺中和你说晚安。

甘孜

　　早上从色达出发，翻过乃龙雪山，来到甘孜县城。我们要游览背靠卡瓦洛日雪山的格萨尔王城。卡瓦洛日雪山是川西地区最著名、最漂亮的雪山之一，它的形状有点像梅里雪山，但是比梅里雪山绵延得更长，景象也更为开阔。

　　走进格萨尔王城，导游央金接待了我们。格萨尔王城有 128 个单体建筑，代表格萨尔王的 128 个小将，也代表甘孜县的 128 个村子。相传格萨尔王登上王位后，对手下的 30 员大将非常慷慨，给他们每个人都置了寨子，因此，王城共有 30 个寨子，分别以这 30 名大将的名字命名。

　　在格萨尔王城内，我首先参观了非遗体验店东谷彩绘馆。泥塑师采用来自乃龙神山含有中草药的泥土，手工打造了众多格萨尔王史诗中的角色，比如格萨尔王狡猾的叔父晃通，还有格萨尔王手下的小将。除了泥塑，这里还能欣赏勉唐唐卡（卫藏地区的一种唐卡画派）彩绘，是用几乎永不褪色的矿物质颜料绘制在石头上。

我向来对唐卡这种艺术形式感兴趣，曾经还资助过藏区的小喇嘛学习唐卡技艺。我也爱好搜集喇嘛的唐卡画作，还在家里客厅正中挂了一幅大唐卡。唐卡制作极为耗时，比如画一幅精细的唐卡需要半年到两年时间。与之相应的是，这种民间艺术的生命力往往极其顽强，尤其当它跟人们的生活和信仰结合在一起的时候，就会永远地延续下去。这是一种没有时间概念的延续，也是一种永恒的艺术展示。

景区里还展示有一张牛皮地图，上面刻画的是格萨尔王的遗迹图。格萨尔王城的地理位置被专门勾画出来，因为这里曾是格萨尔王经历的最大一次战役"霍岭大战"的遗址。格萨尔王的踪迹遍布整个藏区，从阿坝到马尔康，再从四川到青藏高原。

来到书法体验中心，巴松邓珠老师的工作室就在这里，他是吉尼斯世界纪录"最长书法长卷"的创作者。与汉文书法不同，藏文书法是用竹签写在藏纸上；藏纸是用甘孜产的狼毒花将其根晒干磨成粉后制成，几百年不会腐烂，也不会虫蛀。

除了书法，我们还看到藏族传统的包木银器，这种木头纹路漂亮，像燃烧的火焰一样，一眼看上去就是一幅天然的画。烫画师还给我们现场展示了甘孜特有的非物质文化遗产——牛皮烫画。牛皮烫画是用烙铁直接在皮上烫，需要控制好手的力度才不会烫糊，是一种隐忍和冷静的艺术。

随后，我们来到格萨尔王城最大的建筑森珠达孜王宫。当地艺术团为我们表演了牦牛舞，奔放豪爽的舞蹈令人兴奋。宫殿门口有一面吉祥铜锣，传说格萨尔王出征时就要敲响它，祝祷军队凯旋。

参观格萨尔博物馆时，央金为我们讲解了格萨尔王和四个王妃的故事。第一位王妃是嘉洛·森姜珠牡，也称珠牡王妃，她是最美的一位；第二位王妃是梅萨绷吉，她是格萨尔王最有智慧的王妃，相传藏族的织布机、牛毛帐篷、藏装与佩饰，都是她发明的；第三位王妃名叫阿达拉姆，身穿铠甲跟随格萨尔王行军打仗，是勇敢的代名词；第四位是白玛曲珍王妃，她非常有才华，史诗中的很多诗歌都出自她的笔下。

博物馆的唐卡展示区有一张巨幅唐卡，耗时十二年打造，上面画有格萨尔王的形象。彩绘区的画作绘制了格萨尔王从诞生到被流放再到登上王位的传奇人生。相传，格萨尔王十六岁以前过着被流放的生活，他母亲借了一匹红色的马才让他得以参加赛马大会，取胜之后他登上了王位。这匹红马的名字叫"姜果叶哇"，汉译是"天马青云宝驹"，史诗中记载，它有风一样的速度，而且能说人类的语言。

除去审美价值，藏地的工艺品也折射出丰富的民俗文化。博物馆馆藏的彩绘展示了格萨尔王参加赛马比赛的景象，他骑着坐骑，张开双臂，表示他取得了比赛的胜利。藏地的赛马文化非常多元，央金说这里还有格萨尔走马场可供参观。之所以叫"走马场"，是因为在甘孜，衡量一匹马的好坏，不是看它跑得快不快，而是看它走路的步伐漂不漂亮、稳不稳当。好马走路的时候，在它头顶放一碗水也不会洒。藏地每逢举行赛马，人们需要凑够11件马具才能获准参加比赛，也是因为这样，出赛马匹的装扮都很气派。

在观景台上，立于雪山之下仰望。我们非常幸运，看见太阳周围有一道彩虹似的日晕，当地人说是吉祥的象征。小伙子们给我们表演了甘孜踢踏舞，气势雄伟昂扬，男性的阳刚和女性的柔美兼有，奔放恣意，让人对勃发的青春艳羡不已。眺望远处，可以看见珠牡湖，卡瓦洛日雪山和卓达拉山相伴左右，白塔在雪山的掩映下交相辉映。当地人告诉我，卡瓦洛日雪山像躺着的格萨尔王，英雄去世以后，把自己化成了山水，永远守护着这里。

到甘孜旅行，我感受着文化和历史的交融、自然和人文的交融，体会着身体劳累和心灵净化的交融。昨天我感觉生不如死，但是今早起床之后阳光灿烂，心情也随之灿烂。在这个地方待久了，你会发现自己在不断地净化，在纯洁的雪山高原之间，心灵会静下来，会开始重新思考自己的人生，哪些值得，哪些不值得。这些感受只有当我们真正把脚步走出来才能有所体会。

（此景点直播导游为央金，特别鸣谢！）

新路海

前一天在色达遇到了寒流，沸沸扬扬的雪追着我们一路跑，我本来已经做好了迎接冰雪的心理准备，没想到第二天早上推开窗户一看，阳光灿烂，蓝天白云，景色壮丽。四月份的时候，春天已经来了，但是雪山上冬天覆盖的雪还没有化掉，能看到全景。

我们一路过来看到了好几座壮美的雪山，第一座是乃龙雪山，第二座是卡瓦洛日雪山，第三座是雀儿山。

雀儿山是 317 国道上最有名的山之一，有 6000 多米高。原来要翻过这座山，只能沿着盘山公路上垭口。垭口的高度是 5900 多米，一般情况下，上面都是雪，夏天也一样。大约十年前，我去过雀儿山，快到山顶的时候看到一辆大货车陷到路边的坑里出不来了，把后面所有的车都堵住了，好几个小时以后路疏通后才过去。

今天的雀儿山已经不需要再从山顶翻过去了，2016 年国家修了雀儿山隧道，可以直接穿山而过，安全便捷，能省很多时间，但同时也让我们失去了一些翻山的乐趣。不过盘山公路现在还是可以通行的，如果你愿意走盘山路，仍然可以体验翻山的快感。

我们来这儿主要是为了看新路海。"新路海"这个名字是当年解放西藏的十八军命名的，当地德格人民为了把十八军那种军民一家、民族团结、甘当路石的信念传承下去，沿用了这个名字。

新路海又叫"玉隆拉错"，"玉隆"的意思是"倾心"，"玉隆拉错"就是"倾心神湖"。为什么叫作"倾心神湖"呢？据说当时格萨尔王在征战的时候看到了这汪湖，又看到了美丽的珠牡姑娘在湖边梳妆打扮，而珠牡恰巧也是被这秀丽的景色吸引过来的，于是他们就在这里，面向美丽的雪山圣湖，定下了情缘。

四月的玉隆拉错，一半是冰，一半是水，非常美丽，浸润在这片美景中，我说话都不敢大声了。

玉隆拉错是川西婚纱摄影的一个重要打卡点，也是一个摄影基地。很多当地的年轻人和慕名而来的游客知道格萨尔王和珠牡的爱

情故事，他们来这里拍婚纱照，一是因为这里的景色非常美，二是格萨尔王和珠牡那种忠贞不渝的爱情感染着他们。在圣山圣湖边上拍婚纱照，这真是一个绝美的主意。

我们在这里见到了一位 75 岁的格萨尔说唱国家级非遗传承人。这位老人为了将这一中国文化的瑰宝传承下去，亲自找到当地政府，请求帮忙录音。政府部门专门为他组织了人员，共录制了七十多部作品。这真是功德无量的事，因为千年文化的传承一旦断了，就没办法接续了。为了传承这门非遗艺术，在德格县的帮扶下，老人在中学开设了一个格萨尔说唱艺术班。

老人还给我们唱了一段唱词，但我听不懂。刘洪局长说，他唱到了手捧五彩吉祥的哈达，唱到了格萨尔王的 30 员大将，也唱到了珠牡王妃，还唱到了日月山水，最后祝世界吉祥，愿雪域高原吉祥，愿我们所有人吉祥安康。

湖的边上是错巴村。在错巴村的牧场，很多牧民在这里放牧，也会在这里"耍坝子"。所谓"耍坝子"，就是藏式的露营，是分享喜悦的一种方式。来这里游玩的人，经常能看到这种活动，因为这里的牧民会自发地在湖边跳舞，为的是敬奉自然，因为自然回馈了我们太多。

藏族人民在"耍坝子"的时候用哪些食物招待客人呢？有麻花、血肠、牦牛肉、葡萄、糌粑，还有奶茶。奶茶是牛奶加上藏茶制作的，没有甜咸的口感；酥油茶是酥油、盐和藏茶打出来的，所以味道是咸的。拉萨人还喜欢喝甜茶，甜茶是用红茶加糖加牛奶煮的。

茶的历史很悠久，据说在新石器时代，高原地区生活的人就已经开始喝茶了。高原地区的人一部分是本地的，比如吐蕃。而康巴地区的人则大多是由高原边缘地区或者平原地区迁徙过来的，他们迁徙的时候就把茶叶带过来了，因为他们发现，如果一天到晚喝牛奶、吃酥油、奶酪、牛肉、羊肉的话，会严重影响消化，喝茶可以起到帮助消化的作用。

这里古代也是茶马古道的要道。为什么叫茶马古道呢？因为当时青藏高原几乎所有道路都是用来运送以茶叶为主的商品。古罗马的时候，西方人对中国的丝绸比对茶叶更加看重，到了十七世纪左右开始重视茶叶，因为他们跟我们的高原民族有一个共同之处，就是也喜欢肉和奶制品，而且也知道这些东西不易消化，有了中国的茶叶以后，才发现茶叶对消化特别有好处。

茶马古道是以运送茶叶为主，也会把高原生产的产品运出去，比如毛毯、羊皮等。茶马古道一直延伸到今天的印度、不丹、尼泊尔、巴基斯坦、阿富汗等国家。

北线的丝绸之路则以运送丝绸为主，因为这条通道是以骆驼和马作为运输工具，要背轻的东西。相反，海上丝绸之路则是以运送陶瓷为主，因为运输工具是船，货物重一点没关系。

在阳光中，雪花已经飘过来了。我第一次看到雪花在阳光下飞舞的景象。我们还要到德格去，还有大概70公里路程。

（此景点直播导游为刘洪局长和曲珍，特别鸣谢！）

第四天

信念的修行

（2024 年 4 月 13 日）

今天是藏地之旅的第四天。

早餐后，八点半开始德格印经院的直播。印经院位于四面都是高山的峡谷内，今天阳光灿烂，蓝天白云下的印经院，红墙金顶，雕梁画栋，十分美丽。印经院已经有三百年左右的历史，先有印经院，后有德格城。三百年前，当地出了一位高瞻远瞩、对传统文化非常痴迷的土司，赞助了印经院的事业。尽管是萨迦派，但印经院兼容并包，印刷所有教派的著作，也包括医学、文学等相关著作。大气成就了辉煌。今天的印经院保存有几十万块雕版，依然坚持用人工的方式进行经典的印刷工作。工作人员的认真精神令人感佩。印经的工作，日复一日，重复而枯燥，还不能出任何错误。在这里工作的人，不仅是为了谋生，更是为了某种信仰，相信自己是在修行，在为世间传递福音。任何单调的工作，只有赋予神圣的意义，人们才会坚持下去。挣钱的事业是短暂的，信念的修行才是永恒的。肉体之苦并不可怕，可怕的是精神之苦。

看完印经院，我们沿着317国道西行，很快就到了金沙江边。金沙江是四川和西藏的界河，跨过金沙江大桥，就进入了西藏地区。那块耸立在江边，刻着"西藏"二字的巨石，是历史变迁的见证。这里是当年十八军渡江入藏的所在。在大桥上，我们看金沙江江水滔滔，缅怀十八军昌都战役的英勇和修建317、318国道的壮举。在江达县的岗托镇，我们参观了十八军的营房，并观看了当地的歌舞表演。

这次出行，本来是一次私密旅行，结果因为各地朋友的热情，"秒变"文旅宣传员，我自己原来安排的行程被彻底截和。不过，我内心还是开心的，被人需要，是一种美好。从岗托出发，我们沿着317国道一路向西，翻越一座座雪山，绕过一座座山梁，愈加感到当时战士们修路的不易，内心涌出深深的感动，把二路精神记在心里："顽强拼搏，甘当路石。"

三点，我们停下来在路边吃饭，然后又继续上路，从317国道转507乡道，应当地的邀请去参观噶玛寺和嘎玛沟。这条乡道沿着扎曲往前延伸。扎曲是澜沧江的源头河流，一路浩浩荡荡奔流到昌都，和昂曲汇流，形成奔腾的澜沧江。这是一条美丽的河流，河水清澈泛绿，两岸高山连绵。

晚上六点半，我们到达噶玛寺。噶玛寺是藏传佛教噶玛噶举派的祖寺。藏传佛教有好几个流派，噶举派是其中一支。我参观了寺庙的壁画，看到了喇嘛们的晚课诵祷。这座几百年的寺院，在如此偏僻的地方，依然香火旺盛，为当地百姓带来心灵的安宁。随后，我们到了沟里的高山草甸，在这里，朋友为我们安排了一场盛大的欢迎仪式，展示了康巴藏族的生活场景，并让我穿上了传统的服饰，扮演康巴汉子的角色。在篝火火焰的映照下，藏族青年表演了刚劲有力的歌舞，生命的活力在高山星空下升腾。

结束活动，已经九点，车队继续出发，沿原路在夜色中赶往昌都。昌都安排了千人锅庄舞会等着我们。尽管我反复强调一切从简，但从心里理解当地希望进行文旅宣传的迫切心情。尽管这一路我已经筋疲力尽，但盛情难却，到达昌都十一点半，依然开始直播，带大家欣赏千人锅庄，并参观了茶马古道广场和位于澜沧江边的夜市，有很多网友陪我们一起度过了美好的午夜时光。

在 317 国道，路过北纬 30 度康复道场时，我坐下来体会了几分钟闭眼打坐的感觉，当心静的一瞬间，我听到了鸟鸣的声音，感到微风轻抚我的脸庞，空气中树和草的芳香扑鼻而来，我甚至感到了云飘过山头的舒展。

其实，现实世界总是烦乱的，如果心乱如麻，即使远走他乡又能如何？当我们的内心变得纯净，人间处处都是天堂。

德格印经院

德格印经院在德格县城内，从我住的宾馆就可以走到。我和刘洪局长、白玛一起来到德格印经院的时候，刚好是印经院正式开工的第一天，我深感幸运。每一年的十月底到次年四月初是不进行印刷的，因为高原天气寒冷，很多工序难以进行，四月中旬到十月底才是正常的工作时间。

藏区有四大印经院，位于西藏拉萨的布达拉宫印经院，位于甘肃甘南夏河的拉卜楞寺印经院，位于西藏日喀则的纳塘印经院，以及德格印经院。德格印经院全称"德格印经院吉祥多门大法库"，是四大印经院之首，这个"之首"并非指它的历史和建筑，而是因为德格印经院有三大特点。

第一大特点，德格印经院是目前全世界保存最完整的印经院。1966 到 1976 年间，周边的土司官寨和寺庙都被视为"四旧"遭到了破坏，而德格印经院在周恩来总理和德格县委书记杨岭多吉先生的努力下，得以完整保存。

第二大特点，门类齐全。德格印经院有着从古至今五大教派兼容的特点，包含了中国藏文化的佛学经典、天文历算、诗歌音律、医学、语言、文字等著作，海纳百川、包罗万象，是世界藏文智库般的存在。

第三大特点，印经质量最高。经过文人、智者、专家、学者几百年的不断校对之后，大家一致认定德格印经院的版本是准确率最高的，所以它也被称为"中国藏文化的母本库"。母本的正确保障了文化的流传，德格印经院因此有了今天的地位。

德格印经院于1729年由德格第十二代土司兼第六世法王却吉·登巴泽仁创建，其后经过他的子孙第十三、十四、十五代德格土司的努力，前后耗时近30年，于公元1756年竣工。目前木刻雕版达到了近33万块，其中有22.8万块属于古版，也就是原版，其余的雕版都是现在的德格印经院做的复刻，之后的印刷会使用已复刻的版本进行，原版则进行封存保护。等所有复刻版制作完毕后，数量预计会达50多万块。

想要印经，首先要做的就是刻版。33万多块经版，每一块都来之不易：首先在高山上将红桦木锯为坯板，然后在微火中熏烤，在羊粪中沤制，目的是去除它的生性；待到第二年三四月，把板子取出来，经过水煮、烘干、刨平等几道工序加工后再运往山下，经检验合格才能成为雕版的原材料。这些原材料经过雕版师傅进行双面雕刻之后才最终成型。

雕版的版型按照内容主要分为短中长三种。短版因为携带方便，内容又少，经常被老百姓和游客收藏；中版肘本相传是根据标准的康巴汉子的手肘进行衡量的；长版称为箭长本，像一支箭那么长，容纳的内容更多。

刻雕版的时候，需要在刻版上进行反写，在反写的基础上再反刻出来。雕版有三道保养工序：晒太阳、吃（涂抹）酥油、洗澡（雕版经过多次印刷之后会有油墨堵塞的现象，导致后期印得不清楚，就会有相关师傅将其洗刷干净）。经过这样的保养，才能使雕版传承百年。

经版只有两种颜色，一种是普通的油墨版，另一种是红色朱砂版。朱砂师傅纯手工将朱砂铁矿研制成朱砂，几百年来都是如此。矿物质颜料有轻微的毒性，对人体是有害的，所以师傅研磨之前会喝一点白酒让身体抗毒。

一般朱砂是用来印刷更珍贵的《大藏经》的《甘珠尔》。我问白玛《甘珠尔》与《丹珠尔》有什么区别，她回答，简单来说，《甘珠尔》是佛的语录，而《丹珠尔》是佛弟子及后世佛教学者对佛与其著作的论述和阐释。

印刷的工序是：由三位师傅组成一组，一位师傅负责雕版和印刷纸张的搬运，另两位则相对而坐，一高一矮，高坐的人固定刻版和印纸之间的衔接，用刷子刷墨，刷墨之后由矮坐的师傅递纸，然后滚筒上下来回印刷。印刷的工序看似简单，其实力度的掌握才是关键，不能太用力，否则对经版的磨损比较大，但不用力又印不清楚，所以力度要恰到好处。刷墨使用的刷子也不是普通的刷子，是

用上好的羊毛制成，这样对雕版的磨损比较小。

印刷用的纸，既有宣纸，也有用狼毒花制成的藏纸。藏纸有千年不腐、百年不坏的特点。印刷用的纸是比较潮湿的，因为在水里浸过。纸张浸过水之后，第二天印刷的吸墨性会更好，印得更清楚，所以印刷完还要进行晾晒。

晾晒后，师傅会在原版的纸张上校对。如果发现有错字，除了在纸张上标出来，还需要将雕版上的错字抠下来，再加上一个新的模块进行校正。刻错了的经版不用整块都废掉，单独修正即可，但会比原版的雕刻更难，因为新刻上去的字要与原版的字大小、间距保持一致。

经过 12 次校对，确认没问题之后，就整理好顺序，然后切掉毛边，用一根线装订成册，最后标好号，一本书便从头到尾制作完成了。

德格印经院的所有印刷工艺，传承了数百年，时至今日依旧全部是纯手工进行，除了印刷、制作的人在变，没有发生过其他任何改变，这也变成了文化传承和精神传承的必要手段。也因此，这一手工传统雕版印刷技艺被列入了世界非物质文化遗产名录，成为世界非物质文化遗产。

印经院原本属于藏传佛教萨迦派，但并不是只供萨迦派收藏文化典籍，而是作为一个文化场所，对五大教派兼容并蓄，世间所有能够使人向上向善的典籍都可以收藏在这里。我想，德格印经院之所以拥有今天的地位，正因为具有这种包容性，如果当时只是允许

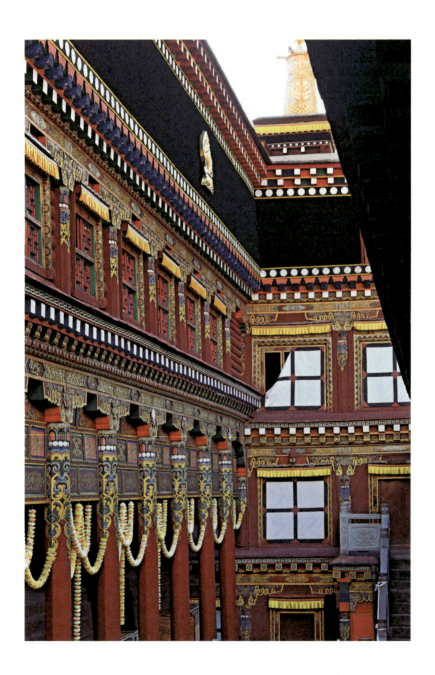

萨迦派的经典在这里印刷，或许这个地方早就消失了。

德格印经院整体建筑四面围合，形成规整、封闭的院落式布局，总共有五层，每一层都收藏着非常珍贵的文献典籍、经版以及版画等。印经院上方黑色墙体部分，远观好像染了一层颜色，其实是高山杜鹃的枝条碳化之后插进去的，能够起到通风防潮的作用。很多游客说这就是高原的自然空调，冬暖夏凉。

在印经院脚下踩的这些土，是从西藏运来的，叫作阿尕土。阿尕和水泥不同，是一种超强的黏土，混上石子铺平，再打磨出来，就变成水磨石的感觉。这也是一项非遗技艺。

德格印经院的镇馆之宝是《般若波罗蜜多经八千颂》雕版，是孤本，全世界仅此一套，它也是全世界唯一一个有三种文字，并且有插图的雕版。从雕版看，第一排是梵文原文；第二排是古藏文，间距比较大，叠字比较多；第三排是现代藏文。当然，印经院内展示的是复刻版，原版已经封版保存了。这套雕版在1703年就已经刻好了，已经进入中国国宝档案名录。

印经院还收藏了200多块版画，包括唐卡版画和金幡旗版画，其中一幅千手千眼观音，据专家判断至少已经有五百年的历史。除此之外，印经院还收藏有藏医典籍、乐谱等。

在楼顶，还有一座镀金孔雀法轮像，而其他地方都是双鹿法轮。孔雀是一种食毒动物，无论吃多少有毒性的食物，都不会对它造成影响，反而使它的羽毛更加漂亮，这象征着一个人经历的苦难越多，就越有坚强的意志。整个藏区只有三个萨迦派寺院有镀金孔雀法轮，一是德格印经院，二是更庆寺，三是萨迦寺。萨迦寺的镀金孔雀法轮是当时忽必烈赐给八思巴的，德格印经院的镀金孔雀法轮据说是清朝皇帝对德格土司二品文官的赐封。

印经院还有很多美丽非常的壁画，其中最出名的是"会说话的绿度母"，相信很多游客也都听说过她的故事。有这么一句话：到德格不知道绿度母的存在，相当于没有来过德格印经院。

印经院绿度母的身体以绿色显现，是二十一尊度母的主尊，被誉为开眼度母、开口度母。之所以画在这里，是因为当时画家来到这里时发现下午时分这个窗子外的光照下来，会在墙壁上显现出绿度母的影子。于是画家根据影子将它的整个轮廓画在了墙体上。他本来认为点睛之笔一定要在第二天早上画才更吉祥，结果他第二天来画眼睛的时候发现绿度母的秀目已经自然显现在了墙体上，并且已经开眼了，所以称之为"显眼"，也就是自然显现的意思。游客来到这里会发现，无论站在哪个方位，绿度母的眼睛始终都是看着自己的。

绿度母还被誉为女性的保护神。封建时代男尊女卑，当时只有男性才可以进入殿里参拜。某天下午有位僧人把所有门窗关上后到外面转经，忽然听到一个女性的呐喊，连喊了三声"德格印经院着火了"。僧人赶紧跑到大经堂，发现酥油灯的微火点燃了柱子上的哈达，于是赶紧把火扑灭。僧人觉得很诧异，院内不允许女性进来，这个声音从何而来？然后到处去找，也没有找到。后来路过壁画，壁画中的绿度母开口说话了："您是这个地方的僧人，该防的是灾，不是女人。"这件事情之后，才允许女性进入殿里参拜。

我问白玛，绿度母与白度母的区别是什么？白玛回答说，有人说观音菩萨掉下来的两滴眼泪，幻化成白度母和绿度母，也有人说绿度母是文成公主的化身。白度母双手双脚上各有一只眼睛，头上有三只眼睛，也被称为"七眼佛母"；绿度母则是救苦救难的度母，是所有二十一尊度母的主尊。因为绿度母的故事，不少游客会再次来到德格。

在印经院的顶楼，我看到了沿山而建的德格风貌的民居。德格四面环山，处于一个风水宝地，宛若四大灵兽在镇守。或许正是因为德格是这样的好地方，才有了这么精彩纷繁的传承吧。德格是格萨尔王的出生地，也被印经院所成就，成为康巴文化的复兴地。文化的传承需要每一个非遗传承人的不断努力，也需要政府和民间的不断支持。我真心建议大家都来这里看看，或许它能为我们的生活和心灵带来更多启发。

（此景点直播导游为白玛，特别鸣谢！）

金沙江

参观完德格印经院以后，我们沿着317国道来到了著名的金沙江。

金沙江是长江上游最长的一部分，也是四川和西藏的界河。金沙江的西边是西藏，东边是四川。我们到达金沙江的时候，大江两岸开满了漫山遍野的杏花，层层叠叠，特别壮美。

金沙江的季节变化非常明显，到了夏天雨季就变成奔腾的黄色大江，到了冬天就是一条清澈温柔的碧绿江流。我们到达这里的时候因为前段时间一直下雨下雪，江水有点泛黄。

江边屹立着一块牌子，上面写着"西藏正门欢迎您"，这也就意味着从这里便正式进入西藏地界了。而我所在的地方，也是317国道进入西藏的唯一大桥。说到进入西藏，就不得不提到1949年后解放西藏这件大事了。

和平解放西藏是中华人民共和国成立后的一项重要决策。当时国家领导人考虑了武力解放西藏和和平解放西藏两种方案，最终认为和平解放西藏是最好的方法。当时战斗的第一枪是在昌都市江达县岗托村打响的，因此岗托村被称为"西藏解放第一村"。

十八军的渡江地点是一个峡谷处的浅滩，远处是险峻的悬崖峭壁。在浅滩处，有一块巨大的孤石耸立在金沙江边，上面写了两个巨大的字——西藏。这两个字是十八军写的，后来被刻了上去。

岗托村不仅有十八军渡江战役纪念馆、红色研习基地，还有很多雕像、浮雕、壁画重现了当时的场景，还保留了十八军战士驻守过的碉堡瞭望台。

西藏解放之前，进入西藏的道路主要是茶马古道，汽车很难开进来。而且除了金沙江，还有很多南北向的河流阻挡，比如大渡河、雅砻江、岷江、怒江，这些河上面当时都没有桥，因此进入西藏非常困难。

于是十八军奉命开始建设从四川直达西藏的北线 317 和南线 318 两条公路。十八军的战士没有建设工程的经验，完全是在摸索中进行，因此建设这两条公路既辛苦又危险，据说每修建一公里至少牺牲一名战士，修建道路牺牲的战士比解放西藏牺牲的战士多得多。我们今天之所以能够这么舒适地沿着 317、318 国道进入西藏，直达拉萨、日喀则、阿里，都是十八军战士的功劳。

今天的 317、318 国道经过多年整修，尤其改革开放以后，国家的工程建设能力越来越强，道路就变得更加畅通起来。我在很多年前投入 300 万人民币在昌都捐献了一所希望小学，学校建设完成以后，当时的政府领导希望我们能去参加学校的开学典礼，我想这样隆重的邀请我们得去。那我们怎么去的呢?

我们从北京飞到成都,再飞到康定;从康定机场出来,租了两辆车,一路从康定往下走,走到道孚、炉霍、甘孜,到了德格;从德格沿着317国道过来,才到了昌都市区。当时的路非常难走,我们在雀儿山还滞留了整整一天。因为翻越雀儿山要上5000多米高的垭口,山上下了雪以后,道路上全是雪,汽车往山上走的时候就会打滑,我们开的越野车还好,但是前面一辆满载着货物的大卡车轮子卡在雪坑里面出不来,横在了路中间,后面的车就都被堵住了,一直堵了大概六七个小时。现在好了,2016年雀儿山隧道开通后,只需要十分钟就能通过了。我们当时的工程能力与现在不可同日而语。

在江达县岗托镇的十八军军营旧址,我们参观了战士们的宿

舍、食堂、医务室、电台室等,还看到了很多珍藏的照片,深感当时开山辟路的艰难。十八军的战士拿起枪能打仗,放下枪能建设,边战斗边建设,"一不怕苦、二不怕死,顽强拼搏、甘当路石,军民一家、民族团结"的两路精神成为无数高原干部群众的座右铭,激励着一代又一代西藏各族干部群众奋勇向前。

我在岗托镇的红旗广场,观看了很多老百姓准备的节目,品尝了很多美食,喝到了雪岩泉,还见到了很多藏族文化的传承艺人和艺术品,比如唐卡的年轻非遗传承人,在传承到第十四代的时候,年轻人也在努力根据自己的想法做创新,这是十分难得的,我也希望能尽自己的力量去帮助这些传承人。

在红旗广场见到的艺术形式中,比较特殊的是波罗木刻雕版技艺。波罗木刻是国家级的非遗传承项目,起源于1676年,由却吉·登巴次仁发起。当时的德格、白玉、江达都由德格土司管辖,因此波罗木刻雕版技艺得到了空前的发展和壮大,其中最著名的就是雕刻难度最大的《丹珠尔》和《甘珠尔》的波罗木刻技艺。德格印经院中80%以上的印经版珍藏品均来自波罗乡外冲村的雕版技艺。这个技艺能够传承到现在,实属不易。

我们还路过了世界七大道场之一的中国西藏康复道场。这个道场我还是第一次听说。导游曲珍说,世界七大道场分别坐落在北纬30度的七个地方,这些地方被认为是地球上的磁场中心带,亚洲境内只有中国西藏和日本有。中国西藏康复道场由里及外交叉排列,用白色石块组成了三个圆圈。相传坐在道场中心闭目养神,世界其他六大道场中如果有人做相同动作的话，就能感受到彼此的所思所想。

我也试了试，但并没有产生特异的感觉，只是在这里一坐、一闭眼，立刻感觉到阳光变得更加温暖，微风变得更加和煦，溪流变得更加和缓。空中飘来了树和草的香味，灵动着春的美好。睁开眼，眼前是蓝天，白云飘舞，山峦起伏，岁月静好。其实坐在任何一个地方，如果用心去体会大自然的声音和美好，心境都是一样的。或许对所有人来说，如果每天有机会坐在大自然阳光之下，让自己静下来，生活就会变得更加美好。

龚会才书记、曲珍和拥错一直陪着我们，为我们讲述了昌都、江达还有十八军进藏的故事。我能感到大家怀着一片赤诚宣传昌都，宣传西藏，希望昌都变得更美、更富有，也希望西藏的天空和大地变得更加美好。每一个来到西藏的朋友都为这片土地带来了繁荣，带来了活力，也希望更多的朋友来欣赏大美昌都。

（此景点直播导游为龚会才书记、曲珍和拥错，特别鸣谢！）

嘎玛沟

　　一路上山高水远，中午从江达县出发，我们本来应该直达昌都，但因为当地政府盛情难却，我们应邀到被称为"昌都九寨沟"的嘎玛沟看看。

　　去嘎玛沟的路从317国道偏离，沿着扎曲河向西延伸，要行进

两个小时才能到达嘎玛沟的核心景区。扎曲河是澜沧江的发源河之一，河水颜色时而碧绿，时而碧蓝。远方的草甸上，牦牛群在啃食已经冒绿的青草。夏季的嘎玛沟是非常惬意的，远方有雪山，高山草甸牛羊成群，扎曲河从山间流过，流水潺潺，生机一片。

嘎玛沟里面，有一座嘎玛寺，是藏传佛教嘎玛嘎举派的祖寺，寺内有明成祖朱棣赐的牌匾，还有精美的明代壁画，迄今仍未褪色。这里供奉的释迦牟尼佛，已有好几百年历史。当我们欣赏文物时，喇嘛们在一旁念经、做功课，他们打鼓唱念的声音十分好听。

到藏区来，圣山圣湖当然是吸引我的一大原因，但还有一个重要原因是来看藏族人民的风俗与文化，看他们为何能以如此平和的心态生活，人与人之间的关系为何如此融洽。我曾与松赞集团创始人白玛多吉先生交流，他说藏族人民不似寻常人那样祈愿多子多福，升官发财，甚至许愿"最好我比谁都好"，藏族人民从不为自己的私欲祈祷，而是为别人祈祷，他们会祈愿国泰民安，祈祷五谷丰登。当然，"别人"之中也包含了自己，有大我就会有小我，只有小我则必然没有大我。

转神山、转圣湖是藏族人民的原始信仰，也是苯教的习俗。佛教传到西藏以后，与原始信仰融合，随着前弘和后弘，去印度前后两次翻译佛经，逐渐形成了众多教派。前弘期就已经存在的教法被称为"宁玛派"，意为"前译教法"；后弘期开始出现的教法被称为"萨玛派"，意为"后译教法"，包括我们熟悉的格鲁派、嘎举派，还有萨迦派。萨迦派的第四代祖师萨迦班智达贡嘎坚赞和蒙古王子

阔端在凉州会盟，自此蒙古人民和藏族人民合为一家，共同信仰藏传佛教。这些派别一般都是和睦相处，彼此之间只有经义、行为或者仪式等细节方面的微小区别。

从噶玛寺出来，我们游览了嘎玛沟景区。这里是一个新兴的景区，建成之后会有高原游船项目、奇峰异石的一线天、藏族民俗文化体验区、牧民帐篷内景等体验项目，当然，即使没有人为的建设，路边的风景也十分壮美。

在嘎玛沟国家级唐卡非遗项目的展示区，许多画师正在专心致志地创作唐卡，他们是噶玛噶举画派的传承人，绘制的是唐卡漆画。唐卡与漆画两种艺术形式的结合绝无仅有，只在昌都可见。除了噶玛噶举画派的作品，我们还看到勉萨画派创作的格萨尔王像。画上用朱砂铺红底、勾金线，点缀有绿色珊瑚。画上格萨尔王的马匹头上插有秃鹫的羽毛，这代表了马匹的精气神，藏族人赛马的时候都会给马匹佩戴这样的羽毛。非遗传承人还为我们展示了嘎玛沟最具代表性的造像技艺，此类锤法技艺源于公元前 2000 多年的亚述，最早用于制作金银器皿，唐朝时期在我国开始盛行。

用餐期间，我们欣赏了非遗锅庄彩袖舞。彩色的衣袖，寓意五谷丰登。在海拔 4000 米的地方，伴着藏族小姑娘和小伙子充满生命力的舞蹈，我们品尝了传统的酥油、鲜美的牛肉原羹，在篝火边度过了一个温暖、幸福、欢乐、奔放的夜晚。

从 317 国道过来，如果时间充裕，一定要去昌都的嘎玛乡嘎玛沟看一看，这条新兴的旅游线路景色美不胜收，非遗资源丰富多彩。

（此景点直播导游为次曲，特别鸣谢！）

第五天
"我在硕督很想你"

（2024 年 4 月 14 日）

今天是藏地之旅的第五天。

今天的行程是从昌都到洛隆，再到边坝。这条线是在 317 和 318 之间的 349 线，号称川藏中线。其实在有两线之前，这条路是进藏的主要通道。茶马古道和唐蕃古道在昌都会合，然后从邦达草原一路向西，经洛隆、边坝到达拉萨。

今天阳光明媚，晴空万里，让人心情舒畅。早上八点出发，沿澜沧江一路向南，翻越浪拉山口。韩红写过一首歌，叫《浪拉山情》。站在浪拉山口，看对面的德玛雪山，非常壮观。过了浪拉山，就进入了邦达草原。邦达草原是世界最高的草原之一，海拔 4000 米以上，到了夏天，景色极其迷人。在邦达草原，我们从 214 国道转向 349 国道，一路向西。

草原周围的雪山白雪皑皑，辽阔的草原草色苍凉，但牦牛群已经在草地上游荡，春天的气息已经弥漫在空气中。冬天的寒冷阻止不住春天的脚步，就像生命的苦难阻挡不了人们对于幸福的向往。

草原的辽阔让人心情高远，一切蝇营狗苟都随天上的白云散去。当你把身心融化在天地之间时，你会发现原来计较的事情是如此可笑，这也正是"踏遍青山人未老"的含义。

磨坡拉山是邦达和洛隆的界山，过了此山便到了洛隆地界。古代的马帮，到此都会回头一拜，告别草原，走向深山峡谷。洛隆的朋友在此迎接我们。看四周天地白茫茫一片，我深刻体会到古人在天地苍茫间的悲情。而今天的我们，沉浸在前行的欢乐中，完全不用担心"西出阳关无故人"的寂寥。

过了磨坡拉山，我们一路行进在高山峡谷中，几十公里的距离，渺无人烟，不知道古人在此峡谷中是怎样的心情。出了峡谷，怒江蓦然出现在眼前。几千年来，怒江一直是天险，要去拉萨，必过怒江。两岸壁立千仞，江水汹涌奔腾，无数人葬身江底，依然阻挡不住人类远行的热情。今天的怒江，有大桥横跨两岸，可以轻松渡过。过了怒江，又是连绵不断的峡谷，甚至没有名字，干脆叫一线天。清朝驻藏大臣保泰路过此地，写了一首诗，现在还刻在石壁上，第一句是："四山环匝宛如城，涧底奔泉送远声。"只有到达这里的人，才能体会到四周的壮美和孤绝，那是一种绝望和希望同在的心情。过了峡谷，地势稍显平缓，回望五指雪山，耸入云天。

今天第一个目的地是硕督镇。这是一个我以前都没有听说过的地名，稍作研究才发现，这是茶马古道上的重镇，也是兵家必争之地。到达硕督，已经下午两点，我们吃完饭，开始直播。硕督是清朝的兵站，从道光年间就开始驻兵。这些清兵来到这里之后，和当地藏族融合，娶妻生子，居然形成了非常独特的藏汉结合的文化习俗，比如舞狮子、吃月饼等。

离开硕督，我们直奔俄西乡，这是今天的第二个目的地。俄西在怒江边上，是位于高山大水间的一片盆地。我们来的目的是参加这里的第十届杏花节。在这个山谷里，老百姓世世代代种植杏花，每到四月杏花开放，这里就是花的海洋。我们到达现场，有一万多群众在参加杏花节，这是当地比春节还热闹的节日，大家从四面八方聚到一起，庆祝鲜花盛开，万物复苏。人们的脸上洋溢着幸福的笑容，让人觉得幸福原来如此简单。人们载歌载舞，起坐喧哗，热闹非凡。在阳光下，沿着怒江河谷望去，杏花树丛，绵延起伏，一望无际，在雪山的映衬下，高低错落，如人间仙境。

活动结束，我们在藏式帐篷共进晚餐，藏族姑娘和小伙的歌声，令我的心绪飞扬在高原之巅。只要你愿意让灵魂飞扬，人生其实并不悲苦。晚餐后，我们继续出发，今天晚上的目的地是边坝县，这是我们进入那曲前的最后一站。离开俄西乡，在盘山路上回望，绝美的夕阳云霞染红了整个怒江峡谷。群山舞杏林，何似在人间。夜色笼罩山峦，我们一路前行，半个月亮挂在当空，似乎在为我们的前行祝福。晚上十一点，我们到达住宿地。

在海拔 4200 米的高度，我在星空之下和你说晚安！

硕督

硕督是昌都市洛隆县下面的一个镇,古称"硕般多",意思是"险岔口",是古代茶马古道和唐蕃古道上的交通、贸易和军事重镇。

今天很多人不了解硕督,但在古代,硕督和昌都一样有名,因为它是到达拉萨的必经之路。

清朝时,为了巩固边疆稳定,政府派兵在此驻守。战士们在这里娶妻生子,繁衍生息,去世以后也埋骨在此,至今这里还有176座汉人的坟墓。按照藏族的传统,人去世以后是天葬的,不会有坟墓,所以这里的墓葬明显是汉族的习俗。

为什么这些清兵会选择留在当地呢?

我觉得有两个原因:一是那时这里四通八达,是繁荣之地,并不贫困,而大量清兵在老家都是农民,回家以后受到的剥削更加严重,也没有土地,生活并不安定;二是这个地方别看四周都是高山大水,但有很多良田,比较适宜耕种,而且到今天为止洛隆县仍是藏东的粮仓。

镇上有两棵古老的树，一棵杨树、一棵柳树。导游玉珍说，这代表了藏汉联姻。杨树代表男子，阳刚之气；柳树代表女子，杨柳依依。按照习俗，只要有新人喜结连理，就会一起种一棵杨树和一棵柳树。这里有三十余棵一百多年以上的杨树和柳树，不到一百年的有五六千棵。这些树也叫意愿树，在节假日的时候，他们会在树上挂灯笼，这实际上也是汉地的习俗。

由于清兵的驻扎，硕督成了汉藏文化交流密切的地区，形成了独特的饮食文化和风俗习惯。也就是说，硕督的饮食和风俗文化与其他藏区很不一样，融入了大量汉文化的因素，比如极具特色的硕督点心、臊子面、硕督泡菜和硕督狮子舞。

据说当时清军在这里驻扎的时候，冬季吃菜十分困难，于是才有了硕督泡菜。现在有很多人慕名过来买这种泡菜，因为它使用的大白菜是在海拔 4000 米的地方种植的，口感独特。

硕督狮子舞是清朝中晚期跟随清朝驻藏官兵、商贾流传进来并逐渐盛行的舞蹈，在表演和传承中不断汲取当地文化元素，从而实现了汉族狮舞和洛隆本地锅庄的完美融合。

我们遇到了狮舞的六代传承人，他的祖辈是清朝时由福建来硕督的，但到了他这一代，具体来自哪个镇哪个村就不知道了。

观看了舞蹈表演之后，我们来到了十八军宿营地。

导游告诉我，十八军来这里后，就停了下来，按照毛主席的指示，"进军西藏，不吃地方"，于是大力开荒种田，种了将近 300 亩地。他们来的时候是冬天，战士们就住在帐篷里面，生活条件艰苦，物资紧缺。十八军在这里驻扎了很长时间，一直到西藏和平解放。

（此景点直播导游为龚书记、玉珍，特别鸣谢！）

俄西乡杏花节

俄西乡的杏花历史悠久，据统计，这里有18万棵杏树，生长时间在七十年到五百年之间。这里比较偏远，来看杏花的人并不是很多。成片成片的杏花在大自然中自在地开放、繁荣和凋谢，无论你来看也好，不看也好，它毫不在意，一年又一年，就这样度过了五百年。

这是我见过最壮观的杏花林，也是地形最好的杏花林。北京也有非常漂亮的杏花，长在长城脚下的山里面，与长城的逶迤相结合，而俄西乡的杏花是与怒江的奔流相结合。刚好在杏花林中间，青稞又在蓬勃生长，绿色的底色像绿色的地毯，与杏花的淡红色、粉红色相间，视觉上有着世外桃源的感觉，是不亚于世外桃源的"世外杏源"，是藏在深山中的明珠。

杏花林在大山河谷之间，再往前看是加雅雪山，属于念青唐古拉山的一部分。雪山下面是怒江，在怒江冲积出来的河谷平原地带，全是杏花。杏花在文化旅游方面给老百姓带来了丰厚的经济收益，单是每年举办的杏花节，一周的营业额就能达到三四百万。但全国知道这里有杏花节的人并不多，因此游客以周边的百姓为主。

俄西乡位置比较偏僻，从昌都开车到俄西乡差不多要 6 个小时，但此生如果有机会，请你一定要在四月十四或十五号这个时间来这里，一定不虚此行。

俄西乡的杏花节今年已是第十届。起初当地老百姓并没有意识到杏花的经济价值，或者杏花开放时候的旅游价值。偶然有外面的人跑进来，看到这百年杏花林，感慨竟然如此之美，才开始做一些宣传。尽管杏花从开放到凋谢只有一个礼拜左右的时间，但是政府已经意识到这是非常好的文旅资源，于是着手开发。除了洛隆县本地的百姓，邻近的丁青县、边坝县的百姓也都来这里参加杏花节，各个乡镇都把自己的舞蹈拿到杏花节来比赛，还组织了一些体育比

赛。于是杏花节渐渐成了一个民间节日，有点像我小时候清明节跑的庙会。现在越来越多的人专为漫山遍野的杏花而来，尤其在雪山脚下，这种感觉和我们在城市里看到一两株杏花或者山坡上看到几株杏花是截然不同的。

杏花林绵延二十多公里，奈何我们还在高反，实在走不动了。我问导游这些杏树结的杏子好不好吃，答曰，可以吃，但是略带苦味。不过当地正在与对口支援他们的福建共同进行杏仁方面的产品研发，相信未来会在这方面有相应的产品推出。

蓝天白云之下，雪山上的雪还没有化，峡谷里的杏花就开放了，这里最老的杏花树已经有500年的历史，但依然在绽放。人的生命有时候转瞬即逝，朝不保夕，树木反而生命力旺盛，能活得更长久。为了一睹杏花的盛开，有时候消耗一生的时间都值得，更别说花费六个小时从昌都过来了。人生什么是值得？你心心念念的美好，一瞬间在眼前出现，就为此，什么都是值得的。

站在这里，我不禁感叹人类的生存能力实在太强大了。这片高山大水之间的平地，与最开始人类居住的地方相距几千公里之遥，但他们还是找过来了。他们为了生存不受干扰，为了躲避战乱、躲避人间的苦难，就这样沿着怒江一直往上走，来到这片仙境一般的地方，于是留下来繁衍生息。眼前是杏花迎着太阳开放，远方是雪山的美景，耳畔还有藏族姑娘优美的歌声，这种感受实在太美好了。我好想把我的家人和朋友都带过来，感受一下这里的美好，好想好想。

太阳西斜，天空越来越美丽。当中国东部可能几近黄昏时，太阳在西藏这片大地上还挂得很高。西藏的山实在太高了，所以太阳落山在这里并不是黄昏的意思，而是太阳被高山阻挡了，因为此时阳光依然明媚，白云仍在飘舞，蓝天依旧深邃。

这些已有数百年历史的杏花，是老百姓追求幸福安宁生活的象征。当他们把青稞种在地里以后，觉得屋边、篱舍周围应该有一些鲜花，于是一棵一棵慢慢栽种起来。一定有一个人带头种了第一棵杏花树，才造就了这片漫山遍野的杏花树，也成就了这片"世外杏园，人间天堂"。

导游玉珍说，洛隆县四月份可以看到杏花，五月份可以看到红杜鹃，另外还能看到背水仙女山（也称之为五指山），传说那是三个仙女背着木桶，至于里面到底有没有水，将来可以去洛隆一探

究竟。

"借问酒家何处有，牧童遥指杏花村"，真正的杏花村藏在西藏的高山大水之间，藏在怒江江畔，藏在念青唐古拉山脚下，藏在西藏自治区昌都市洛隆县俄西乡。你要记住这些名称，也许有一天，在四月春暖花开的时候，你会突然想念漫山遍野的杏花，那时候也许你会用一天的时间赶到这个地方，和这里的老百姓同欢同乐，在尘嚣之间远离尘嚣，在热闹之间远离热闹，在烦恼之间远离烦恼。

在杏花林中徜徉，感受老百姓脸上幸福的笑容，让我觉得生活本来就很简单，只要能吃饱穿暖，能让日常生活充满欢乐，亲人朋友之间关系和谐，彼此互相帮助，就已经足够了。就像藏族人民，他们不为自己祈祷，而是为天地祈祷、为别人祈祷，为国泰民安祈祷、为万物生长祈祷，为人与人之间的和谐相处祈祷。只要我们把心摆正，只要我们没有太多自私的欲望，我们的生活就会变得更加美好，这个世界也会变得更加美好。愿我们的生活像这里的万亩杏花一样，年年美好地开放。

（此景点直播导游为龚书记、玉珍，特别鸣谢！）

第六天

千年万年的奇迹

（2024 年 4 月 15 日）

今天是藏地之旅的第六天。

昨天住的民宿海拔有 4100 米，六点起来天空还黑着，停电，摸黑编辑完了昨天的总结视频，披上大衣出去散步。发现四面都是雪山，在阳光下熠熠闪光，十分壮美。早餐后去看边坝贡嘎蓝色冰洞，以为汽车可以开过去，结果需要坐越野四轮摩托，沿着冰川的河床颠簸了 7 公里，才到达冰洞脚下。

路上看四面雪山扑面而来，美丽到让人说不出话来。蓝色冰洞的形成，是由于冰川融水流入冰洞下面，在冰川里冲刷出一个溶洞。进入洞中就像进入仙境，四面的冰墙发出迷人的蓝色光芒。另一头的洞口比较大，在阳光的照耀下，冰洞闪闪发光，冰层晶莹剔透。在如此纯粹的蓝冰前，内心有一点杂念都是罪过。这些蓝冰至少存在了万年甚至百万年，所以网友说一眼万年。现在全球变暖，冰川融化加速，要不了几年这么美丽的景致就会消失，想到绝美的景致变得无影无踪，内心的痛就会不断地涌现，人心最受不了的就是看着美好的事物消失。人生也是不断和美好事物告别的过程，当然，积极的人生也是不断创造美好事物的过程。

从冰洞出来，我被震撼的同时内心多了一点沉重。随后我们又看了附近的祥格拉冰川，冰川融化的水已经汇成冰川湖，湖面上还结着冰。我们站在湖边，隔湖远眺了一会儿冰川。冰川断面闪耀着蓝光，天气一热，这些断面常常会轰然倒塌，就像千年的巨人，倒下后灵与肉消融于大地。看完冰川，我们回到民宿，直播了一个多小时，推荐西藏农副产品。

午餐结束后，我们到达边坝的另外一个景点——三色湖。这里连着的三个湖呈现出了不同的颜色，最底下的一个湖呈浅青色，叫黄湖。到了半山腰，第二个湖雪山环绕，湖水深蓝，四周呈翡翠色，美到醉人，叫黑湖，其实应该叫翡翠湖才对。第三个湖要坐车转到背后才能看到，湖面平坦，波浪在阳光下闪耀着白色的光芒，叫白湖。在濒临黑湖的观景平台上，我们和当地老百姓一起观看了精彩的演出，并听著名的格萨尔王说唱传人斯塔多杰说唱了一段《格萨尔》。藏族人民的乐观、善良、知足、友好和心地光明，常常让我内心涌起温暖的感觉。这里是干净的天空、干净的神山圣湖、干净的人们、干净的内心。

告别边坝，我们一路向西，今天的目的地是那曲的比如。接近300公里，要开5个小时，这条路并不是特别好走，要翻越5000多米高的嘎的拉山口。我亲自开车翻越山口，汽车卷起滚滚烟尘，天空有鸟群飞过，一切都是如此辽阔，辽阔到我内心充满高原悠扬的歌声。西藏的路大部分不是翻山越岭，就是沿着深深的峡谷前行，险峻的道路和溪流相伴而行。在这里你能够真正体会到什么叫山高路远，什么叫反复无常，前一分钟还是蓝天白云，后一分钟就是雨雪交加，但只要你是赶路人，不管是星光还是风雨，内心一定有温暖和期待，也只有内心有期待，才能走向远方。

到达比如地界已经晚上九点，朋友用热情的哈达和青稞酒欢迎我。今天的晚餐是一场告别，也是一场团聚，新老朋友在一起，我除了举杯畅饮，无以表达对朋友们真诚的感激。劝君更尽一杯酒，西出阳关有故人。

饭后在大雪纷飞中回到宾馆，我在美丽的高山大水间和你说晚安。

蓝色冰洞

今天我们要到昌都的边坝县边坝镇，去到贡嘎雪山脚下。

昌都的贡嘎雪山与四川的贡嘎山重名，但并非同一座。我们今早要去看位于海拔 4000 多米处的贡嘎雪山蓝冰洞，它是目前已经探明的 5 个冰洞中最大的单体冰洞。这个洞于 2023 年 3 月首次被当地老百姓发现，在此之前是藏在深山里的瑰宝。

我们把车停在临时停车场，步行 100 多米前往冰洞。这个地方没有任何网络信号，为了配合我们的直播，让更多人看到这个大自然造物的奇迹，当地电信部门专门设立了一个临时基站，我们只能用特殊的手机才能连接网络。

站在曾是冰川的河床上放眼望去，鹅卵石、碎石遍地。黑色冰壁的线条，标示着冰川曾经到达的高度。顺着山谷往下看，流水潺潺，这是消融的贡嘎冰川以及冬天的融雪带来的水源。冰舌也在逐年消退，渐渐退到山体深处。

走在冰川底部，冰川的颜色有绿色、有蓝色，这是积雪间不断的挤压改变了冰的密度和硬度而形成的。我仿佛能感到冰川表面正在不断融化。我曾见过高大冰川的融化，像悬崖峭壁一样突然间塌陷下来，瞬间变成峡谷。这种壮观的自然景色每分每秒都处于变动中，很容易消逝。工作人员告诉我，已有十几万人不远万里来到这里看冰洞，因为这是一个新生的自然奇迹，而且如此短暂、易逝。

冰洞的洞口很狭窄，进去之后就忽然站在一个广阔的空间中，颇有"初极狭，才通人，复行数十步，豁然开朗"的意境。我们何其有幸，走进千万年冰川的肚子里，此时任何语言都是苍白的，都是多余的，但我还是想竭力描述一下这一眼万年的景象：这里像是一座仙人居住的水晶宫殿，整个冰洞长 165 米，最宽处 26 米，最高处达到了 15 米。在阳光的照射下，冰变得更蓝、更透明了，比美玉更漂亮。冰洞的顶端奇异而美丽，冰尖嶙峋险峭，让人不禁担

心是否会砸到脑袋上。我的脚底下是冰，头顶上是冰，透明的冰层中能看到夹带的沙石。我们前后左右的冰层都有千年万年的历史，这是造物的奇迹。蓝冰洞是我有生以来见过的最美、最神秘的地方，也是我有生以来进入的最久远的岁月。

　　工作人员为我们讲解了冰洞的形成原理。冰洞的侵蚀过程分为三种：冰面消融、冰内消融、冰下消融。冰面受阳光的照射融化，融水流入冰川的裂缝中，经过长时间的侵蚀以后形成冰洞，或是两头相通的隧道。据我的实地观察和推测，冰洞的形成过程与溶洞差不多：冰洞是冰水从冰川下流过时侵蚀冰体而形成的，溶洞则是流水从山石下流过逐渐侵蚀山体而形成的。但溶洞一般变化幅度较小，而冰洞每年都在变化。我猜想，当地百姓原先没有发现冰洞，是因为冰洞还在冰川下面，所以没有暴露出来，后来冰川不断融

化、崩塌，才让这个冰洞大白于天下。

从山坡上的洞口走出。在四月的阳光下，冰凌尖的水滴答落下。贡嘎冰川的断面闪闪发光，时刻都在融化，汇成涓流的小溪；曾是冰川和冰舌的地方，现在变成了堆满碎石的峡谷。降雪量连年减少，春天的积雪过早融化，冬天的降雪已经不再可能形成新的冰川了。全球变暖这一人类无法控制的力量，让许多自然奇迹开始消逝。中国冰川的消失速度是全世界最快的。十年前我坐飞机从祁连山上飞过时，下面还是白雪皑皑，现在夏季飞越祁连山，山顶已经几乎看不到白雪了。

欣赏地球上壮美而易逝的自然奇观，这对生命是一种启示，也是一种拓展。在大自然的奇迹面前，人类非常渺小，我们唯一能做的，就是谦卑、恭敬地面对这个星球。保护这个星球，就是保护人类自己。

（此景点直播导游为王文星、仁宗旺秀，特别鸣谢！）

三色湖

离开祥格拉冰川，我们来到了边坝县的三色湖。

三色湖和蓝色冰洞、祥格拉冰川是连在一起的，三者之间相距也就几公里，来回非常方便。三色湖分为三个湖：黄湖、黑湖和白湖。这三个湖被山隔开，呈品字形分布。其中，黑湖是最大的一个湖，面积有 10 万平方米，属于高山深水湖。

三色湖拥有美丽的景致，湖的颜色变化不定。为什么呢？因为湖的周边都是雪山，雪山上含有矿物质的冰雪融化成水流入湖中，湖的颜色就会呈现出深蓝、翡翠绿等色彩。九寨沟的形成也是类似原因，冰川融水不断摩擦岩石，把岩石中的矿物质溶解到水中，积水成潭之后，由于水中所含矿物质的不同，就会呈现出不一样的色彩。

四月的三色湖，水面的冰刚刚解封，湖的颜色已经显现出来了。秋天应该是三色湖最美的时候，不过五月份杜鹃花开了以后，三色湖也挺美的。

黄湖是我们参观的第一个湖，它在三个湖中面积是最小的，但传说它是最灵验的一个湖，据说有人可以在黄湖里看到前生今世。

走在环湖栈道上，抬头望向远处的山峦，会看到一座古城堡。这座城堡始建于清朝，叫作"达宗遗址"，是当时边坝的县政府。为什么当初要把县政府建在山上呢？主要是出于安全考虑。达宗在1830年的时候被放弃了，原因有三：一是在1810年到1830年之间发生过几次地震，有一部分建筑坍塌了；二是这个地方当时已经远离了官道，并不在交通要道上，因此不是很方便；三是当时这里匪患比较严重。其实人类几千年来都没有远离过这三大要素，一个城市的繁荣与衰落，首先在于它的交通和经济发展是否有重要关系；其次是自然灾害，比如庞贝古城，一场火山喷发就让它在地下埋了2000多年；还有就是匪患，有土匪的地方，老百姓没办法安宁生活，只得迁徙。

这个城堡形的建筑沿着悬崖峭壁建造，面积看起来应该挺大的，但我们没有办法爬上去，因为高反比较严重。

黄湖不远处有座雪山，叫作"冲冲朗"，也就是"仙鹤"的意思，因为整座山的形状就像仙鹤展翅。这座山到了夏天就基本没有雪了，会露出苍凉的山头，失去白雪皑皑的明媚。冲冲朗原来的雪线是4500米，现在是5500米左右，升高了约1000米。其实还有很多雪山也是如此，背后的原因都是全球变暖，这实在是非常令人遗憾的事情。

我们沿着栈道慢慢走向三色湖。站在栈道上，居高临下地欣赏雪山之下的湖水，湖水很清澈，泛着淡绿色，下面有牧民在骑牦牛、西藏马。西藏马尽管很小，但是肺活量巨大，在高海拔地区，这些马的耐力特别好。原来茶马古道的马队、马帮，用来驮运东西的马基本都是西藏马，因为它们特别善于翻山越岭。

沿着栈道一直往上爬，旺秀局长和我都累得气喘吁吁。我们的摄像师扛着机器一边爬一边拍摄，比我们更累，我开玩笑说，过两天他们就要造反回北京了。

爬完最后一段台阶，来到观景平台。当地把西藏颇负盛名的格萨尔说唱艺人斯塔多杰请过来为我们表演《格萨尔》说唱。斯塔多杰今年三十三岁，西藏大学研究生毕业，是当地学历最高的人。他从九岁开始唱格萨尔王的故事，今年还上了春节联欢晚会。西藏很多说唱艺人有一个特点，就是他们的说唱并不是学来的，而是神授或者依靠修行的力量达成的，能够一次不停地说上几个小时，而且中间不会出错。

当地老百姓听说斯塔多杰要来，都早早在山坡上坐等了。表演完以后，我问斯塔多杰他所唱的内容，他说是《格萨尔》的一个片段，内容主要是格萨尔王打胜仗回来后与大将们在宫殿一起庆祝的场景。

看完《格萨尔》演出和其他一些歌舞表演，我们接着观景。

从观景平台往下看，就是黑湖了，也就是三色湖的第二个湖。但此时的黑湖看上去是绿色的，旺秀局长说这是日照的原因，如果是阴天，湖水就是黑色的了。但是我宁可在阳光灿烂的天气看它，真的美极了，一点都不比九寨沟差。

三色湖真的值得来一趟，多远都值得来，从昌都坐车过来也就七八个小时的路程。现在租车很方便，租完车从边坝过去，一路开到那曲，到了拉萨再还车，回去的时候可以在拉萨坐飞机。

看演出的老百姓散了以后，我们驱车前往第三个湖——白湖。

白湖和黑湖实际上是一体的，只不过被山隔挡了。白湖之所以看起来是白色的，一是因为从水平面持平的角度看，阳光将白云的白色映射在湖水上面，看上去就是一片白色；二是湖的对面就是白色的雪山，雪山映照在湖水之上，就会产生白色反光。

白湖美得让我不想说话，就想静静地欣赏。朋友们如果有时间，强烈推荐你来一趟。时间实际上是被挤出来的，就像这次，我把办公室案头那些繁杂的事情推掉，对新东方的人说"对不起，我

要走了"，就义无反顾地来了。

湖里有成千上万条高原裂腹鱼，这种冷水鱼平时就吃水里的微生物，一年只能长一寸，生长十分缓慢。为了保护环境，现在不让吃这种鱼了，而且湖里也不让放生其他鱼类。我们在湖边用带来的馒头投喂了一会儿裂腹鱼，它们争相夺食，水浪翻滚。

这次来到三色湖，感触颇深。看着美到令人窒息的绿色湖水，我想到，水只有足够深才能呈现出绚烂的色彩，人其实也一样，应该要有厚度和深度，才能让性格更敦厚，才能让知识厚积薄发，这样才不会显得毫无趣味。人生是一个不断积累的过程，有的人一生积累的是美好，有的人积累的则是垃圾；有的人一生积累的是善念，有的人积累的则是邪念。正因为有善念的人更多，这个世界才会不断往美好的方向发展。

到了西藏这块土地，尤其能感受到善良、纯朴的品质。人与人之间不做防范、互相帮助、互相理解，充满热情，且简单、宁静、高远，就如周围的雪山大地一样，看似遥不可及，实际都在自己心里。

（此景点直播导游为龚书记、仁宗旺秀，特别鸣谢！）

第七天

沐浴在阳光之下

（2024 年 4 月 16 日）

今天是藏地之旅的第七天。

昨天我们住在比如县白嘎乡的酒店，为的是今天能够去萨普神山。近几年禁猎后，这里多了很多棕熊，晚上居然有人拍到了棕熊的活动。早餐后我们出发去萨普神山。昨天喝酒过量，今天跑肚子，一路上上了好几次厕所。

到了神山脚下，我们先去参观了桑达寺。这个寺庙已有 800 年历史，是苯教和佛教混合寺庙，因为当年十八军路过，寺庙支持过部队，所以带有红色基因。寺庙里的装饰十分美丽，大量的木雕是木雕之乡浙江东阳的师傅雕刻的。

离开寺庙，我们一路向前，沿着土路驶向神山。神山在车头前面已经露出了俊俏的容颜。到达神山脚下的萨木错湖边，我们为神山的美丽所震惊。那斧劈刀削般的金字塔形山峰直耸云霄，山头仙气飘舞，美到窒息。圣湖还结着冰，一片洁白，延伸到圣山脚下。今天早上这里还在下雪，我们到达的时候天空放晴，几乎所有山头都沐浴在阳光之下，我们给网友直播了雪山景色。

萨普神山是念青唐古拉山的第二高峰，海拔6956米。这是一座有故事的神山。萨普是传说中的英雄，他的妻子叫雪漠。雪漠少年时与另一座神山郭布是青梅竹马，后来郭布出去打仗，十几年没回，萨普又帮助雪漠家降伏了妖魔，于是雪漠嫁给了萨普，生儿育女。后来郭布回来，和雪漠暗通款曲，又生了一个儿子，所以就有了私生子峰。

这个故事其实体现了藏族人民对于感情比较宽容的看法，也给了我们一点启示，感情的事情需要认真，但也没有必要狭隘，你遇到的感情纠结，几千年来都在重复上演。悲欢离合是人间常态，这个故事也使每一座山都具备了个性，增加了魅力。

当地朋友在圣湖边的草坪上，以雪山为背景安排了一场歌舞表演，小伙刚健的舞蹈和姑娘柔美的舞姿，与洁白的雪山圣湖交相辉映，令人心醉。这是我看过的背景最雄壮辽阔的演出，终生难忘，网友们也被惊艳到，点了无数的赞。

离开神山，我们驶回558国道，向比如县城出发。天空彤云密布，飘雪纷纷扬扬。我们翻越了海拔5072米的夏拉山口，下车摄影，凌厉的寒风扑面而来，风头如刀面如割。

翻过垭口，我们到达比如县城，吃了午餐又继续出发，下一个目的地是达姆寺。我们一路沿着景色壮美的怒江峡谷向前，看了怒江第一湾，江水在深山峡谷中翻腾，天空有秃鹫飞翔。再往上走，怒江"秒变"那曲，也因此有了那曲市。那曲是"黑河"的意思，因为怒江上游河水清澈到发黑。怒江发源于唐古拉山，一路向南到达缅甸入海，进入缅甸后，它叫萨尔温江。

达姆寺就在怒江边上，我们参观了骷髅墙。一排排骷髅镶嵌在墙上，围绕着天葬台。西藏的丧葬习俗是天葬，就是连肉带骨头都让秃鹫吃掉，但从十九世纪开始，这里的习惯变成了把骷髅留下，一直到今天还是这样，用意可能是提醒大家更加珍惜生命，也算是生者对于死者的一种纪念。天葬院至今已经积累了3000多个骷髅，站在骷髅墙前内心会产生一种震撼和平静。震撼于死神对谁都一视同仁，平静于生死无常，你只是芸芸众生的一员，没有必要过分矫情。

离开骷髅墙，我们又参观了文成公主浮雕墙，据说文成公主进藏，经过了今天的茶曲乡，在这里沐浴更衣，休息了三个月。边上

的达姆寺也是文成公主所建，据说比大昭寺还早了13年。

听说我来，这里的老百姓纷纷拿出农产品来展示，他们要和我照相宣传产品，我欣然同意，能帮人一点，内心总是快乐的。随后我们继续上路，晚上要赶到那曲市。沿着558国道再转入317国道一路前行，路上经历了风雪交加，经过了雪山垭口，经过了藏北草原，看到了如血的晚霞、成群的牦牛，内心升起了"万里赴戎机，关山度若飞"的豪迈，尽管和平盛世没有戎机可赴，但征服自己、挑战自我也是一种"戎机"。当我们能够心平气和面对一切磨难和委屈，并且依然愿意勇往直前，也许就真正达到了觉悟的境界。

华灯初上的晚上九点，我们到达那曲市。当地的朋友热情地迎接了我们并共进晚餐。

那曲的海拔是4510米，我在中国海拔最高的城市和你说晚安。

萨普神山

今天我们参观那曲市比如县的萨普神山，本来约定十点到，结果一路颠簸耽搁到了十一点。自从上了青藏高原，每次约定的时间，没有一次能准时。

昨天到达比如县的时候，天上正在下雪，我心想完了，明天去萨普神山如果云雾缥缈或者大雪飘飘，就什么也看不到了。今早起床，住处仍然云雾笼罩，没想到越往这边走，天空越蓝，我们远远开车过来，就看到萨普神山在阳光下闪耀着明媚的光芒。尽管山背后还是有云雾，但山头已经全部露出来了。萨普神山一年中有一半时间是躲在云雾里的，很多游客来这里等待三四天，也见不到它的真容，我们今天何其幸运。

萨普的"萨"，在藏语中是"雪豹"的意思，"普"指的是最里面。我们身处的普宗沟里，之前经常有雪豹出没，由此得名。现在雪豹数量在增加，周围的老百姓，特别是养牦牛的人家，有时还能看到雪豹。据藏民说，雪豹专门吸牦牛的血，但不吃牛肉。

萨普神山是念青唐古拉山的第二高峰，海拔 6956 米。1997 年和 1998 年，英国登山队、美国和日本联合登山队分别两次到这里准备登顶，但都没能成功。其实萨普神山的海拔并不高，但人们就是登不上去，也是奇怪。

萨普神山由七座山峰组成，在苯教神话中，这分别是神山和他的家人及手下。除了最庞大的一座山峰萨普，周围还有妻子、女儿、长子、二儿子、私生子和医生等拟人化的山峰。向导为我详细讲述了萨普神山及其家人的爱恨情仇，听完这些故事，山群仿佛显得灵动起来，每一座山都有了它的性格。我忍不住要将这个故事再讲一遍。

传说在很久以前，附近的那如沟有一个年轻帅气的小伙子，叫郭布扎西塔杰，还有一个美丽阳光的女孩，叫雪漠。他们两人从小一起长大，两小无猜。郭布想成为英雄，拥有兵马，建立王国。于是他下定决心，告别了亲人、爱人，独自踏上了走向远方的道路。

那如沟里面生活着一个恶魔，专门抓年轻女子修炼法力。郭布远行后，恶魔就把雪漠拐走了。雪漠的父母手足无措，到处寻找能够解救女儿的英雄。他们打听到普宗沟内有一个专门降魔除妖的英雄萨普，就请求他搭救自己的女儿。于是萨普与恶魔力战整整三天三夜，终于制服了恶魔，却因怜惜生命放了它一条生路。

萨普救下奄奄一息、半醒半昏的雪漠，又用自己的法力唤醒了她。当雪漠睁开眼睛的一瞬间，萨普就深深地爱上了她，但碍于身份，不好意思表达爱意。萨普日日夜夜思念着雪漠，三个月后终于下定决心去雪漠家里提亲。雪漠觉得萨普是救命恩人，不好意思拒绝，就与他成婚了，生下了长子、二儿子、女儿。可就在她生下女儿的那一年，在外面闯荡了十几年，已经成为英雄的郭布回来了。

而同一时候，萨普在回家的路上受到了袭击，袭击者正是当时他放走的恶魔。恶魔终究是恶魔，并没有改邪归正。萨普身负重伤逃走了，恶魔便在沟里到处宣称自己杀了萨普，恣意烧杀抢掠。

萨普去世的消息传到雪漠耳中，她非常伤心难过，整整五年不与人说话。郭布在这五年间一直陪伴在雪漠左右。有一天，雪漠采挖药草时差点掉下悬崖，郭布救下了她。雪漠终于转变心意了，在父母的见证下，与青梅竹马的郭布重修旧好，生了一个儿子。萨普回来后，一家人收养了这个孩子。故事的最后，所有人物都化为神山，守护着整个沟里的千千万万生命。

故事讲完了。故事里的人物与眼前形态各异的山峰一一对应了起来：那座形状像等腰三角形的山是萨普的二儿子，那座侧面有突出山尖的山是女儿，盛产药材的山头是萨普的医生，郭布神山与萨普神山相邻。整体形态上，妻子、萨普、女儿、二儿子面对我们，唯独私生子和长子背对众人，因为私生子觉得自己在整个大家庭里格格不入；而长子则是因为他个子长得很快，就要超过父亲，萨普不想被超过，就在他头上拍了拍，长子不满意父亲的做法，于是背过身去。

萨普神山前方的萨木错，壮美而神秘，湖面在晴天是碧绿的翡翠色。我们去的时候，湖面仍被冰封，相传藏历5月15日（大约是公历的 6 月），湖冰会一夜之间融化；藏历 9 月 15 日（大约是公历的 11 月），湖面又会一夜之间结冰。向导示意我们看向湖对面山脚处的一座隐蔽的黄房子，那里有一位僧人在修行，他原本是那曲市嘉黎县的教师，在这里修行将近 20 年了。

而后，我们到黑帐篷中感受藏族百姓的日常生活。藏民在高原放牧转场的时候，以黑帐篷为家。黑帐篷是用牦牛的毛发手工制成，耐磨，易于拆卸，便于托运，还有冬暖夏凉的作用。帐篷内，藏式炉子一直烧着，上面煮着牛奶，牛奶不停搅拌后会变得浓稠，倒出来就是奶渣，跟糌粑捏在一起吃。藏族的点心也是用这种奶渣和酥油搅拌在一起制成的。

藏民的衣食住行离不开牦牛，他们烧的是牦牛的粪，喝的是牦牛的奶，吃的是牦牛的肉。我还看到一个奇特的"牛鞍"，用牦牛

皮制成，是夏冬牧场转场的时候运送、储备粮食的用具。当地人还为我展示了牦牛毛编成的提包和牦牛皮制成的皮绳，可用于捆绑帐篷。

欣赏了萨普神山美丽的景色，倾听了萨普神山美丽的故事，了解了藏族牧民淳朴而富有乐趣与智慧的生活，我在高原纯净的天空下感到生命无处不在，通过自我和他人的激发日益臻于完善。

从萨普神山下来，我们一路向西，向那曲方向前行。一路上，怒江在左边奔腾汹涌，高山在右边腾挪逶迤，我们的道路如不绝的希望，向前延伸。

（此景点导游为同珠和贡珠，特别鸣谢！）

达姆寺天葬院

沿着怒江峡谷一路向西，到达比如县达姆寺，然后来到达姆寺天葬院。

大家都知道，藏族人有天葬的习俗，并且把天葬看作最高的丧葬仪式。为什么呢？因为他们认为，自己这一生都是大自然养育的，死亡以后就要把自己回馈给大自然，所以他们人生中做的最后一件善事，就是把自己的身体投喂给秃鹫，让秃鹫吃饱肚子，算是给世间做了最后一次贡献。另外还有一种说法是，秃鹫会把人的肉体带到天上去，使得灵魂得以飞升。

天葬的时候，天葬师不仅会把人的肉一块块割下来扔给秃鹫，就连骨头，也会敲碎之后拌上糌粑和盐扔给秃鹫，什么都不能留下。但是天葬院从1820年开始，会在天葬的时候把人的头颅留下来，并且砌成一堵墙，据说整个西藏仅有这个地方有这样的习惯。我问导游卓玛原因，她说有两种说法：第一种说法是，这是达普八世白玛白扎活佛在寺院里定的一个寺规；第二种说法是，这个习惯起源于附近发生的一个故事：达姆寺所在的山后面有一个村庄，叫作多索卡村，很久以前这个村里有一个人经常做坏事，可以说无恶不作，当他快要死亡的时候，才突然彻底醒悟。为了让活着的人以他为戒，他要求天葬师把他的头骨留在这里，让人们懂得，每个人最终都会和他一样经历死亡，所以在生前要多做善事，珍爱生命，珍惜身边的人。

天葬院以前是不对外开放的，后来为了教育人们，才在2021年对游客开放。游客可以在里面拍照、拍视频，唯一不能做的是踩天葬台，因为台上会放遗体，台下有佛教的法器，需要得到人们的尊重。现在藏区依然以天葬为主，天葬师在举行天葬仪式的时候，无论家属还是村民都不能去观看，这也是对死者的一种尊重。

天葬院有两个天葬台，一个放的是正常死亡的人，另一个放的是非正常死亡的人。什么是非正常死亡呢？就是意外死亡，提前结束了生命，不符合自然界的循环规律。但无论是非正常死亡的人，还是正常死亡的人，都会为他们举行天葬仪式，并不会进行区分。有人说，只有有钱人才可以举行天葬仪式，这个说法是错误的。

天葬的过程是这样的：天葬院有两个门，一个正门，一个侧门。正门是为死者提供的，因为死者为大，活着的人则从侧门进出。天葬之前，他们会把遗体蜷缩成一个裸体的婴儿形状捆绑起来，意思是怎么来到这个世界上，就怎么回去；然后用裹尸布把遗体包裹起来，背对背背进天葬院，放在天葬台上；接着就是请僧人念经超度，超度完以后僧人就会出去；最后由天葬师举行天葬仪式。

目前天葬院保存有三千多个头骨，眼睛能看到的有一千多个，这些都是附近几个村子里面在这几百年间去世的人。其他地方也有许多天葬台，但人们基本选择就近天葬。

参观天葬院让我有了一些感受，就是无论我们能够活多久，哪怕活到一百岁，生命都是短暂的。当我们想到自己终有一天要离开这个世界的时候，我们应该如何珍惜当下的生活，如何让自己过得更加幸福，如何让生命更加有意义呢？佛家主张一切皆空、真空妙有，当生命还在的时候，我们不仅要实实在在地生活下去，而且要让生命绽放出更多的光芒。

读者朋友们应该实地来看一看这个地方，可能会给你带来更大的震撼。一个人的生命开悟是要有机缘的，有的时候是游历了高山大水之后，有的时候是生了一场大病之后，有的时候是看到了某种震撼性的场景之后；或者有的时候是遭遇了一场严重的自然灾害之后，也有的时候是打坐冥想之后。能够心胸开阔，能够放下执着，这对生命有很重大的意义，意味着我们能够在有生之年一直沐浴在幸福中。

（此景点直播导游为卓玛、秦瑶，特别鸣谢！）

第八天

泪水凝聚成的湖泊

（2024 年 4 月 17 日）

今天是藏地之旅的第八天。

昨天住在海拔 4510 米的高度，居然睡着了。早上六点半起来，拉开窗帘，外面大雪纷纷扬扬，一下感动了我，同时又担心今天的行程可能被耽误。早餐时当地朋友鼓励我说下雪是常事，春雪不挡人。随后我们冒着大雪出发，目的地是圣象天门。我在心里祈祷，希望到了圣象天门是晴天。

沿着 109 国道转 302 省道，我们一路向西。大雪依然在下，道路前行艰难，但两边羌塘草原的辽阔景色，让人心胸壮阔。羌塘草原平均海拔 4500 米以上，是世界上最高的大草原。草原一望无际，牦牛在雪中觅食，以坚韧对付艰难，生命力如此顽强。远方山峦起伏，在云雾中逶迤腾挪。那曲被称为"一错再错"的地方，"错"就是"湖"的意思。青藏高原遍布湖泊，淡水湖和咸水湖交相辉映，"一错再错"，魅力无限。我们一路上经过了好几个错，目的地纳木错是西藏最美的湖之一，坐落在念青唐古拉山脚下，羌塘高原的核心地带。去年我就在纳木错南岸的扎西半岛直播过，网友惊呼仙境。

圣象天门位于纳木错北岸，直面纳木错和念青唐古拉山，景色更加壮美。由于一路大雪阻隔，我们到达景区门口已经下午一点，还要坐一个小时的越野车到圣象天门脚下。到湖边已经下午两点，天气放晴。老天给了巨大的面子，我们来不及吃饭，赶紧直播。高原天气瞬息万变，转眼间就会阴云密布。纳木错已经解冻，湖水呈现出翡翠和深蓝交替的颜色，浩浩荡荡延伸到圣山脚下。念青唐古拉山还隐藏在云层里，白色和深蓝色互相依恋，难怪传说念青唐古拉山和纳木错是一对夫妻，互相恩爱了万年。老天鬼斧神工，岩石侵蚀居然在岸边形成一头大象，惟妙惟肖，景色美到了令我无言的地步。

直播时寒风劲吹，信号不好，为了找到信号，我不惜气喘吁吁爬到了湖边的峭壁上，但依然没有清晰的图像。直播后我赶紧制作了清晰的小视频传到网上，让朋友们一睹圣象天门的神奇美景。很多网友说我这次藏地之旅是开悟了，不争不辩不闻不问，其实世间杂事从来没有尽头，是非成败一直都是转头空，连你的亲人都不一定能够理解，何况路人甲乙。我感谢大家对我的美言和鼓励，也原谅那些对我恶言相向的人。我还是我，坚持做自己觉得对的事情，其他的留给时间来裁判。修炼自己、帮助他人、心地光明，是我坚持的三大原则，面对如此壮美的高山大水，你会瞬间明白这里的百姓为什么如此纯净。生存的艰辛让他们团结，大自然的壮阔让他们开阔，纯朴的信仰让他们珍惜一切。

在帐篷简餐后，我们继续前行，参观了湖边的董炯溶洞，又驰骋到草原深处，体会了牧民在黑帐篷中的生活。在湖边看到了东岸的念青唐古拉山主峰终于从云层中出来，一现其挺拔的真容。今天真的好幸运，在大雪纷飞之后见到了如此美丽的湖，如此美丽的山。

我们沿着羌塘草原一路向北，平均海拔到了 5000 米以上，翻山越岭到了班戈县城。班戈县的朋友希望我直播班戈非遗博物馆，我欣然同意，通过直播为网友们介绍了藏区的生活习俗和文艺传承。尽管班戈县城海拔 4850 米，但经过这几天的适应，我的高反并不那么严重。人与人只有在真情中才会互相袒露心扉，藏族的朋友是如此热情和纯朴，心无芥蒂，让我也老夫聊发少年狂。很多网友建议我少喝酒，但不举杯如何对得起朋友的真情和高歌，如何承受住高原的信任。人生自古无易事，历尽千帆仍少年。

回到驻地，已经晚上十一点多。我在羌塘高原广袤的天地间，和你说晚安。

圣象天门

　　早上起来从那曲县城出发，目的地是圣象天门。一路上冒着纷纷扬扬的大雪，天地已经变成了白茫茫一片。沿着 109 国道向拉萨方向行驶一个小时左右，我们拐上了前往纳木错的道路。路两边白雪铺盖的大地上，一群群牦牛在四处游荡，远方山峦起伏，小型湖泊如翡翠镶嵌在大地上。

　　圣象天门是圣湖纳木错边最壮观、最美丽的一个景点。从那曲到圣象天门本来需要三个小时，但因为降雪，我们用了整整五个小时才到。

　　我们原本打算先吃点午饭，但路途中发现天空的蓝色开始出现，阳光从头顶上洒下来，我说必须赶紧开播，高原气候瞬息万变，这瞬间的美景等吃完饭很可能就被云雾遮蔽了，那就亏负了我们一路的辛劳。

　　纳木错海拔 4718 米，长约 70 千米，平均宽度约 30 千米，面积大概 1920 平方千米。纳木错是藏族人民心目中的圣湖，每年有不少信众围着纳木错转湖，转一圈的路程是 300 公里，他们一般用八到十天走完。当地的藏族人有"马年转山，羊年转湖"的习俗，所以每逢羊年会有几十万人来这里转湖，因此湖边还修筑了步道。

圣象天门位于纳木错北岸的小岛上，隔着圣湖与神山念青唐古拉对望。这是一座石山，形状看起来像一头饮水的大象，象鼻与身体之间形成一座拱门。县长告诉我们，这里"三圣"同存：圣湖、圣山和圣象。在藏族人民心里，象一直是非常神圣的兽。圣象天门是纳木错的财神，菩萨骑象也是吉祥的象征。

关于圣象天门和纳木错的形成，当地流传着美丽的传说。传说中，纳木错湖畔生活着一个放牧的女孩，名叫多吉贡扎玛，藏民们也叫她"纳木错女神"。有一天，她看到一个穿白袍的小伙子骑着白马下山，就一下子爱上了这个英俊的小伙子，因此患上了相思

病，天天以泪洗面。这个小伙子就是念青唐古拉山神，他也爱上了纳木错女神，但是他把感情埋在了心里。纳木错的泪水从山上流下来，念青唐古拉山神用他的身体堵住纳木错奔流的眼泪，日积月累，就形成了纳木错。当这摊眼泪大得不能再大的时候，两个人相互拥抱，定下终身。格萨尔王的母亲果萨拉姆为了给他们庆贺，带着108个神一夜之间搭建了迎婚圣门，就是这座形似大象的圣象天门。他们成婚以后，有了爱情的结晶——他们的儿子唐拉小宝。

但这个爱情传说还没有结束。

当念青唐古拉山神到天庭感谢果萨拉姆的时候，无名山神侵犯了纳木错女神。纳木错女神不堪受辱，羞愤自尽。念青唐古拉山神得知消息，勃然大怒，拿着大刀把无名山神拦腰劈成两半，把他扔到了现在的班戈县保吉乡。据当地人说，"保吉"的意思是"被阉割的神"。大仇得报，但念青唐古拉山神心爱的妻子回不来了，于是他就化作山，与妻子化成的湖永远相守了。

失去了母亲，唐拉小宝只能靠在父亲的身边，紧挨着念青唐古拉山化成了一座小山。果萨拉姆为了纪念他们，立下了一块夫妻石，而圣象天门也成了他们坚贞爱情的象征。

我们爬上附近的山，俯瞰美丽的纳木错，圣象天门变成了一小块石头。纳木错的湖水刚刚解冻，如果我们再早两天来，可能看到的是满湖白色的冰凌——老天真的很给我们面子。湖水在阳光下泛着翡翠般的深蓝，极其漂亮。此刻天地之壮美，没有语言可以道尽。

　　回味着纳木错、念青唐古拉山的爱情故事，在圣山圣湖脚下，我祝福天下有情人终成眷属。

（此景点导游为赤旺，特别鸣谢！）

班戈非遗博物馆

班戈是那曲下面的一个县，在纳木错的北边几十千米。一路过来，海拔都在 5100 米上下，我们或多或少都有点高原反应，稍微动一动就已经很累了。

人们常说，班戈这个地方是"错上加错"，地图上的班戈，到处都是蓝色的点，那都是"错"。班戈不光有纳木错，还有美丽的色林错。中国的第一大咸水湖是青海湖，排在第二的就是色林错，纳木错排第三。本来纳木错排在第二，但近几年色林错的水域面积扩大了，于是排序也被重新定义。

按照时区，班戈县地方时比北京晚两个小时，当地下午七点显示北京时间晚上九点，此时高原的天空仍旧阳光灿烂。早上出发时漫天大雪，一路上风雪交加。我们本来担心汽车会在半路陷到雪地里出不来，但老天给了我们特别的关照，慢慢地雪停了，云雾飘散开来。

班戈县非物质文化遗产博物馆，是西藏唯一的非遗博物馆，始建于 2016 年，于 2022 年 5 月正式开馆，如今已成为西藏首批非遗旅游景区。据导游丹真介绍，班戈县是非遗大县，从国家级、自治区级，到市级、县级，有完善的四级非遗体系。班戈县有 10 个乡镇，88 个村庄，80% 以上的村庄都有非遗项目。建馆时老百姓捐赠的 168 件物品至今仍在馆内珍藏着，多是牧民日常用的东西，还有很少见的驮鞍。

博物馆里展示的驼盐古道吸引了我的注意。班戈本地没有盐矿，人们需要从外面把盐运进来，比如西部四县、阿里，还有最近的茶卡，于是就有了驮盐的道路。当地人每年春季会把盐从外面运进来，然后作为一种商品储存起来，到了秋季，再把盐运到藏南地区交换粮食、布匹和丝绸等商品。驮盐有两种方式：一种是牦牛驮盐，一种是绵羊驮盐。他们也会用马来驮盐，但不是主要的方式。这说明，草原上的班戈很早以前就已经发展出了商业文明。

我好奇的是，那么小的羊，能驮盐吗？丹真告诉我，羊驮盐比牛还要方便。班戈的羊骨架比一般的羊要大一些，而且驮盐的时候不会把包袱卸下来，会找石头多的地方做支撑，晚上休息的时候也驮着。单只羊驮的东西虽然少，但一群羊有几百只，加起来总量就很可观了。另外，羊走路更灵活，不容易陷入沼泽地。

采盐、驮盐的规矩也多，比如驮盐只能男人去，女人不能去；去盐湖的男人不能带女人，也不能亲近女色。即便驮盐的队伍里清一色都是男人，也要从中选出"爸爸""妈妈"和"法官"等角色，在路上各司其职，管理盐队，比如"妈妈"的角色负责生火做饭，照顾大家饮食起居；"法官"的角色负责调解矛盾，对犯规者做出相应惩罚等。因为在那边采盐几乎没有成本，所以盐帮有自己的规矩，就是盐队要保护盐湖，不能让盐湖在第二年来的时候采不出盐。

在秘境班戈展区，我们看到了三万多年前旧石器时代的石器，还有很多山洞岩画。班戈的岩画已有三四千年的历史，全是象形图案，没有文字。创作岩画的人或者用凿子把图画凿在石头上，或者用天然的矿物颜料画在石头上。相关单位考察过，班戈的岩画共有189件。目前除了馆内收藏的，还有一些野外的岩画，工作人员会日常巡逻保护。

班戈的非遗项目有130多类，其中有两个是大型国家级项目，一个是谐钦，另一个是昌鲁。谐钦是一种锅庄的形式，是把生活动作融入舞蹈。现在班戈学校的课间操就是谐钦。可见任何大雅都来自民间，真正接地气的都来自民间。过去班戈县藏北一带做盐粮贸易的时候，经常遇到盗贼，为了跟他们打好交道，智慧的牧民就创作了一类歌曲，叫作昌鲁。于是，盗贼认为牧民是同行，就放任他们做盐粮贸易，后来逐渐形成了那曲班戈一带的昌鲁文化。

游览博物馆的规则就是不走回头路，我们的路线也是这样。看完非遗馆，往下就是民俗馆。班戈县的民俗文化也是非常丰富的，尤其是非遗服饰。班戈县有6种19套非遗服饰，其中最出名的是亚巴服饰。藏北地区的服饰比较奇特，围裙、腰饰、腰带传承的是藏北的一种习俗。男生的服饰看起来差不多，但花饰、腰带和配饰是不一样的。

藏族的雨衣也很奇特，像是连着帽子的斗篷，是用毡子做的，下雨的时候会淋湿，但不会透。牛羊淋雨后冻不死的原因也在于此，因为它们的毛是中空的，防雨防寒。

在海拔近5000米的地方爬楼梯是一件很痛苦的事情，但二楼的开放式体验区实在不容错过。体验区的传统医药展示区独具特色。藏药与西药并非同宗，却是同时发展的，据说在十七、十八世纪时，藏医就会给人开刀动手术了。如今的藏药仍然非常管用，我的助理一到高原就犯了鼻窦炎，严重到不能呼吸，吃了朋友推荐的藏药，当天就好了。

这还是第一次在博物馆看到牛粪堆。藏族人民对牦牛非常爱护，因为牦牛周身全是宝。牦牛的肉可以吃，毛可以制成各种物品，就连牛粪也都会被收集起来，晒干后垒成牛粪墙，变成燃料。也就是说，牦牛在吃草的同时，就是在为牧民制造燃料。我在黑帐篷里专门闻过牦牛粪烧火的味道，是香的，而不是臭的。牦牛的消化系统不会把草的成分全部消化完，所以尽管是牛粪，却带着草的香味。也可能因为我曾是农民，从小和牛粪打交道，所以对这种味道感到亲切。

在羌塘草原上，一户藏族人家差不多能养一百多头牦牛，一头牦牛价值一万多块，大一点的牦牛可以卖到两三万。我还听说藏族有一个传统，就是牦牛原则上要养三年以上，这不只是出于对牦牛的爱护，让它们能够自由自在地生活三年，也是为了践行宗教保护生命、不随便杀生的观念。

藏族人民对牛羊的敬畏让我很震撼。前一天我去骷髅墙，听当地人说，他们也会给牛羊进行天葬，为的是表达对它们的尊敬和感谢。牛羊生前为人服务，死后要奉献给大地，奉献给自然。丹真说，藏文明中，表达人和自然、人和动物和谐共生的象征有很多，从现代的角度来看，都是和环保挂钩的。

民俗馆里还陈列着古老的藏族玩具，比如以动物命名的石子棋、羊拐等，甚至还有算盘，这都是文化交流融合的结果。想想真是挺有趣的，我小时候在家乡，或多或少也都玩过类似的东西，做过类似的游戏，江苏到拉萨，距离 5000 多公里，这几个小游戏却几乎是一模一样的。

这次的班戈之旅，可以说是不虚此行。班戈大美的风光、深厚的文化底蕴，给我留下了深深的印象。

（此景点直播导游为琼杰县长、丹真，特别鸣谢！）

第九天

"一错再错"的地方

（2024 年 4 月 18 日）

今天是藏地之旅的第九天。

昨晚住在海拔 4850 米的班戈县城，半夜四点多高反发作，脑袋疼醒，干脆起床编辑前一天的视频总结。上午八点打开窗帘，阳光铺满羌塘高原大地。

今天的第一个目的地是色林错。色林错是西藏第一大咸水湖，与昨天去过的纳木错在班戈县的东西两边遥相呼应，就像两位美丽动人的姑娘。如果说四周的雪山是"错"的父亲，那羌塘草原就是"错"的母亲。雪山和草原生出了很多的错，就像无数美女，点缀在广袤的羌塘草原上，而草原以母亲博大的胸怀包容着她们，宠爱着她们。不少人觉得只要看一两个错就行，其实每个错都有自己独特的魅力，就像可爱的姑娘，有的婀娜，有的娇媚，有的大胆，有的羞怯，美不胜收，令人目不暇接。羌塘高原天高地阔，山峦起伏，草场绵延，牛羊满坡，一望无际。

这是藏族人民祖祖辈辈的生存之地，也是野生动物的乐园。我们一路过去，看到了藏原羚、藏羚羊、藏野驴。如今保护野生动物的观念已经深入人心，这些动物对人和车不太害怕，很多野生动物甚至和家畜混在一起吃草。我们路过一个个"错"，"一错再错"，希望还"错"，这是一场和美的相遇，目力所及，全是美景。

中午我们到达色林错，先到她的卫星湖——错鄂湖——开始直播。错鄂湖湖水清澈见底，湖上有两个岛，是各种鸟类的天堂。我们怕惊动鸟儿，没有去鸟岛拍摄。随后我们去了色林错。色林错广袤无边，映入眼帘的是层层叠叠的蓝翡翠一般的波浪。面对如此景色，我心里只有一个字：醉，醉倒在天地间。我本想引用范仲淹的"春和景明，波澜不惊，上下天光，一碧万顷"，但觉得这句话还是太秀气了，表达不出这里苍山碧水的雄浑大气。

直播完我们到湖边的黑帐篷吃午饭，当地朋友安排了节目表演，并用羊头敬我。敬羊头是藏族的最高礼节之一。饭后我们继续出发，奔向今天的第二个目的地当惹雍错，一路上依然是绵延不绝的羌塘草原，蓝天白云下，牛羊成群。路过天空之树，我们也下来看了一下。天空之树是雨水侵蚀形成的沟壑，从上往下看，整体形状像一棵大树。

随后我们到了尼玛县，向南拐上了205省道，直奔当惹雍错。当惹雍错和边上的达果神山自古就是象雄王国雍仲苯教的圣湖神山，我们一路过来，在路上就能看到神山圣湖的美景。高原辽阔，尽管今天多云，不是那么明媚，但依然美不胜收。

到达文布南村的当惹雍错游客中心，当地朋友以热情的仪式接待了我们。我们打开直播为网友们介绍了象雄王国的历史，参观了游客中心的非遗传承展示，并走进了从象雄王国流传下来的石头建筑古民居。古民居内还有村民居住，我和他们交流了十分钟。民居内部充满了烟熏火燎的味道，这是真正生活的味道，也是来自历史的味道。

走出民居，我们在屋顶平台上俯瞰了整个文布南村的格局。文布南村依傍在湖边的山坡上，村庄、天地、碧湖、雪山互相加持，一派田园风光。这是一个历经千年的古老村庄，曾经是象雄王国的政治中心，至今还遗留王宫遗址。象雄王国从公元前2000年左右开始，持续到公元七世纪，统治了西藏大部分地区，最后被松赞干布的吐蕃所灭。象雄王国遗留下来的大量文化遗产，尤其是苯教信仰，一直持续到今天，和佛教互相渗透，成为藏族人民的精神寄托之一，转山、转湖、煨桑等习俗，或多或少也受此影响。

参观完民居，我们到达湖边，在湖边观看了几个非遗节目表演，随后我们坐在湖边的沙石地上，面向圣湖，和网友一起聆听阵阵的涛声。闭上眼睛的那一刻，千年历史以及藏族人民在艰难环境中不屈的意志和乐观的心态，随着涛声扑面而来，让我的身心焕然一新。牦牛在风雪弥漫的环境中安然地生长，人在生老病死时因为有诸多的不如意，充满抱怨，其实人的生活更多取决于自我选择，你可以选择忍受现状，也可以选择改变现状，你可以选择隐忍，也可以选择反抗。"仰天大笑出门去，我辈岂是蓬蒿人"，激励了多少人改变命运，不管你有多少悲苦和无奈，都是你选择的结果，抱怨只是无能的表现，请相信利剑在你手中，道路在你脚下，披荆斩棘走向远方是你的宿命，一旦做出选择，唯有风雨兼程。

写完这些文字已经晚上十一点，窗户外欢乐的老百姓还在跳着锅庄舞。我在当惹雍错的星光下，和你说晚安。

色林错

从班戈县过来，我们到了色林错。色林错有一部分在班戈县，但最核心的区域，位于那曲的申扎县。申扎县在班戈的西边，边上是淡水湖格仁错。

据申扎县吴县长说，申扎县地理位置比较特殊，通常从拉萨过来的话，会感觉这里比较偏远，可实际上申扎县在行政区划上是西藏自治区最中心的位置，犹如西藏的"心脏"。

色林错非常美丽，是中国第二大咸水湖、西藏第一大湖泊，目前总面积约 2400 平方公里。色林错周边共有 7 个湖，有点七星拱月的感觉。近旁的一个小湖，名叫错鄂湖，面积不足色林错的十分之一，却是名副其实的"鸟湖"。夏天时，会有几十万只鸟过来筑巢繁衍。到了冬天，有一些鸟会飞越珠穆朗玛峰到印度过冬，到来年三四月时，再越过珠穆朗玛峰飞回来。色林错在高原高寒草原生态系统中是珍稀濒危生物物种最多的地区，也是世界上最大的黑颈鹤自然保护区。

色林错湖水清澈，浩浩渺渺，对岸没有念青唐古拉山那样雄伟壮丽、逶迤腾挪的雪山，但周围也是山峦起伏。

色林错海拔4500米左右，申县长担心我会缺氧，可经历过班戈县接近5000米的海拔高度，在这里我只感觉清新。如果从海拔低的地方突然来到申扎县，估计我会晕两天，但如今从海拔5000米的地方走下来，这里反而变成了"福地"。

吴县长是援藏干部，已经在西藏工作了近二十年，可长得像个小伙子，完全不像我这样满脸沧桑，这让我很费解。此次同行的还有自然资源局的扎西，他看起来就比较沧桑，可吴县长的年龄实际比他大。听扎西介绍，这一带目前有42个野保员，负责野生动物和自然景观的保护和宣传。这个季节，高原裸鲤正在产卵。高原裸鲤是一种没有鳞片的鱼，会沿着阿里藏布游入错鄂湖。为了生存，

鱼需要产卵，鸟需要吃鱼，于是形成生态平衡，延续各自的种群。等到六月，就是藏羚羊产羔的时节。

色林错对面有一座死火山，是以前苯教的圣山之一。苯教是佛教之前西藏的民间信仰，诞生于公元二三世纪的西藏地区，到六七世纪时发展达到顶峰。后来松赞干布统一了西藏，娶的两个妻子，一个是泥婆罗（今尼泊尔）的尺尊公主，一个是唐朝的文成公主。文成公主从唐朝带来了汉传佛教，尺尊公主从泥婆罗带来了印度佛教，两教融合，慢慢形成了藏传佛教的主体。后来吐蕃王国灭掉了信仰苯教的象雄王国，象雄王国虽然被灭，苯教的传统却逐渐融入了佛教。

说起色林错的前世今生，扎西滔滔不绝。民间传说，有一个叫色林的恶魔为祸人间，莲花生大师看到了人间惨状，决心降服色林。色林在与莲花生大师交手的过程中落败，逃到了这里。莲花生大师让他在湖里忏悔，不再到人间作乱，也不能祸害水族。后来恶魔色林改邪归正，成了色林错的守护者。奇妙的是，色林错和错鄂湖确实从来没有发生过任何自然灾害。近些年，由于全球气候变暖，冰雪加快了融化的速度，导致色林错的面积不断增加，羌塘草原的降水量也有所增加，从植被的角度来说，这是好事，牧草等植物会长得更加茂盛。这里还成立了国家级自然保护区，几年下来，野生物种的可见度达到了88%，甚至能见到一些雪豹、猞猁、藏羚羊和藏野驴。人与自然和谐相处，家畜与野生食草动物和谐觅食，藏羚羊从濒危物种变成了近危物种，这都是我们乐于见到的。

也在此提醒计划到这里来玩的朋友，不要随意追赶野生动物，也不要航拍藏羚羊、藏原羚，或用无人机追野狐狸、野兔，它们从来没有见过这些，容易受到惊吓。据说当初青藏铁路建好以后，尽管下面造了很多方便藏羚羊穿过去的洞，但是它们前两年根本不敢过去，看到火车开过来，那巨大的声音足以把它们吓得四散奔逃，直到近几年才逐渐适应。另外，草原也是不能被车轮碾压的，要尽可能徒步进去。我们这次其实是带了无人机的，但是一进藏区就再也没打开过，因为我们首先要保护生态环境，其次才是欣赏美景，要为子孙后代留下同样能欣赏大美河山的机会。

申扎县的28条河流都会汇聚到色林错，跟她一比，西湖就像一盆水。"春和景明"，不光是水天一色的感觉；"上下天光，一碧万顷"，这种心灵的震撼与宁静，同时奔涌而来；"则有心旷神怡，宠

辱偕忘，把酒临风，其喜洋洋者矣"——我现在就差一杯酒了。色林错的这种大美景色是范仲淹的《岳阳楼记》都没法描述出来的。

如果天空没有淡云，湖水的颜色会更加梦幻。扎西说，阳光充足的时候，湖面甚至可以拍出五种颜色。赤橙黄绿青蓝紫，哪里只有五种颜色呢？你觉得是什么颜色就是什么颜色，因为这是一种梦幻的、变化的颜色，如果硬要用语言去形容，可能就会变得俗气。

现在想想，我们不必一定要做到"居庙堂之高则忧其民，处江湖之远则忧其君"，也不需要做到"先天下之忧而忧，后天下之乐而乐"，我们只要心怀善念，活得自在，世界就是美好的天堂。

（此景点导游为吴县长、扎西，特别鸣谢！）

当惹雍错

从那曲出发到班戈，再从班戈经过申扎、双湖，到达尼玛县，再稍微往南拐一下就到了神湖当惹雍错。坦率地说，色林错固然美丽，但如果从文化和自然风光结合的角度来说，当惹雍错才是当之无愧的西藏圣湖，因为在很多神山圣水成为神山圣水之前，当惹雍错就已经是神山圣水了。为什么呢？这与雍仲苯教有关。

雍仲苯教，简称"苯教"，是起源于青藏高原的原始宗教，它最初的发源地之一，就是古象雄王国的当惹雍错和达果神山一带。

当惹雍错属于尼玛县。尼玛县文旅局的副局长阿多和援藏干部孙鹏带我们参观了这个绝美的地方。巧的是，孙鹏还是我北大的师弟，他是北大中文系的毕业生，援藏已经一年半了。

我们首先参观了当惹雍错的游客服务中心。阿多告诉我，当惹雍错两头大、中间小，是西藏三大雍错之一、四大圣湖之一，也是苯教的最大圣湖。整个西藏地区神山和圣湖合在一起的只有三个，西边的是冈仁波齐和玛旁雍错，东边的是念青唐古拉山和纳木错，中间的就是达果雪山和当惹雍错。

我问阿多，当惹雍错是淡水湖还是咸水湖，他回答说是咸水湖，但是我个人认为，当惹雍错在古代的时候有可能是淡水湖，因为当初的水平面比现在高出 100 米，水量充沛，有外溢的可能性。

如何区分咸水湖和淡水湖呢？很简单，如果山上的冰雪融水流到湖里以后流不出去，水里的盐分就会越积越多，最后成为咸水湖。相反，如果冰雪融水能够流得出去，盐分就堆积不起来了，就是淡水湖。所以我判断，当惹雍错当初应该是淡水湖。

其实，现在的咸水湖，湖水也不那么咸，甚至动物还能喝，比如青海湖、纳木错、色林错，因为冰雪融水比较丰富，水里的盐分比较少，反之，就会像茶卡盐湖一样，慢慢就真的变成盐了。

当惹雍错的另外一个特点，就是它有 230 多米深，是中国大陆除长白山天池以外最深的湖；不过长白山天池是中国和朝鲜共有，所以完全属于我们的，最深的湖就是当惹雍错。

围绕当惹雍错，有四个大的雍仲苯教寺庙，还有四个大的古象雄城堡遗址，包括古象雄王国的宫殿。古象雄王国是大约公元前 2000 年的时候建立的，是世界历史上存在时间最长的王国之一，它的国土面积很大，地盘往西跨越阿里地区，甚至一直延伸到了现在新疆昆仑山一带。古象雄王国发展出了非常先进的文明，比如它有良好的组织结构，还有完善的文字。现在很多学者还在研究古象雄文字。古象雄的王宫就坐落在当惹雍错湖边的文布南村，统治着广袤的高原土地。

后期的古象雄王国，内部腐败严重，军队战斗力弱，在八世纪的时候被吐蕃王国灭掉了。孙鹏说，当时象雄王国和吐蕃王国的那场大战就发生在当惹雍错附近，据说吐蕃进攻象雄末代国王李弥夏的时候，李弥夏知道兵败如山倒，已无力回天，就把随身携带的金银财宝扔到了当惹雍错里面。我想，当象雄王国被打败、陷入绝境的时候，他们是极有可能这样做的，因为他们肯定不甘心自己的金银财宝被松赞干布抢走。所以现在湖底可能真的有金银财宝，有能力下潜到200多米深水下的人可以尝试做做考古，说不定真能找到呢。

象雄王国灭亡到底是怎么回事呢？阿多告诉我，在松赞干布统治西藏之前，整个高原区域是被象雄王国控制的，所以那时的西藏，政治和经济中心是在阿里，而不是拉萨。松赞干布在雅鲁藏布峡谷一带不断崛起、壮大，蠢蠢欲动，但并没有引起象雄王国的足够重视。象雄王国最后一个国王李弥夏在位的时候，松赞干布把妹妹萨玛嘎嫁给了他。萨玛嘎来到象雄王国以后，时常面对宫廷争斗，很不快乐，她对松赞干布说，你如果有本事，就应该攻打象雄王国。于是他们兄妹里应外合，准备灭掉象雄王国。

当惹雍错往东三十公里有一个湖，是由金盆、铜盆、银盆三个湖组成，李弥夏每年藏历四月十五日都会到那里参加沐浴节，去的时候带的人并不多。萨玛嘎知道以后，就给松赞干布写信，让他趁着这个机会攻打李弥夏。松赞干布收到消息以后，在纳木错附近集结军队，出其不意攻灭了李弥夏。

我们所处的地方就是古象雄王宫的所在地——文布南村，它是现在文布村的一部分。文布村还包括文布北村，北村在当穹错那边。

　　大家知道，羌塘大草原上基本都是牧民，主要靠放牧生活。但其实如果土地比较肥沃的话，种粮食会比放牧更能保障生活，因为粮食可以储藏，牛羊则需要每天给它们喂东西。所以，高原上凡是能开发的土地，基本都会被开发成农田。草原开发成农田是有风险的，因为只有土壤比较厚，才能种粮食，否则头一年种了粮食，第二年土地就变成荒沙了。而湖边的土壤相对肥沃，比较适宜种粮食，而且还可以种第二年、第三年。文布南村就是这样的地方，人们把放牧和农耕结合在了一起，产出的东西能够支撑更多人生存。

　　凡是能种粮食的地方，村落就比较大，文布村当初能够成为象雄王国王宫的所在地，就是这个原因。文布村居住着西藏非常古老的一个部落——那仓，是当初象雄王国留下的部族之一。象雄王国灭亡以后，那仓分裂出了八个部落，后来因为部落战争，其中两个被灭掉了，剩下了六个，现在尼玛县的人基本都是这六个部落的后代，他们到现在仍信仰雍仲苯教，也保留了古老的生活传统，比如转山、转湖的习惯，就是象雄文明的遗留。

　　我们总说中华文明源远流长，但要知道，中华文明不仅包括黄河文明、长江文明，还包括青藏高原的游牧文明等。王朝更替翻来覆去，你来我往，变动不定，人们追求美好生活的愿望却从古至今不曾改变。象雄文明留下的这些充满历史沧桑的都城遗址，让我们今天有机会来凭吊、来纪念、来思考、来回味。

（此景点直播导游为孙鹏、阿多，特别鸣谢！）

第十天

风头如刀面如割

（2024 年 4 月 19 日）

今天是藏地之旅的第十天。

早上打开窗帘，深蓝色的当惹雍错奔来眼底，远处的达果神山也为朝阳披上了玫瑰色的光芒，我内心顿时涌出"披襟岸帻，喜茫茫空阔无边"的感觉。

早餐后出发，今天的目的地是阿里。无阿里不西藏，阿里是西藏终极意义上的落脚点，是古象雄王国的核心地带，也是古格王国的所在地。一路上我们沿着当惹雍错前行，湖水如墨玉一般，镶嵌在天地之间。我们经过另一个湖，名为"当穹错"，湖水呈现出翡翠色，岸边的文布北村，和我们住宿的文布南村一样，有着千年的历史。村民依湖栖居，过着桃花源般的生活，艰苦而知足。

回到 317 国道，和那曲的朋友拥抱告别，随后一路向西，奔向阿里。公路两旁依然是无穷无尽的羌塘草原风光，"天苍苍，野茫茫""天似穹庐，笼盖四野"。这里的人口密度应该一平方公里不到一人，动物反而更多。藏族人民幕天席地，汲取天地之精华，融入动物之个性，大气随和，坚韧不屈。这是一片天地人水乳交融的土地，是一片摆脱了人与人互相纠缠的天空，生活尽管艰辛，但神不负我，以济苍生，苍生也用无私的诚意供奉自然，即使死后，也愿意用肉体投喂天空的鹫鸟，在肉体消亡的同时，精神随神鸟一起飞升。

到达阿里地界，已经有朋友安排了欢迎仪式。不远处冈底斯山脉的夏岗江雪山，以其蓝天下挺拔的雄姿，似乎也在欢迎我们的到来。

进入阿里，看到的第一个美丽的湖泊是洞错，我们流连忘返了一会儿，驱车来到改则县城。在改则县城午餐后，转向216国道。216国道一路向北，穿越羌塘无人区，直通新疆。我们要去位于羌塘核心区的先遣乡，缅怀那些解放西藏时牺牲在这里的战士。1950年，他们从新疆翻越昆仑山进藏，为解放西藏历尽艰难。他们被高反、严寒、饥饿所围困，不少战士献出了生命。这片辽阔的大地永远铭记着他们的事迹，为有牺牲多壮志，敢教日月换新天。今天人民越来越美好的生活，有他们的一份功劳。

从纪念馆出来，我们返回317国道，向狮泉河出发。阿里的天空是如此高远，蓝天白云几乎伸手可触，在这样的天空下，内心唯有敬畏，觉得自己十分渺小，难怪藏族人民在坚韧中总是透露出谦卑。人类经常是傲慢而自大的，而那种无厘头的傲慢与自大，不仅愚蠢地把自己带向深渊，也会把人类带向万劫不复之地。这次我内心最深刻的一个感悟就是放下，放下怨恨、执着、孤高和纠结，平和而谦卑地和天地人相处，用爱和善意为自己的生命加持。说到底，我们就是宇宙的一粒尘埃，来于土归于土，"天地者，万物之逆旅；光阴者，百代之过客"，计较何为呢？陶渊明说，"寓形宇内复几时，曷不委心任去留"，也许我这次来藏地自驾，正是出于这样一种心情吧。

七百里的路程，我们从蓝天白云的艳阳天，驶进了暮霭沉沉的苍茫中，驶向了星空之下的狮泉河。一路上，我们看到了苍凉的山峦、碧绿的湖泊、广袤的草原、天空的飞鸟、成群的牛羊、血色的夕阳。星光不负赶路人，内心只要有归宿，绵延不绝的道路也是朝圣者最好的福音。

我们于晚上十一点半到达狮泉河，有朋友在等我吃夜宵，让我内心涌起快乐和感动。人生两大乐趣：一是有朋自远方来，不亦乐乎；二是在风雪之中知道有人在等你，不也更乐乎。

吃完夜宵，已经十二点半。我在青藏高原最神秘的阿里高原和你说晚安。

进藏先遣连纪念馆

从阿里的改则县往北走一百多公里，我们来到羌塘国家自然保护区。羌塘与可可西里、阿尔金、罗布泊并称中国四大无人区。这四个地方，辽阔、荒凉，环境恶劣，人迹罕至，是中国最原始的地方。进藏先遣连纪念馆所在的先遣乡就位于羌塘国家自然保护区腹地。尽管天高云淡，但朔风劲吹，风力差不多有七八级。彼时天上一只阿里独有的大乌鸦，顶风怒飞。

进藏先遣连纪念馆于 2018 年 7 月开始修建，于 2019 年 9 月 27 日正式开放，占地面积 11000 平方米。馆内有一座醒目的群雕，重现了当年先遣连战士翻越昆仑山的情景。先遣连是中国人民解放军第一支进入藏区的部队，也是一支汇集了汉、蒙、回、藏、维吾尔、哈萨克、锡伯 7 个民族的部队。

1950 年 1 月，毛主席指出"进军及经营西藏是我党光荣而艰苦的任务"，当时中国人民解放军带着这份嘱托，分别从四川、云南、青海和新疆四个方向进入西藏。1950 年 7 月，为了贯彻党中央毛主席解放西藏的决策，先遣连的 130 多名战士从新疆的普鲁村向西藏阿里挺进。如今乘坐汽车走 216 国道一天就能从新疆直接到达西藏改则县，但当时先遣连在道路狭窄、高寒缺氧、气候无常、粮食短缺的条件下，历尽艰辛，克服重重困难，用了一年的时间，牺牲了很多战士的生命，才到达这个地方。

整个进藏过程中，先遣连共牺牲了 63 名战士。原因有五：一、生活环境恶劣；二、翻越昆仑山后有些战士生了高原病；三、使用了沿途一处矿物质和汞超标的水源；四、给养中断、物资紧缺，缺盐、缺粮食；五、医疗条件有限，他们出发时只带了盘尼西林消炎药。

跟随先遣连出发的骆驼、马、驴，大部分在途中冻死或累死。先遣连到达扎麻芒堡以后，牺牲的第一位战士是巴利祥。他是蒙古

族的大力士，能把弓箭拉断。但让人痛惜的是，他不是病死的，而是出去打猎没有及时回来被冻死的。还有先遣连的总指挥李狄三，高原病缠身，但拒绝注射连队仅剩的一支盘尼西林，在扎麻芒堡会师不久后就病逝了。他留下了两本进藏后积累的资料，又把自己的几本书、衣服等物品送给了其他同志，还把一支南泥湾开荒时王震旅长发给他的"金星"钢笔留给了儿子李五斗。这支钢笔后来不小心被河水冲走了，先遣连副连长彭青云拿了自己的钢笔送给了李五斗。李狄三生前没有留下任何照片和画像，于是纪念馆按照他儿子李五斗的模样给他做了一个雕像。

1951年9月，先遣连到达改则县境内，就地开展群众工作，与当地政府签署了和平协议。

纪念馆的讲解员格桑姑娘介绍说，馆内还珍藏着一封毛主席的回信，这封信在南疆军史馆从未展出过。先遣连到达扎麻芒堡后，当地噶本政府派了两名代表向毛主席致电，表示西藏人民要做中央政府的老百姓。于是毛主席回电"你们的来信，已经收到了。我很高兴"，并要求西南军政委员会和中国人民解放军西南军区联合发布布告，进入西藏。

了解了先遣连的历史，格桑带我们参观了藏汉关系史单元。

首先映入眼帘的是中国十大名画之一《步辇图》，这是唐代画家阎立本描绘的公元640年唐太宗接见吐蕃使臣禄东赞的场景。在文成公主入藏约两百年后，唐朝金城公主也嫁入西藏，为了加强汉藏友好，大昭寺门口还立了一块唐蕃会盟碑。宋朝时期，四川设立了茶马司专门负责与西藏的茶马贸易，进一步加强了汉藏之间的友好往来。元朝时期，中国国土周围还有其他汗国，比如察合台汗国、金帐汗国、伊尔汗国等，土地面积达到了前所未有的地步。当时，蒙古的阔端王子和西藏的宗教领袖萨迦班智达贡噶坚赞在凉州会盟，达成了西藏地区相对独立但须服从元朝的共识。贡噶坚赞写了一份《萨迦班智达致蕃人书》，告诉藏族老百姓，我们不跟元朝人打了，服从元朝的统治。

蒙古人建立汗国以后，由于那些汗国的地理位置都在伊斯兰教的范围之内，所以当时西边很大一部分区域的人都信仰伊斯兰教。但藏传佛教传入以后，元朝统治者决定以藏传佛教作为自己宗教信仰的核心。这就是直到今天，藏区和蒙古族聚居区依然以藏传佛教为核心、以活佛为传承体系的原因。

凉州会盟的时候，萨迦班智达贡噶坚赞带了他的侄子八思巴同行。八思巴非常聪慧，贡噶坚赞一路上都在教他。八思巴长大以后继承了萨迦派的衣钵，还当了忽必烈的老师。八思巴做了两件非常重要的事，一是帮助蒙古人创造了文字，或者说，至少改良了他们的文字；二是实实在在把藏传佛教变成了元帝国的宗教要素。在当时的汉文化地区，依然以汉传佛教为主体，八思巴促成了中国的宗教统一。宗教信仰的统一，对于国土的统一起到了非常大的作用。虽然宋朝时汉藏就存在某种意义上的文化交流，但直到元朝，整个西藏地区才算真正归属到了中原王朝的版图之内。

元朝败退草原以后，明朝继承了元朝的领土，继续和西藏保持非常良好的关系，依然保持着中央政府对地方政府的关系。到了清朝就更不用说了，它是非常典型的二元帝国，针对农耕文明就以农耕文明的文化治理，针对草原文明则以草原文明的文化治理。清朝皇帝每年夏天都会到承德避暑山庄，和蒙古、西藏、新疆来的各民族首领一起商讨国家大事，保持了中原王朝和西藏地区的和谐关系。

接着导游格桑介绍了当时农奴的生活状态。

农奴阶级终日劳动，但吃不饱穿不暖，祖祖辈辈挣扎在死亡线上，农奴主却不劳而获，过着穷奢极欲的生活。据统计，1959年前后，大部分耕地都还在农奴主手中，他们制定了《十三法典》和《十六法典》，将人分为上中下三等，又在这三等中再分出三个等级，总共有三等九级，甚至每个等级的人都有明码"命价"。

古老的藏族歌谣中说，"即使雪山变成酥油，也是被领主占有；即使河水变成牛奶，我们也喝不上一口"，真是万恶的旧社会。

参观完先遣连纪念馆，我们一路向狮泉河出发。现在已经是晚上五点多，我们还要驱车四百多公里才能到达目的地。

（此景点直播导游为格桑，特别鸣谢！）

物玛错

　　去往狮泉河的路上，我们在 317 国道停靠，来到一个湖的堤坝上看景。这个湖叫作物玛错，物玛错附近还有一个更大的湖——达绕错。这两个湖像眼镜一样，分布在 317 国道两边，自驾的朋友路过这里可以停下来看一看。

　　在羌塘大草原上，我们一路沿着国道"一错再错"，经过了几十个湖，如果偏离国道走的话，湖就更多了。这些湖各有自己独特的形状和独特的魅力。看着高原蓝色的天空，低垂的白云，起伏的山峦和眼前翡翠色的湖，心就会静下来，觉得人生中原本让你烦恼的事情，其实不值得放在心上；原本你很在意的东西，其实也不值得在意。

　　来到西藏，我强烈感觉，只有处在美好的关系中，人生才会幸福。我们跟亲人、朋友、合作者、同事的关系，会随着时间推移越来越复杂，真诚变得越来越少，钩心斗角变得越来越多。西藏人民真的非常纯朴实在，真心愿意帮助你，而且不求任何回报。这种强烈的气氛会感染来到这里的每个人。在这里，只要做两件事情，第一是欣赏大自然，第二是和友好的人友好相处。

在高海拔地区，不管是放牧还是种植，或者是在城市工作，都比较艰苦，但在这艰苦中有一种难得的简单，他们并不认为这种艰苦值得抱怨，而是认为这都是人生本来应该做的事。从某种意义上说，到了藏区，我们会懂得很多之前不懂的东西。

西藏有三圣：圣山、圣水、圣人。我看到的绝大部分西藏的朋友，都可称圣人。圣人不是读了多少书、写了多少作品，或者得到了多少财富和地位，圣人是心地光明的人，是内心没有障碍的人，是一心向善从不作恶的人，是与他人友好相处的人，是愿意帮助别人的人，是王阳明口中"此心光明，亦复何言"的人。所以，西藏的圣山圣水值得你来一趟，接受这种光明的洗礼，你的内心会越发纯粹，越发通透，越发简单，越发幸福。

当然，人不一定只有到西藏才能变得纯真和善良，但西藏的确能够让你重新感受这个世界的美好。

风头如刀面如割，继续向狮泉河进发。

第十一天
万里赴戎机

（2024年4月20日）

今天是藏地之旅的第十一天。

这是我坚持再坚持，直到今天无须坚持的转折点。无须坚持不是放弃，而是习惯了奔波和努力，就像高原的牦牛习惯了狂风劲吹、暴雪肆虐的冬天。高反的恶心、直播的疲倦、文案的纠结、半夜的头疼、应酬的艰辛，忍了又忍，无须再忍。突然觉得自己好像就是为这片大山大水所生，已经和雪域高原有了斩不断理更深的情感。

昨天半夜到达狮泉河，今天早上起来，阳光明媚。在昨天长途跋涉1000公里之后，今天的安排比较人性化，早上在阿里博物馆直播，随后参加孔繁森逝世30周年纪念仪式，然后去班公错游览，晚上继续住在狮泉河。我对狮泉河有一份特殊感情，是因为读了毕淑敏老师的书。毕淑敏老师在这里生活了11年，对这里充满深情厚谊，人对一地的感情往往和青春相连，毕老师的青春就贡献在阿里这片雪山圣地间。

九点出发，整个城市都沐浴在高原的阳光里，到达阿里博物馆就开始直播。阿里博物馆内容非常丰富，历史沿革、宗教传承、王朝更替、自然世界、百姓生存、非遗传统，一一陈列在大家眼前。参观完博物馆以后，我们又去参加孔繁森牺牲30周年纪念活动。到达烈士陵园我们敬献了花篮和哈达，发表了感言，向英雄三鞠躬。普通百姓期盼好领导，敬重好领导，孔繁森做出了表率。有人留下了对联，"一尘不染，两袖清风，视名利安危淡似狮泉河水；两离桑梓，独恋雪域，视民族团结重如冈底斯山"。千年江山历来都是帝王家的，兴，百姓苦，亡，百姓苦。今天祖国的大好河山和人民的美好生活来之不易，我们每一个人都要珍惜。

致敬英雄完毕，我们沿着219国道一路向西，奔向班公错。沿路依然是高山大水的美景，在这里，再高的山也没法傲视独存，再大的地也不能顾盼自雄，只有群山相连才能顶天立地，只有大地相守才能广袤无边。湖的存在是为了映照天空，山的存在是为了哺育大地，人间也如此，只有人人都献出一点爱，世界才会变成美好的人间。

班公错对于我们有特殊的意义，它是中印两国共有的湖，曾经百分之百属于中国，但英国十九世纪划分地界的时候，强行把它划给了印度，清朝当时积贫积弱，于是成了既定事实。印度对于这一划分还不满足，常常出来挑事，我们的边防战士本着祖国山河寸土不让的原则，斗智斗勇，英勇守卫着祖国的边疆。

我们到达班公错时，彤云密布，朔风劲吹，前面波涛汹涌，鸥鸟逆风飞翔，一种悲壮感充满心头，我想起了"将军百战死，壮士十年归"的诗句。有人告诉我，班公错平静的时候水平如镜，狂暴的时候万马奔腾，我想这恰恰就是祖国边陲的象征吧，我们希望过风平浪静的日子，但如果有侵略者，我们必化为千军万马，勇往直前。我在班公错亲手植了一株班公柳，希望柳树能茁壮成长，给边疆送去绿荫和美好。

回程遇上大雪，我给网友背诵了岑参的"北风卷地百草折，胡天八月即飞雪"的诗句，内心溢满了对边防战士的敬意。今天晚上比较轻松，团队成员进行了聚餐，算是中途的一次休整，我向全体成员发了感谢信息。

回到房间拉开窗帘，发现明月在天，于是突发兴致，开车到郊区看星空，希望给大家拍摄绝美的星空照片。可惜月亮太亮，遮蔽了满天繁星，但"仰见明月，顾而乐之，行歌相答"也是一种雅致。

我在农历三月十二日的星空明月下，和你说晚安。

阿里博物馆

阿里是中国地域面积最广、海拔最高的地级行政区，给我的感觉既神圣又神秘。如果你想来阿里，想了解阿里是怎么回事，那么阿里博物馆绝对是最佳地点。

阿里博物馆馆标上的馆名是十一世班禅在 2017 年 8 月题写的，旁边还雕了一个海螺，博物馆的讲解员玉措姑娘告诉我，那是变质岩，里面是鹦鹉螺的化石。

阿里博物馆有七个展厅，第一个是自然地理厅，馆内有青藏高原的地形浮雕。浮雕上可以清晰地看到，阿里位于青藏高原自东南向西北渐次提升的最高一级阶梯，聚集了喜马拉雅山脉、冈仁波齐山脉、喀喇昆仑山脉和昆仑山脉，以及狮泉河、象泉河、马泉河、孔雀河等河流。这四条河号称阿里的四条"圣河"，其中，狮泉河发源于冈仁波齐，是印度河的正源；象泉河是印度河的主要支流之一；马泉河是雅鲁藏布江的源头；孔雀河则是恒河的源头之一。有趣的是，这四条河都是以动物来命名，因为这四种动物都很吉祥。

现在我们在青藏高原可以看到很多海底的东西，这是为什么呢？因为大概六千万年前，印度的大陆板块撞上了青藏高原的大陆板块，插到了青藏高原的大陆板块底下，把青藏板块慢慢抬升了起来。其实不止青藏高原，包括帕米尔高原、横断山脉，甚至云贵高原，都是这两个大陆板块相撞后形成的。据说直到现在，青藏高原平均每年还会抬升一两厘米。两大板块碰撞之前，中国最高的山脉是长江三峡一带的神女峰，那里的山脉比青藏高原的山脉更古老，但后来青藏高原抬升后，水往低处流，就形成了中国的两条母亲河，一条长江，一条黄河。长江黄河浩浩荡荡向东，一直流到了太平洋。所以，现在这里还可以发现很多海洋生物的化石，比如各种海底的贝壳、植物等。这些几千万年前的鱼类现在还存在，比如亚洲分布比较广的裂腹鱼，其中有一些更好地适应了高原环境，发生

了形态变化，鱼身上的鳞片变得非常少。

青藏高原之所以有那么多湖泊，一个重要原因就是四面都是高山，中间却有一个非常平坦的羌塘草原，还有藏南谷地。羌塘草原尽管也有山，但大部分都是小山头。四面高山上的冰雪融水不断向低处的羌塘草原流淌，有外流河的就变成了淡水湖，比如巴松错；没有外流河的就变成了咸水湖，比如青海湖、纳木错和色林错。

阿里的矿产资源非常丰富。据统计，阿里目前已发现17类38种矿产资源，包括煤炭、赤铁矿、锂矿、砂金、硼矿、玛瑙等，还有太阳能、地热能、风能等其他能源，但这些资源的开发利用十分有限，比如风能，羌塘草原上的风如此之大，我却没有发现一台风力发电机。

阿里的野生动物也很多。西藏的朋友告诉我，这里有很多棕熊，现在都可以到处游逛了。我前两天住在那曲，在萨普神山脚下，晚上就有人拍到三只棕熊在宾馆周围游荡。馆内有雪豹、猞猁、藏狐等野生动物的标本展示，但没见到金丝野牦牛。

畜牧业是阿里的主要产业。家养的羊、牛有一个共同的特点，就是毛非常长，因此藏族老百姓除了吃肉、买卖，还要利用它们身上的毛。夏天到来之前，就是剪毛的时节，到了秋天，毛就又长出来了。动物的毛特别有意思，你如果不剪，它自己也会换新毛，比如家里养的狗，狗毛好像永远那么长，但如果你把狗毛剃掉，几个月后就又长出来了。

第二和第三展厅介绍的是远古文明，是10000到50000年前人类在高原上生活的景象。比如有从日土县日松乡的两个岩画点复制过来的岩画，画的是祭祀的场景；还有石器时代的一些工具。阿里的七个县区都分布着石器遗址和军事遗址，比如日土的一个列石遗址，专家推测是早期部落文明时期部落之间的结盟仪式，也可能是墓葬，用石头表达对主人的尊敬。

西藏过去考察出来的遗址中，不管是在公元前还是公元后，很多墓是把人埋在地下的，与汉族的习惯一样，比如札达的桑达隆果墓地，就是土墓葬，还出土了随葬的陶罐；但不知道从什么时候开始，藏族完全没有墓葬了，要么天葬，要么水葬，要么火葬，要么塔葬，要么树葬。牧区和山里的人民主要还是选择天葬。玉措告诉我，还有二次葬或者解尸藏。

展厅中展示的岩画上画着非常好看的犄角鹿，这说明当时青藏高原比现在更加温暖，动物的种类也更加丰富，否则它们很难在高寒地区生存。阿里的岩画中，出土于日土县的比较多。日土县还有世界各地双人舞蹈的岩画，这说明藏族不是单一的民族，而是由几个族群汇集到高原上组成的民族。岩画上画的舞蹈一定与今天藏族的热巴舞、锅庄舞有关系。

阿里早期的居住遗址，第一类是以石垒墙，第二类是石窟建筑群。石窟建筑群规模更大，旁边还有一些公共活动场所。人类要生存，居住地首先就是自然岩洞，不够住的话再搭石头建筑。后来人类分成两种民族，一是游牧民族，一是农耕民族。农耕民族从山洞和石屋中跑出来，建造真正的房屋建筑。在青藏高原上，定居点基本分布在游牧和农耕相结合的地方，比如卡若遗址。游牧民族就一直住在帐篷里，蒙古高原和羌塘高原深处至今依然有帐篷；还有大量老百姓冬天定居在房子里，到了夏天，就带着帐篷在高原上放牧。

第四个展厅是阿里的非遗厅，也是阿里的民俗厅。据玉措介绍，截至 2023 年 3 月，阿里已经获批非遗项目 117 项，非遗传承人 56 人。其中国家级的有 4 个：古格宣舞、札达卡尔玛宣舞、普兰服饰、果尔孜舞。

第五个展厅是多元文化珍品厅。我们能看到佛教艺术元素中的"擦擦"。"擦擦"是藏文的音译，最常见的"擦擦"类型，是一种模制的泥佛或泥塔。还有特别古老的唐卡，就是在布上或者纸上画的各种各样的宗教图像。

第六个展厅展示的是古格王国的历史。西藏最古老的王国是象雄王国，而在此之前，都是分布在拉萨到四川川西一带的小部落。后来吐蕃王国兴起，松赞干布雄才大略，开疆拓土，灭掉了象雄王国。松赞干布统一西藏的时候，唐王朝刚刚兴起。松赞干布派大臣向唐王朝求婚，被拒绝了两次。后来唐王朝发现吐蕃越来越强大，才有了和亲的想法，于是才有了文成公主入藏的故事。安史之乱以后，唐王朝衰退了，但吐蕃还兴旺了很长一段时间。唐王朝灭亡以后，到了五代十国时期，吐蕃最后一任赞普[1]朗达玛想要灭佛，推

---

[1] "赞普"有"雄强丈夫"之意，指代首领。《新唐书·吐蕃传》说："其俗谓雄强曰赞，丈夫曰普，故号君长曰赞普。"

崇苯教，结果引发了各种各样的内部矛盾，于是吐蕃四分五裂。公元 709 年前后，朗达玛的后代向西迁移到了今天阿里一带，与跟着一起来的贵族和老百姓建立了一个新的王国，就是古格王国。

混乱的时代需要英雄，这个英雄就是格萨尔王。阿里这边建立了古格王国，而藏东和川西地区就出现了格萨尔王。格萨尔王四处征战，统一了西藏地区，但他并没有立刻灭掉古格王国。格萨尔王的故事在阿里地区流传不广，原因是他的故事主要发生在藏东和川西地区，而那时阿里已经有了稳定的古格王国。

阿里很神秘，既是古象雄王国的所在地，也是古格王国的所在地，还是藏传佛教的弘法地。古格王国发展稳定以后，佛教在这里进一步兴起，之后慢慢往东移，形成今天藏传佛教的核心基础，这就是上路弘传。

到了元朝时期，古格王国归顺了元朝，不称国王了，但还享有国王的待遇。直到 1630 年前后，由于内部宗教信仰的冲突和外部势力拉达克人的攻击，古格王国才灭亡。从十世纪到十七世纪，古格王国经历了七百多年的历史。

最后一个展厅介绍了阿里的杰出人物。我在厅里看到了毕淑敏老师的资料，她年轻的时候，曾在这里当过兵。来狮泉河之前，我们还通电话聊了半个小时。我拍了张展厅的照片发给了她。

（此景点直播导游为玉措，特别鸣谢！）

班公错

日土县在西藏的最西边。从新疆进入西藏，第一站就是日土县。日土，用汉语来解释，就是"太阳下的土地"，喀喇昆仑山和冈底斯山支脉横穿日土县全境，被称为"世界屋脊的屋脊"。全县平均海拔 4500 米左右，最高海拔为 6800 米。从日土县出发再走十几公里，就到了班公错。班公错是一个长条形的湖，长 150 公里，在藏语中的名字叫"措木昂拉仁波"，意思是"长脖子天鹅"。

班公错的总面积为 604 平方公里，约三分之一的面积在克什米尔地区。克什米尔分为两个部分，一部分由印度控制，一部分由巴基斯坦控制。班公错的那一小部分属于印控克什米尔。

在我们看来，班公错是一个很偏心、很爱国、很神奇的湖。为什么这么说呢？因为这湖东淡西咸，在中国境内的这部分全是淡水，水草丰茂，而在克什米尔地区的部分则全是咸水，寸草不生。其中的原因是，我国境内的班公错有麻嘎藏布河和多玛曲河两大支流的淡水补给，使蒸发量和补给量达到平衡，于是湖水十分清澈，而由于两个部分交界处非常窄，水流无法形成流通，所以克什米尔那边的水更浑。

在日土县文化旅游和体育局局长小李的陪同下，我们先观赏了当地的舞蹈"谐巴谐玛"。"谐巴谐玛"是男女歌者的意思。这个舞蹈是由十七对男女演绎，表现的是女人们穿着日土本地特有的服饰送丈夫或兄弟出征，做好后勤保障工作。高适在《燕歌行》中写道，"摐金伐鼓下榆关，旌旆逶迤碣石间。校尉羽书飞瀚海，单于猎火照狼山……战士军前半死生，美人帐下犹歌舞"，战争就是这样，多少人家破人亡，妻离子散。

此时日土县正是冷暖交替的季节，班公错风高浪急，波浪滔天，但湖面颜色依然碧绿。我们能看到，班公错有冲动狂躁的一面，有充满激情的一面，有波浪翻滚的一面，但当地人告诉我，班公错安静的时候，水面如镜，映照天地。我们特别幸运，这两天刚好是鸟类迁徙回班公错的日子，有越来越多的鸟在班公错的岛上孵化它们的小鸟。

班公错目前有十几种鸟类，包括棕头鸥、斑头雁、赤麻鸭、黑颈鹤等，大雁也比较多。这里生态环境很好，鸟类没有什么天敌，是它们产卵的好地方。它们每年冬天会往印度洋沿岸飞，到第二年春天三四月再飞回来，产完卵后到了秋天又再飞走。班公错附近有一个鸟岛，岛上很空旷，鸟类在岛上繁衍，也没有天敌干扰。那一带其实有很多岛屿，唯独鸟岛上有大量鸟类生存。鸟儿们要避开很多风险，不只要避开人，还要避开狼之类的动物，因为如果在岸边产卵，小鸟很容易就会被其他动物吃掉；就算平时没啥进攻心的动物，看到鸟蛋也可能会破坏，所以鸟儿们只能在湖中间的岛上筑巢。但岛上也并非绝对安全，比如有聪明的狐狸，会趁冬天湖面结冰来到岛上驻扎，等冰化以后，鸟儿返回，它们就趁机饱餐一顿，然后等到冬天再离开。狐狸在岛上实在太享受了，什么鸟都可以吃到，鸟却一点办法都没有，真是"老狐狸"啊。

班公错的鱼，以常见的高原裂腹鱼和湟鱼为主。高原裂腹鱼的肚子上有一条裂开的花纹，一般在淡水这边生活，不会往咸水那边游。在这种独特的地理环境中它们衍生出一套奇特的繁衍方式，那就是它的鱼子有毒，所以藏族老百姓是不吃裂腹鱼的。

四月还是有点冷，来班公错最好的季节是五月到八月。班公错在早上通常风平浪静，湖水在蓝天白云下宁静安详，还可以坐着游船去玩，但到了中午会开始起风，下午就会风高浪急。住在日土独有的湖景房，白天看小鸟飞翔在广阔的蓝天下，晚上听班公错的怒吼和涛声，是一件美好的事情。

（此景点直播导游为日土县文体局局长小李，特别鸣谢！）

第十二天

叹滚滚英雄谁在

（2024 年 4 月 21 日）

今天是藏地之旅的第十二天。

今天的路程比较辛苦，要从噶尔经札达到普兰，全程 700 多公里。目的地有两个：札达土林和古格王国遗址。习惯了在路上，你就不会停下脚步，分享的快乐也让我愿意不断地探索未知。不断前行既为了丰富自己的内心，也为了满足对世界的好奇。衰老和年龄无关，生无可恋、心如死灰才是真正的衰老。人人心中皆有天线，只要你愿意接收美好、希望、欢乐、勇气和力量的信号，你就青春永驻、风华长存。

早上八点半，迎着阳光出发。从今天开始，是我们行程的转折点，之前是一路向西，好似西天取经，现在是自西向东，好比回归初心。一圈下来，我们还是原来的我们，我们已经不是原来的我们。沿着 219 国道，我们一路向南再向东，远眺了以阿伊拉日居雪山为背景的阿里机场，刚好看到有一架飞机从雪山上飞过。随后我们翻越了一座高达 5000 多米的雪山，到了山的另一边，进入札达境内。到了札达就能远远看到喜马拉雅山的影子，自驾 11 天之后，终于能够仰视喜马拉雅山的雄姿了。随后的十几天，我们将一直在喜马拉雅山山脚下前行，希望它能够接纳我们。

到了札达，我们直接去了土林直播。大自然鬼斧神工，把一座土沙山用岁月雕刻得光怪陆离，神奇多姿，似人似兽，似梦似幻。我们常说，岁月磨平了我们的个性，而在大自然中，岁月让万物个性飞扬。

在土林直播完，我们在香孜乡吃午饭，远眺了一下香孜古堡，传说这里曾经是古格王国的夏宫。饭后一路奔向古格王国遗址。发源于冈仁波齐的象泉河，像玉带一样在冈底斯山和喜马拉雅山之间一路向西奔流而去，养育了古格王国。到达位于河南边的古格王国遗址，看完一段古老的舞蹈后，我们一路爬山直播，忍受着高原反应的不适，爬上了海拔 4200 米、相对高度 300 米的山顶。

古格王国存在于十到十七世纪，是松赞干布的后裔所建立，后来可能因为战争、瘟疫、地震、内斗或者气候改变而消失，消失原因至今没有定论。古格王国建筑依山而建，百姓居室、宗教庙宇、王官殿堂遍布山坡。当时的热闹和繁华已经烟消云散，留下的就是令人震撼的断壁残垣。经过文旅部门修复的几个庙堂，拥有精彩的壁画，暗示着曾经的辉煌，我们走过岁月，走过历史，也走过了自己。

到达山上，俯视废墟，无数网友发来了古诗词：古今多少事，都付笑谈中；人生代代无穷已，江月年年望相似；江山留胜迹，我辈复登临；折戟沉沙铁未销，自将磨洗认前朝。我在山顶上给大家朗诵了大观楼长对联的后半阕，表达了朝代更迭、世事变迁的感受。王朝的更替太正常了，王朝的覆灭也理所当然，世事无常，但人类总希望永恒，其实唯一的永恒就是无常。我们淹没在世俗红尘中，每一件事情都是大事，但在上天看来，地球就是宇宙中的一粒尘埃。我坐在山顶，感慨良久；回到山脚，依然觉得红尘美好。

看完遗址我们一路前行，去往下一站普兰。沿路看到右边车窗外喜马拉雅山脉蜿蜒曲折，气势雄伟。在这里，每一座山都是另外一座山的衬托，也是另外一座山的依靠。我们翻越5166米的龙嘎拉达坂，又回到219国道上，在冈底斯山脉中一路向东。两边雪山夹持，中间是开阔的草原，一轮明月在天，夕阳光芒四射，草地上牛羊成群，藏野驴成群结队。

在夕阳没入地平线时分，我们来到冈仁波齐脚下，神山以最光明的方式，披着晚霞的光芒来迎接我们。我们欢腾雀跃，停车向神山飞奔而去，举起双手表达我们的敬意和虔诚。冈仁波齐是四大宗教共同的神山，守护着四方生灵，给人以精神寄托和力量。和宇宙的永恒相比，人类短暂的生命犹如夏虫不可语冰，蟪蛄不知春秋。信仰的力量是如此重要，它给人安慰，给人宁静，给人忍辱负重勇往直前的力量。我们没有什么可害怕的，生死随缘，享受好我们生存的每一刻，让命运和内心引导我们走向未来。

黑夜来临，我们星夜赶路，终于在半夜到达住宿地普兰。朋友以哈达和青稞酒欢迎我们，我知道只要你远行，一定会有朋友在那里等你。我在普兰的神山圣湖边和你说晚安。

土林

早上起来,阳光灿烂,白云朵朵。我们一早从狮泉河镇出发,沿着219国道一路向南,走上县道,从海拔5400米高的垭口翻越冈仁波齐的余脉阿伊拉日居。

来到札达县,这里有雅鲁藏布江的源头马泉河。这片地区有三条以动物命名的河:马泉河、象泉河、狮泉河。马泉河发源于玛旁雍错,象泉河发源于冈底斯山脉南坡,狮泉河则发源于冈仁波齐北坡的一个冰湖。

我们中午参观了札达县霞义沟的土林。霞义沟没有什么历史事件流传,纯粹是自然奇景,是一大片土丘森林。札达土林分布面积有2446.5平方公里,核心区域有800多平方公里。在远古时代,这片地区是汪洋大海,随着地壳的运动从海底抬升而形成了这片土林。土林的沙土中夹杂着沙石、砾石,甚至还有贝壳,应该是海底沉积下来的土层,结构十分松散。在雨水和雪水的共同侵蚀下,土堆的形态千奇百怪。

下车走进土林。中午土林的温度并不高，只有11度左右。我们在太阳底下走着，虽然不觉得热，但光照很厉害，不做防护的话，两小时就会被晒伤。我很少涂防晒霜，今天却涂了不少。太阳能为景区提供能源，这里的太阳能板为各种视频设备、监控设备、通信设备供电。

土林的整体风貌有点像黄土高原，沟壑纵横，像一支扛枪的军队保护着圣地。格桑说这些土柱有的像兔子，有的像狗，还有的像匍匐在地上的老虎，甚至像布达拉宫。在这里就是要发挥自己的想象力，看到它们像什么就是什么。我想象力不够，觉得都像是土柱子。

游览用的栈道是架空的，因为这样对土地造成的破坏最小。札达县景区的基础设施建设，比如木栈道，还有昨天班公错边上看

到的高压氧舱都是河北援建的。我在这里碰到了很多河北的援藏干部，现场就有一位，他是2013年河北省第七批、第八批援藏干部，后来就留在阿里地区融媒体中心工作了。

土林景区每年4月30日才开始收门票，票价大概一二百块钱。藏区旅游景点收费略高，不过我相信大家也会买单，买门票、买农产品、去路边饭店吃饭，都是为当地经济做贡献，也能让藏族人民的收入高一点。

在景区遇上了两位北京来的游客，是一对夫妻。男士说他在宋庄搞艺术，进藏已经一个多月了，打算走219大环线绕道新疆从乌鲁木齐回北京。我很羡慕他们的状态，但目前只能带着直播的任务和自己的心愿，把见识大好河山与帮当地做旅游宣传结合起来，半公半私地行走这一趟。

我觉得，人生的潇洒是自己决定的，我们常常觉得生命好像身不由己——一定程度上确实是这样——一个人或多或少是有羁绊的，但如果真的想要自由，其实是没有人能拦得住的，只不过你需要放下而已。在不伤害别人的前提下，去赢得自在的生活，这是人生中很重要的一件事。

（此景点直播导游为格桑，特别鸣谢！）

古格王国遗址

　　古格王国遗址的位置，是在喜马拉雅山北麓札达县扎布让村象泉河畔的一座土山上。我们把汽车停在了停车场，乘坐接驳电瓶车去遗址。一路上导游格桑为我介绍了古格王国的历史和文化。

　　公元七世纪初，松赞干布统一了西藏，建立了吐蕃王国，但

200 多年以后，吐蕃王国开始内斗，四分五裂。当时吐蕃王国末代赞普朗达玛的曾孙们为了争夺王位，打得不可开交，其中一个孙子吉德尼玛衮就从拉萨跑到了阿里。阿里王很重视他，就把王位让给了他，还把自己的亲妹妹嫁给了他，为他生了三个儿子。吉德尼玛衮不想让儿子们重蹈父辈王权内斗的覆辙，就把他们分去了三个地方，成为现在常说的"阿里三王"。其中，大儿子统治拉达克、日土等地；二儿子当了古格王，统治现在整个阿里地区；三儿子则统治现在萨嘎县附近的区域。他们三个中，地盘最大的是二儿子古格王。从公元十世纪到公元十七世纪，古格王国一共存续了七百多年，经历了十六代国王，最鼎盛的时候管辖区域有 10 万多人。

去古格王国遗址的一路上，土山绵绵，寸草不生，也不见河流，那么古格王国的王宫、寺庙建筑为什么要建在光秃秃的山上

呢？还有那么多老百姓，他们又是如何生存的呢？格桑告诉我，现在我们看到的自然环境与古格王国那时候是不一样的，那时这里资源特别好，从沟里一直到山上都可以种青稞，而且水源也很丰富，所以能够承载那么多人。

那么，古格王国的消失又是怎么回事呢？有人说是因为瘟疫，有人说是因为内斗，但我个人感觉，一种可能是自然环境突然变化，失去了水源，导致没有办法再种庄稼了，老百姓无法生存，只能迁徙；另一种可能是人为屠杀，因为这个地方的部族之间也会有战争，只是规模可能没有那么大，不可能出现春秋战国时期那种动不动就坑杀几十万人的情况。再说，一个国家占领另一个国家，不可能把这个国家的人全部杀掉。所以我觉得，古格王国消失最主要的原因可能是自然环境突然改变，使得人们不得不放弃家园，就像甘肃瓜州的锁阳城，据说玄奘去西天取经的时候还在那里待过，但后来那里也是被废弃了，原因是疏勒河突然改道，锁阳城失去了水源。

谈话间，我们来到了古格王国遗址。

站在山脚下，背对着古格王国遗址往前看，是无比壮阔的象泉河河谷，有点像中国北方的黄土高原，很苍凉的感觉。在这片广阔的河谷平原上，象泉河发源于冈仁波齐南坡，然后一直往西流；而狮泉河则发源于冈仁波齐的北坡，先往北流，然后又转向西流。这两条河流到巴基斯坦境内后合并了起来，就成为印度河。

望着这片河谷，我在心里再次印证自己的推测，十世纪古格王国在这里建立的时候，这里一定山青水美，河水奔腾，河谷地带一定种着郁郁葱葱的庄稼，不可能像现在这样荒凉。我并非气候研究专家，无法说明气候到底是如何变化的，但稍微用脑子想想就能明白，统治者绝不可能把王宫建在光秃秃的荒山野岭之上。

进入山门，开始爬山，要爬300多米高。我还没爬就开始喘气了，但我还是决心爬到顶。上山的路上，格桑告诉我，古格王国遗址分为三层，底层是百姓居住的窑洞，中间是僧人居住的宗教活动场所，最上层居住的是国王和贵族。现在底层的窑洞都原汁原味保留下来了。半路上我们看到很多个6到8平方米的窑洞，是在土坡上开挖的，里面烟熏火燎，应该是百姓住过的地方。这窑洞看起来有点像陕北的窑洞，但陕北的窑洞可比它大多了，也精致多了。

继续往前走，来到红殿。红殿是十五世纪建造的，到现在大约500多年的历史，供的也是佛像。红殿墙壁上画着精美的礼佛图，墙上的人物跳的是古格宣舞。我在上山前观看当地的舞蹈，他们跳的也是这套动作，原来在十五世纪就已经这样跳了。壁画上还有许多人搬运木头的形象，格桑说，那些木材都是从克什米尔那边运过来的。

接着我们来到了大威德殿。大威德殿是密宗佛殿，供奉着大威德金刚和五方如来，如大日如来、不动如来等。墙壁上画了二十一个度母，是二十一种女性优美姿态的形象，格桑说这是非常珍贵的文物。

最高处是古格王国的夏宫遗址，完全建在悬崖峭壁之上，看样

第十二天 叹滚滚英雄谁在 | 177

子敌人是很难打进来的。眼前的断壁残垣，都是原来宫殿的房子，现在变成了"西风残照，汉家陵阙"。占地面积最大的是当时古格王国的议事厅，规模庞大，但如今也只剩下了几面矮矮的土墙，让人不禁回想当年它的巍峨宏大。

此时此刻，我想到滇池大观楼长联的下联：

数千年往事注到心头，把酒凌虚，叹滚滚英雄谁在？想：汉习楼船，唐标铁柱，宋挥玉斧，元跨革囊。伟烈丰功费尽移山心力。尽珠帘画栋，卷不及暮雨朝云；便断碣残碑，都付与苍烟落照。只赢得：几杵疏钟，半江渔火，两行秋雁，一枕清霜。

多少繁华如长江流水，我眼前所看到的景象就是这样，即便再繁华，最后都会被时间所吞没。但即使人生"如梦幻泡影，如露亦如电"，我们也还是要留下一点自己的痕迹。

今天之所以下决心爬到顶，是因为不爬到顶的话也许会遗憾一辈子，因为不知道有没有第二次机会再爬这座山，再来看古格王国的遗址，再来凭吊他们曾经的辉煌。看周围依然江山如画，故人已逝，而今大浪淘沙，一代新人又会再来。

（此景点直播导游为格桑，特别鸣谢！）

第十三天
对内心的一次交代

（2024 年 4 月 22 日）

今天是藏地之旅的第十三天。

今天又是艰苦的一天，上午直播了拉昂错和玛旁雍错，中午直播了冈仁波齐神山，下午开车 700 公里一直到日喀则的吉隆县吉隆镇。

早上起来，拉开窗帘居然看到了日照金山，赶紧跑出去拍视频。我拍的这座山叫岗次仁雪山，在普兰县南边，属于喜马拉雅山的一部分，一字排开，守卫着祖国的边疆。

早餐后出发，直奔拉昂错观景台。拉昂错和玛旁雍错分别位于山坡的两边，远古的时候，它们是同一个湖，后来地质结构改变，从此一拍两散，据说地下仍互相连通。站在拉昂错观景台能看到纳木那尼雪山扑面而来，该雪山高 7694 米，比冈仁波齐高出了 1000 多米，看上去却不如冈仁波齐高，后来我发现远看纳木那尼反而显得更加雄伟高峻。传说因为冈仁波齐是神山，所以纳木那尼即使更高，也以一种恭敬的姿态出现在它面前。

告别拉昂错，我们驶向玛旁雍错，这是一个美丽的湖泊，上下天光，一碧万顷，群鸟翔集，群山环抱。我们在湖边看了传统藏族舞蹈，远眺了对面的冈仁波齐，湖山相映，美如仙境。随后我们沿着转湖的沙路向冈仁波齐出发，湖水一直在车窗外荡漾，路上不时碰上转湖的百姓，以卑微而虔诚的心态踽踽而行。网友问他们为什么要这样苦？其实他们是心里有信念，脚下有力量，每一步对大地的丈量，都是对内心的一次交代，也是走向精神圣洁的一次洗礼。只有内心迷茫的人，肉体的苦才是真正的苦，对于精神充盈的人来说，肉体苦是一种对精神的加持。内心干净、精神圣洁，是人的最高境界，是圣人的境界。全世界只有极少地方的人把这一境界当作信仰来追求，我们的青藏高原是做得最好的。这里不仅海拔高，而且灵魂干净。古人曾希望中国遍地圣人，你到了西藏，会发现很多藏族同胞让我们自惭形秽，很多藏族人和援藏干部身上都有孔繁森的影子。西藏是一个让我们反思的地方，你来这里不止为了这大美河山，更是为了让灵魂得到解脱。

快到冈仁波齐，白云在山头飘舞。我担心云层把神山遮住，赶紧开播。好在我们直播的一小时里神山一直友好地露出宝相，让百万网友得以有机会对着神山祈祷，我也把一路收集的哈达献给神山，祈福祖国万世昌盛，人民幸福安康。朋友在色雄经幡广场安排了非遗舞蹈，那舞蹈古老而神秘，和神山的庄严融为一体，让我心生敬畏。直播结束我们吃完便饭已经三点，上路继续出发。阿里的朋友们把我们送到了进入日喀则的大门，依依惜别，相约来日。

今天要赶到吉隆，700多公里的路程，一路又是山高水长，群山绵延，草原广阔。进入日喀则被仲巴县的朋友截和了，邀请我们到霍尔巴草原看一看。草原在喜马拉雅山和冈底斯山之间，广袤而辽阔，苍茫四野。这里大部分人过着牧居生活，饲养长毛山羊和牦牛，他们专门赶来一群金丝牦牛让我们拍摄，也让我大开眼界。我在草原策马飞奔，朋友们专门在黑帐篷用烤全羊招待我们，让我们大为感动。作为回报，我们直播了草原美丽的风光。

离开仲巴，我们沿着219国道一路向东。太阳从明媚到金黄，夕阳染红了周围的群山。十四的月亮明亮地升向天空，挂在山水之间，似乎在俯视着我们一路前行。在月夜，我们翻过了一座座山，跨过了一条条沟。当你习惯日夜兼程，远方就成为一种召唤。我也不知道为什么要如此行色匆匆，也许有点人生苦短、光阴似箭的味道。我并不觉得自己是有什么大情怀的人，只是希望活得更加充实，同时尽量不生邪念、不做恶事，通过利他而利己，通过奉献来获取，我觉得这是每个普通人都能够做到的事情。

晚上十一点到达吉隆县城，我以为已经到了，没想到又向南行驶了几十公里，十二点才到达吉隆镇。吉隆镇是一个紧靠尼泊尔的边陲小镇，自从开放口岸后日益繁荣。这里的海拔只有2800米，当地朋友准备了篝火晚会，希望我们直播，我们怎好拒绝呢？于是从十二点到凌晨一点我们又直播了小镇夜色和传统舞蹈。

晚会结束，又和新老朋友一起吃烧烤，把酒言欢。回到房间已经凌晨一点半，我在喜马拉雅的高山峡谷间和你说晚安。

玛旁雍错

玛旁雍错和拉昂错是姐妹湖，但玛旁雍错被视为圣湖，老百姓对它充满了敬意和崇拜；拉昂错却被称为"鬼湖"，基本不被关注，也没有老百姓朝拜。这是什么原因呢？因为玛旁雍错是淡水湖，水域更加广阔，而且大多数时候风平浪静，所以人和动物都喜欢靠近它；而拉昂错是咸水湖，利用价值不高，而且经常风高浪急，所以不适合动物在周围生存。这就好比人，一个心平气和的人比较容易被人喜欢，而一个脾气狂暴的人容易招人讨厌。

从大自然本身来说，玛旁雍错和拉昂错是没有什么不同的，而只有我们人，才会把情感投射在事物的形状或者个性上。其实这种投射并不是一个很好的习惯，因为大自然就是大自然，荒山野岭有它的作用，郁郁葱葱的森林也有它的作用，狂风暴雨有它的好处，蓝天白云也有它的坏处，对于地球来说，这只是一个个现象而已，与人类无关。

我所在的地方是拉昂错，海拔 4570 多米，面积约 280 平方公里。之所以名为"拉昂错"，是因为湖的中间有五座岛；"拉"是"山"的意思，"昂"是"五"的意思。相传拉昂错和玛旁雍错本来是连接在一起的，后来因为气温上升，湖水蒸发，导致湖面下降，才成为两个湖。关于两个湖的深度，据说1907年的时候有位专家来测量过，玛旁雍错平均深度是46米，最深处是81.8米，但要测拉昂错的时候，因为风比较大，就没测成功，所以拉昂错的深度目前还不知道。

越过一个山梁，就是玛旁雍错了。玛旁雍错有"世界江母"之称，东南西三个方向是三大神水起源，马泉河发源于东边、孔雀河发源于南边、象泉河发源于西边。人们转圣山的时候，会连圣湖也一起转。转冈仁波齐、转玛旁雍错，但是没有人转拉昂错，因为拉昂错名声不好。但其实拉昂错也非常美丽，离冈仁波齐反而更近一些。

玛旁雍错有很多美丽的传说，比如关于名字起源的传说。

　　玛旁雍错最初的名字叫"玛法木错"，意为"无热恼"，和无热恼龙王同名。传说唐朝时赤松德赞时期，四大神湖的龙王荼害人民，兴风作浪，莲花生大师把他们收服以后，封为四大财神。财神龙王的宫殿就在玛旁雍错里面。

　　关于玛旁雍错的第二个传说是，据说玛旁雍错这一片地方曾经是无边无际的沙滩，这里的百姓饥饿困苦，生活艰难。这个时候，从南方来了一个非常智慧又善良的人，他运来了很多粮食救济这里的百姓，然后百姓们用粮食积成了这个湖，还把它命名为"玛旁雍错"。"玛旁"是不可战胜的意思，"雍错"是永恒不变的意思。

　　围绕玛旁雍错转一圈，全程是84公里，徒步转湖需要3天。纳木错的面积是玛旁雍错的11倍，因此徒步需要13天到15天。

而转一圈冈仁波齐，需要 2 天到 3 天。如果你想转的话，就先转神山，再转圣湖，因为冈仁波齐是苯教、藏传佛教、印度教三大宗教的共同神山，如果再加上耆那教，那就是四大宗教了，但是现在信仰耆那教的人比较少。转神山的人比转神湖的人多很多，因为神山是四大宗教共同的，而神湖主要是藏族人民在转，当然有些印度教徒也会来转，因为印度佛教传说，冈仁波齐是湿婆大神的住所，玛旁雍错是大神沐浴的地方，玛旁雍错的水能够洗清人身上的烦恼和障碍。

为了不玷污神湖，我们不能用玛旁雍错中的水，也不可以进去；另一方面，玛旁雍错是国家级的湿地保护区，不仅是水，包括一草一木，都不可以随意去动。

我们来到湖边的观景台上，这里布满了风马旗和经幡，上面印的是各种经文、咒语，挂在十字路口、山上垭口、湖边、圣山脚下，随风飘扬，让风把老百姓的祈祷遍洒十方。还有一种与天地诸神沟通的方式就是煨桑。在煨桑炉里放上松枝和香的树木，烧了以后让烟袅袅而上，直达青天，是藏族人民的祈祷仪式。这些祈祷仪式多少都受到了苯教的影响。

在我的心目中，西藏的每一座山、每一个湖，不管是冈仁波齐还是背后的纳木那尼峰，不管是玛旁雍错还是拉昂错，所有的山都是伟大的山，所有的水都是广阔的水。

（此景点直播导游为丹增罗布、普兰，特别鸣谢！）

冈仁波齐

去往冈仁波齐的某一段路上，土山盖住了远处崇高的冈仁波齐，我想到有时候生活也是一样，一叶障目，被眼前的一点点小事蒙蔽，导致看不见后面壮美的高山。因为担心云雾会把冈仁波齐遮盖住，我们在距离冈仁波齐还有 6 公里的土路上提前开播。

冈仁波齐顶峰海拔 6714 米，环山路长 54 公里，转山途中要从最高海拔 5600 多米的卓玛拉垭口翻过。冈仁波齐是西藏的三大神山之王，有人为了神化它，说它高 6666 米。古印度吠陀经典和其他典籍提到过，冈仁波齐是宇宙之轴心，处于世界的中心。另有种说法是，从英国的巨石阵到冈仁波齐的距离是 6666 公里，而这也是冈底斯山到北极的距离；从冈仁波齐到南极的距离为 13332 公里，恰好是到北极或者巨石阵的两倍；冈仁波齐位于墨西哥金字塔和埃及胡夫金字塔的延长线上，且位于神秘的巨石阵和复活节岛的连线中间。我觉得这有距离和位置上的巧合，当然更多的是，这体现了在人们心中，冈仁波齐是一座神秘的、能带给我们幸福美好的

神山。

色雄经幡广场是转山的必经之路。沿着峡谷，佛教信徒一般走顺时针方向，苯教信徒则走逆时针方向。但无论顺时针还是逆时针，他们表达的都是内心的虔诚和信仰，都是为天下苍生祈福的心愿，而不是为自己求福求财。藏族人民的内心当中，私欲很少。

天上有云，还有秃鹫在飞。蓝天开始显现，有了放晴的迹象。在直播的一个小时中，冈仁波齐一直没有隐藏它的真面目，始终作为背景为我们祈福和护佑。直播快结束的时候，云朵开始遮盖山头——这里真的是有灵气、有仙气的地方。

云彩之下的冈仁波齐，金字塔形的山头非常漂亮，但我发现，它的雪线两侧并不均匀。朔风劲吹，天上彤云密布，我们没有时间转山，只能给山神献出哈达，表达崇敬，许下心愿。我愿冈仁波齐保佑中国国泰民安，风调雨顺，万民富有。

这里的每一面风马旗，都代表了人们的心愿，希望五谷丰登、牛羊满圈，希望人与人之间和睦相处、国家与国家之间和平发展。我们在祈福的时候，也要学学藏族朋友们，把胸怀放宽一点，除了为自己和家人祈福，还要祈祷世界更好，因为世界和每个人都是不可分割的。

（此景点导游为丹增罗布，特别鸣谢！）

仲巴县

　　仲巴县地处青藏高原的西南部，位于喜马拉雅山西段、冈底斯山中段及念青唐古拉山西段之间，是雅鲁藏布江的上游地区，因此这里是"千山之中，万水之源"。

　　仲巴县是沿318国道进入阿里地区或日喀则的必经之路，以藏

南高原广袤的大草原而闻名。仲巴县的霍尔巴草原是面积达到100万亩以上的连片草场，如果从东往西走，从珠峰过来以后，这里是特别舒服的休息站和补给点。霍尔巴草原的上游是马泉河，下游是雅鲁藏布江，喜马拉雅山和念青唐古拉山的雪水共同养育了这片草原。这里的牛羊喝的是山里的千年冰雪水，吃的是藏红花、虫草等中草药，聚集了天地之精华。草原上牛羊成群，还能看到罕见的金丝牦牛。金丝牦牛被誉为吉祥和神圣的象征，传统文化中它们是财富和幸运的象征。仲巴县的县长罗布次仁告诉我，我看到的金丝牦牛是家养的，这样一头金丝牦牛能卖18000元左右。这些金丝牦牛是金丝野牦牛的后代，在仲巴县境内共有2000多头，而金丝野牦牛则常年生活在雅鲁藏布江源头、杰马央宗冰川一带，现在只有200余头。

我骑马的技术不错，于是在罗布的允许下，挑了一匹看起来很温顺的马骑着慢慢走，可还是有牧民过来牵着马保护。这是我第一次在高原上骑马，来回骑了最多 400 米，就已经气喘吁吁了。西藏的马耐力非常好，它们要在高原上生存，因此也非常耐寒。

草地上牛羊成群，一瞬间我仿佛觉得自己像高原上的牧民。罗布说，这里的羊是霍尔巴绵羊，是日喀则肉产量最多的绵羊，被称为"西藏第一羊"，目前存量约有 80 万只。

仲巴是日喀则 18 个县里面唯一一个纯牧县，人口约有 3 万，除了个别干部，全部是牧民。仲巴也是名副其实的边境大县，其边境线长达 357 公里。在仲巴有一个说法：东有茶马古道，西有盐羊古道。后者现在指的是仲巴县去年刚开通的里孜口岸。如今西藏已有四个口岸实现了客货双通，分别是吉隆口岸、樟木口岸、普兰口岸和里孜口岸。

当地的迎接队伍以为我们中午就到，所以准备好了歌舞，做好了烤全羊等着，可我们两点才在冈仁波齐山脚下吃完午饭，这还不到两个小时就又要开始吃了。虽然已经吃撑了，但还是不想辜负盛情，在这里，羊头和牛头是最高的待客礼遇。我乳糖不耐受，但是能喝奶茶。我感觉自己好像已经习惯游牧生活中的习俗了，周围的人也说我越来越像牧民，尤其戴上帽子，就更加像了。有的网友问我什么时候回北京，我真想干脆不回去了，就这样天天走，在黑帐篷中吃吃喝喝。

牧民们在草原上开了一些农家乐，在 318 国道上就能看见。游

客们来吃顿饭，可能比他们养牦牛更容易创收，别看一头牦牛能卖一两万块钱，但是需要养三年，算下来一天并没有挣多少钱。以后我要组织新东方团队来高原玩，我不参加，也不告诉任何领导，让他们一路付着钱走过去。未来新东方还会持续为藏区的教育、农业、文旅、医疗捐款，所以请大家放心，我们不会白吃白喝，一定会加倍加倍加倍地回报藏族人民对我们的厚爱。

（此景点导游为仲巴县县长罗布次仁，特别鸣谢！）

第十四天

神灵开过光的地方

（2024 年 4 月 23 日）

今天是藏地之旅的第十四天。

住在海拔 2800 米的吉隆镇，尽管只睡了四个半小时，但睡得很好。早上起来在蓝天薄雾中看到五指雪山高耸眼前，四周青山耸翠，觉得完全来到了另外一片天地。高原的苍凉感消失得无影无踪，眼前满眼绿色，有了一种蓝天拂过桃花源的感觉，我的心情也随之温润起来。

早餐后出发去吉隆口岸参观。日喀则自古以来都是中国和南亚交流的大通道，今天这里还有三个口岸和印度、尼泊尔、不丹互通有无，分别是亚东口岸、樟木口岸、吉隆口岸。吉隆镇就是因吉隆口岸发展起来的，形成了美丽的商贸文旅小镇。吉隆这条线据说就是当初松赞干布迎娶尺尊公主的通道，因此留下许多传说。这里的帕巴寺，据说就是为尺尊公主建的。口岸坐落在吉隆藏布河上，对面就是尼泊尔。我们的口岸大厅威严气派，那边的就低调很多。不少卡车在排队等着开关通过。我们走上了连接两边的大桥，体会了一把一身连接两国的快乐。峡谷下河水奔流，废弃的古老铁索桥在风中零落。那是以前两国人民交流的通道。口岸旁有一个村庄叫热索村，有饭店和旅店，为旅游者和卡车司机提供方便。国家与国家之间，无论大小都应该秉持平等友好的态度，不倚强凌弱，不因小失格，积极开展文化经济贸易交流，尤其是相邻的两国，更应该消除纷争，和平相处。当然，对于那些企图侵略者，也绝不手软。

参观完口岸，我为祖国的繁荣感到高兴。返回小镇，爬上险峻的十八盘公路，我们到达了吉隆的乃村。该村独居在一片高山草甸之上，四周雪山林立，被称为亚洲第一观景台。村民守着肥沃的草甸，过着半农半牧、怡然自得的生活。我们观赏了美丽的景色，看村民表演了古老的舞蹈，被村庄的和谐宁静所感染。在如此多高山大水的阻隔下，西藏人民的信仰和文化习俗如此多彩多姿，内核又如此统一，他们的内心坚韧而善良，行为热情而友好，在艰苦卓绝的自然条件下，高原以自己的开阔，培养了藏族人民能歌善舞的个性，他们用歌声消融苦难，生息繁衍于天地之间。老天是公平的，让你失去的东西一定用另外一种方式还给你，反之，无穷无尽的索取也意味着无穷无尽的失去。

离开乃村，我们又到了吉普村。这里有一条大峡谷，险峻深邃，两岸景色独一无二，在铁索桥上走过，双腿发软。吉普村以文旅服务为主，家家户户有喜气。我们去了一家大学生回乡创业的农家乐，他们加工农产品，提供餐饮服务。我帮他们宣传了产品，并共进了午餐，吃了咖喱鸡手抓饭，很香。

饭后我们赶往定日县，今天要赶到珠峰大本营，为网友直播珠峰落日。一路上我们紧赶慢赶，翻越了雪山垭口，看到了喜马拉雅山岩羊，路过了佩枯错，一湖碧蓝的辽远。告别吉隆的朋友后，我们进入定日，本以为靠近珠峰应该到处都是雪山，结果发现扑面而来的都是沙黄色的山头和土地，几乎寸草不生，我想大概是珠峰及周围的山峦太高了，把从印度洋过来的湿气挡住了，以至于这边降雨很少，才会形成沙漠一般的景观。

　　一路上，天空彤云密布，还遇上了沙尘暴，我们担心今天珠峰会不露面。越接近珠峰，越看到云雾翻滚，内心就越沮丧。到了扎西宗（珠峰脚下的一个乡镇），我们换乘环保车，差不多一个小时后到达珠峰游客大本营，就在世界最高的寺庙绒布寺旁边。到达绒布寺，远远只看到珠峰那边的一团白云，看不到珠峰的影子，好不容易来一趟，我内心还是挺失落的。

　　这里海拔5000米，寒风凌厉，风刀割面，我被冻得手脚冰凉。我们如约开始了直播，跟网友一起看珠峰山口的白云翻滚，告诉大家我们会在寒风中和大家一起等待，不管有没有希望，我们唯一能做的就是等待。我们给大家直播了绒布寺的内景，再回到室外广场，白云依然缭绕在珠峰周围，就在我们打算放弃时，云雾开始消散，山体显露出来。随后周边的云雾也散开了，太阳光一点点照在雄伟的山体上。我们欢呼雀跃，忘记了寒冷，网友们也和我们一起激动不已。看着夕阳的光芒一点点投射到山体上，旗云在山头飘舞，犹如升起的战旗，显得威武而灵动，山体逐渐被夕阳染成橘红色，犹如披上了红色的战袍，珠峰如威武的将军，高举飘舞的旗帜。望着不断变化的景象，我激动得目瞪口呆，只能告诉摄像，要一直拍摄，让网友共同参与。直到霞光从山头褪去，珠峰逐渐隐没在黄昏的优雅中。

看珠峰落日，是我人生中最震撼的一次经历，也给我带来了很大的感悟，只有在现场你才能深刻体会到什么叫垂头丧气，什么叫欣喜若狂，对于看到霞披珠峰，我只抱万分之一的希望，尤其到了现场，内心充满了绝望。但既然到了现场，我唯一能做的就是等待，固执地等待。自然界有自己的规律，没有人能够强求，等待也许有希望，也许没希望，但即便没有结果，那又怎样呢？尽力了，就不会有遗憾。当然，这次美好的结果，有我们的坚持，但更多的是运气，不少网友评论说这是俞老师的真诚、虔诚所致，这我绝对消受不起，如果说有天人感应，也是广大网友的愿力所至，我则更加愿意相信"天地不仁，以万物为刍狗"的道理。天有天道，人有人道，我们把人做好，剩下的就交给老天爷，这就是所谓的"尽人事，听天命"。

离开珠峰，我已经冻得浑身发抖，好长一会儿才缓和过来。回扎西宗的路上，看到一轮月亮高挂在山头之上，周围薄雾淡云，完美的彩云追月景象。人的一生两全其美的日子屈指可数，人生处处都有遗憾，世间安得两全法，不负如来不负卿。今天是我人生中两全其美的日子，在十五的晚上，看到了夕照珠峰，圆月高悬，幸甚至哉。

我在珠峰脚下，在明媚的月色下，和你说晚安。

乃村

吉隆县吉隆镇处于大江奔流的高山峡谷地带，海拔比较低，雾气容易上升，空气非常湿润，景色有"江流天地外，山色有无中"的感觉。现在雾已经开始散去，但还没有最终散尽，我们已经隐约看到周边雪山的轮廓了。

吉隆镇是祖国的边陲小镇，对面就是尼泊尔。吉隆县有亚洲第一雪山观景平台——乃村，意思是"神灵开过光的地方"，是一个很美的小村庄。这个村子要经过十八盘的盘山公路才能上来，路途特别险峻。如果从吉隆镇上来，在非常短的时间内就要爬升1000米；如果从吉隆口岸上来，则要爬升2000米。

乃村周围雪山耸起，白云飘舞，海拔只有3000米，地区内相对落差很大，所以即便是常年积雪的崇山峻岭，也还存有原始森林。森林中树木葱茏，水草丰茂，周边的松树能长很高，跟"西藏江南"林芝一样。我们国家砍伐森林最厉害的时期，把东北大兴安岭、小兴安岭还有很多山地林区的树木都砍光了，但因为山高水远，这里的森林几乎没有被砍伐。

乃村的环境，一片高山草甸，很多田地已经种上了粮食，但是还留下了一些牧场，可以看到遥远的地方有一些牛羊在吃草。畜牧和耕种结合，构成了这个小村庄的生产方式。这是一个非常闭塞的地方，从前村民进村出村都要爬很久的山，土匪和军队自然也上不来，所以成了一个世外桃源。但是从前的村民可能没有想到，这里会变成全中国乃至全世界游客来观看喜马拉雅山的观景平台。乃村观景台可以看日出、看雪山，具有"一山有四季，十里不同天"的特点，这一点我已经深深感受到了——昨天我们还在广阔无垠的高原草地，今天就到了比江南还要秀丽的吉隆镇乃村。

今天我们刚好赶上乃村的达堆节。"达堆"就是"射箭"的意思。相传格萨尔王射死了凶猛的野兽，为民除害，老百姓为了感谢他，每年举行一次射箭比赛，后来慢慢演变成今天的达堆节。村民们穿上节日的盛装，先是祈福，然后找一个宽阔的地方跳舞。这些舞蹈中，最有特点的当属同甲舞，已有2000多年的历史。相传尺尊公主嫁给松赞干布的时候，当地老百姓一手戴象牙手镯，另一手戴银手镯，两个手镯相互碰撞，发出"同甲同甲"的声音，夹道欢迎公主到来。

热情的藏族同胞在桌上准备了酥油茶、荞麦面饼、葡萄、奶茶、煮土豆还有荞麦饼，都是绝对的健康食品。我吃了一片荞麦饼，挺好吃的。导游说，这里的鸡蛋是散养在树丛里的鸡生的。刚刚镜头拍到一只鹰在高空盘旋，我觉得这里的鸡一不小心就会被天上的老鹰抓走。藏北和藏西秃鹫比较多，这里则是老鹰比较多。

我们边品尝美食，边欣赏以雪山为背景的同甲舞。藏族的男女老少，每个人都是舞者，都是歌手，随便找一个人唱得可能都比一些专业歌手还要好。我观察了一下舞者的服饰。可能因为天气比较热，这里的服饰不像藏北、藏西地区那样袖子特别长。他们手里拿着舞蹈的彩带，舞动的时候彩带翩飞，和优美的甩袖舞效果相似。

藏族人跳舞刚劲有力，他们一旦开始跳舞，就会一直跳下去。他们都是农牧民，农忙的时候种点青稞，平时牛羊也会自己在草地上吃草，所以他们有足够的时间唱歌、跳舞、聚会。

我一路上都在感叹藏族人民特别了不起，生活在西藏地区和生活在青海、云南、甘肃、四川部分地区的藏族人民，他们的生活方

式、习俗、服饰、信仰、心态基本大同小异，在如此之多的高山大水阻隔之下，他们也没有分割成不同的民族，可见文化统一的重要性。现在我只要看到藏族人民，就会感觉特别亲切，听到他们的歌声，看到他们的舞蹈，迎着他们的笑脸，就知道他们心无芥蒂，不仅接受平凡的生活，甚至接受艰苦的生活。他们的内心充满了歌声，而且愿意让大家听到他们的歌声。

（此景点导游为次珍，特别鸣谢！）

吉普村

吉隆县吉隆镇的吉普村，是尺尊公主远嫁吐蕃王松赞干布时，迎亲队伍与送亲队伍相会的地方，也是吉普大峡谷的所在地。吉普大峡谷全长15公里，最深处有300多米，两边都是垂直而下的岩壁，岩壁上盛开着杜鹃花。

我们今天的导游朗萨，是本地返乡创业的大学生，毕业于河北地质大学。朗萨的名字来自西藏八大藏戏中的一位女主角，寓意纯真、善良。

吉普大峡谷上有一座能通行汽车的大桥，但朗萨建议，如果我不恐高，可以走铁索桥。这座铁索桥修建于2006年，全长60米，宽1.5米，走到桥中间能欣赏桥下一个特别神奇的景观。

大路朝天你不走，非要走那羊肠小道，就像美国诗人罗伯特·弗罗斯特写的诗一样："一片树木里分出了两条路，而我却选择了人迹更少的一条，从此决定了我一生的道路。"人类有一种挑战精神，总是要选择更艰难的路走，好证明自己更有勇气、更有力量。

走在铁索桥上，峡谷好深好漂亮。想必到了夏天，水一涨，会更加美。走到桥中央，站在摇摇晃晃的铁索桥上往下看，确实挺吓人的，有恐高症的千万别来。我的腿也不由自主地发软，只有亲临现场才能感受到这个峡谷的险境。想来这应该是一个谈恋爱的好地方，桥一晃，两个人就靠在一起了。

吉普大峡谷两岸之间宽度不足 50 米，谷宽只三四十米，有点一线天的感觉。不得不说，这是我见过的最深、最窄、最险峻的大峡谷，雅鲁藏布江大峡谷、美国的科罗拉多大峡谷虽然比吉普大峡谷更深、更宽，但感觉不到这种雄奇险峻。朗萨说，到了夏天雨水多起来，这里还会有五条瀑布，尤其在早上，会出现美丽的彩虹。

吉普村背靠雪山，素有"千年古道，边关吉隆"的美称。这里的"千年古道"指的是松赞干布迎娶尺尊公主时走过的那条路；"边关吉隆"的意思是，这里是和尼泊尔接壤的，如今互为通商口岸，游客可以到口岸去玩。

自古吉隆有五道，商道、官道、战道、传佛道、迎亲道。进入吉普村，走在迎亲道上，旁边有两块巨大的石头，叫作"鸳鸯石"。两块鸳鸯石中间的空隙很窄，我只能侧身而过。朗萨说，鸳鸯石与松赞干布迎娶尺尊公主大有关系。七世纪初，尺尊公主的送亲队伍与公主就是在此地分开的，迎亲队伍从这里把尺尊公主带到了吐蕃，送亲队伍也是从这里返回了泥婆罗。因此，这里也就成了一个离别的地方。"吉普"藏语的意思是"离别"，"吉普村"也就是"离别之村"。

　　无故事无风景，或者说，无故事无文旅。不管是历史上真实的故事，还是人们创造的故事，任何地方只要把故事和人文环境结合在一起，就会变得非常有意思。如果说山里有一个吉普村，环境很美丽，这对大家的吸引力就有限；可如果说这里是尺尊公主与送亲队伍分别的地方，这里就成了民族团结的象征。所以现在很多文旅机构会编一些故事做宣传，其中有些是古代流传至今的，有些则是为了招揽游客编出来的。这种做法的初衷是为了把人文历史和人们的情感投射到自然风景之上，让风景变得更有韵味。

　　吉隆沟的旅游业已经兴起，老百姓自己盖起楼房做民宿、餐饮，家家有民宿，户户有商铺。导游朗萨大学毕业后自己创业，如今也是个小网红，她还创立了自己的品牌"吉隆·朗萨"，通过直播带货的方式把野生天麻、贝母、糌粑、黑青稞、藏红花、野生花椒、牦牛肉等当地特产推销出去。

　　尽管这些产品的包装显得不是那么精致，但大学生创业的心是比较纯粹的，他们的产品问题也不大。中国的年轻人一直在大量离开乡村，而近几年有一个特别好的现象，就是很多农村，尤其是旅游区的年轻人愿意回到家乡创业，就像朗萨和她的合作伙伴丹增一样。他们中有的人可以在城里考公务员，或者到更大的城市工作，但是他们选择回到家乡，用有限的资金创业，在抖音上开店，通过快递系统，把乡村的农产品通过标准化的方式卖到全国各地。新东方做农产品推广的意义恰恰在这里，做东方甄选抖音销售平台也是一样。希望以后能通过我们的平台，支持更多像朗萨和丹增这样的青年创业者，带着农民们一起致富，让中国的乡村变得更加兴旺。这就是我们的梦想。

　　吉普村的海拔只有 1000 多米，四周被雪山层层叠叠环绕，总的来说是个非常舒适的地方。昨天我们行驶了 700 多公里才来到吉隆镇，又在半夜十二点应当地朋友邀请，进行了吉隆镇夜色和舞蹈的直播。晚上实在太累了，几乎倒头就睡。到西藏十几天，这晚睡得最好。

（此景点导游为朗萨，特别鸣谢！）

珠峰大本营

离开吉隆镇,我们回到藏南高原,一路翻山越岭,经过 4 个小时的跋涉,终于到达了珠峰脚下的第一个小镇扎西宗。

下午七点五十分,我们坐环保车,来到了珠峰大本营。这里海拔大约 5000 米。

此时珠峰方向云雾缭绕,山还没有完全显露出来。从吉隆出发的时候,彤云满天,还伴有沙尘暴,我觉得似乎没有希望看到珠峰了,但现在隐约能看到珠峰的山体了,感觉又有了一些希望。

下车来,首先欣赏的景点是绒布寺。

绒布寺海拔 5000 多米,是世界上海拔最高的寺庙,分为上绒布寺和下绒布寺。上绒布寺已经有 1300 多年的历史,是以前莲花生大师修行的地方。根据寺庙经书记载,寺周边有很多修行的点,最多的时候有 600 多名僧人在这里修行。到了 1901 年,有人来到上绒布寺,看到苦行僧们没有学习的地方,于是修建了下绒布寺,也就是我们所在的这个绒布寺。

绒布寺属于宁玛派，是藏传佛教中最古老的一个教派，由莲花生大师创立。绒布寺的特点是，这里既有喇嘛，也有尼姑，他们在寺里的不同区域修行。

进得殿来，喇嘛们正在诵经。我们走在边上，导游格列为我讲解殿中供奉的大师们，主供佛是莲花生大师，还有德达林巴等几位法王，另外还供奉绒布寺以前的堪布，他现在已经圆寂了。

从绒布寺出来，远处的珠峰已经慢慢开始显现了，又过了一小会儿，整个珠峰赫然显露了出来。阳光倾泻下来，珠峰呈现出金色的光辉，宝相神圣、伟大且庄严。老天太给我们面子了，我好兴奋，没想到今天居然能够看到珠峰的真容，真是感谢几十万网友的共同祈祷，也是托县长扎西和格列的福。

昨天我们在冈仁波齐，和几十万网友同时祈福，为家庭祈福，

为祖国繁荣祈福，今天在神山下，在全世界最高的寺庙里面祈福，我想一定是很灵验的。我祝愿所有我认识的人和认识我的人，祝愿所有我不认识的人和不认识我的人，祝愿全国人民、全世界人民幸福、安宁、快乐、健康、如意，也祝祖国繁荣昌盛，万世太平。

看到珠峰最美丽的夕阳照金山，是难得的人生体会，也希望朋友们有时间过来的时候，跟我们有一样好的运气。我的手快要冻僵了，但我们今天的运气实在太好太好了，第一次来就看到了这么美的景色。

看完珠峰美丽的景色，我们来到大本营脚下的黑帐篷小街。小街上有 60 多顶黑帐篷，都是老百姓自己搭的，数量多了以后就形成了一个街区。这里既能供游客吃饭，也能提供住宿。如果到了晚上不想下山，可以住在这些黑帐篷里面，里面有供暖，也有氧气，价格也不算太贵，标间是每天 350 元，通铺是每天 120 元。

来珠峰脚下是我这二三十年以来的心愿，今天终于算是达成了。我认识很多登山的人，他们总忽悠我也来登山，但到今天为止我也没有鼓起勇气，他们却早已轻车熟路了，比如王石，已经登了三次，还准备在 81 岁的时候登第四次；还有中坤集团的黄怒波，他身高 1.99 米，号称是"登上珠峰最高的人"，他登顶了三次；还有厉以宁的儿子厉伟，他连续登了两次，第一次登到 8500 米的时候，因为要救援一个队员，就陪那个队员下来了，没有登顶成功，但第二次终于登顶成功了；还有华大基因的汪建，也成功登顶……不知道我的勇气什么时候能鼓起来，也登顶一次。

（此景点直播导游为定日县县长扎西、格列，特别鸣谢！）

第十五天

孤雁难飞万里

（2024 年 4 月 24 日）

今天是藏地之旅的第十五天。

行程已过大半，后续一定还有精彩。行车记录显示，我们已经行驶了 7000 公里左右，对我来说真可谓七千公里云和月，六十功名尘与土。十五天的历程，既有身心疲惫，也有精神洗礼。昨天经历了日照金山的兴奋，又忙于剪辑小视频，所以没有睡太好，早上醒来发现天空万里无云就又高兴起来。今天要去加乌拉山口看喜马拉雅山群峰耸立。

上午九点出发，沿着 515 省道前进，这条路被称为"珠峰路"，是到珠峰的必经之路。翻越加乌拉山，海拔 5210 米，上山要拐 108 道弯，才到达山顶观景台。南边的雪山群峰一字排开，如立正的战士身披白色盔甲，在珠峰的带领下接受人间的朝拜。

这里 7000 米以上的山峰就有 20 多座，8000 米以上的有 5 座，他们从左到右分别是马卡鲁峰、洛子峰、珠穆朗玛峰、卓奥友峰和希夏邦马峰。在蓝天之下，这些山峰闪耀着神威的光彩，高低已经没有意义。每一座山峰都傲立于天地之间，每一座山峰又都互相连接，形成战无不胜的震撼力量。雪山连绵给我的最大启示就是独山不能撑天，孤雁难飞万里，独行难以致远。珠峰之所以高是因为有群山拱卫，有广袤的高原托举，一个人能做成事情并不一定是自己厉害，而是时代和机缘的托举，也是天下朋友加持的结果。为了让

大家看到雪山连绵的壮丽，我们在山顶的寒风中为网友进行了直播，一同欣赏绝世美景。

下山后拐上219国道，一路向东就到了萨迦县，我们到这里是要去看萨迦寺。对藏族文化有了解的人，一定知道藏传佛教有一个萨迦派，它就起源于这个地方。作为教派之一，它为祖国的统一大业做出过重大贡献。萨迦派的四祖萨迦班智达贡噶坚赞以六十多岁的高龄，带着他的侄子八思巴，跋涉了两年时间到达凉州，也就是今天的甘肃武威，参加了凉州会盟，和当时的蒙古统治者阔端进行了商谈，双方达成谅解，蒙古不进攻藏区，藏区接受蒙古的统治，保持相对独立。这一会盟的重要意义有两个：一是藏区正式接受元朝领导，象征着国土的真正统一，同时藏族人民免于战火蹂躏；二是蒙古贵族开始信仰藏传佛教，最后推广到所有蒙古人，达到了精神文化的统一。从此以后，西藏正式纳入祖国版图，八思巴后来成为忽必烈的帝师，为西藏的文化统一做出了贡献。所以到这里来看萨迦寺，相当于来了解祖国统一的原点，当初贡噶坚赞就是从这里沿着山谷走向了凉州。

先有萨迦寺，才有萨迦城。萨迦寺始建于十一世纪初。最初，贵族昆氏家族在仲曲河边的奔波山上建了一个寺庙，后来家族相传不断扩大，到二十世纪初已经蔚然成林，整个山坡有100多座寺庙，统称萨迦北寺。仲曲河的南边建立了行政中心，但也有寺庙，称为萨迦南寺。我们参观了南寺，里面的装饰显得尽善尽美，尤其令人印象深刻的是手抄经书和典籍的收藏。随后我们又参观了历史文化中心，回顾了凉州会盟的历史，结束后我们开车来到北坡的半山腰上，去俯瞰整个萨迦城的面貌和残留的古城。北坡以前遍布庙宇，现在大部分地方却光秃秃的，只有个别地方种上了树。

离开萨迦，我们一路奔向日喀则市。沿路依然是山峦、草地，但农田逐渐多起来，路边也开始柳树成荫，明显是从牧区转向了农业区。日喀则海拔约 3900 米，是西藏第二大城市。进城后，街道繁华，车水马龙，在荒野奔波这么久，进城后内心竟有点喜悦，就像疲乏的旅人看到了归宿。

入住酒店后，我迅速利用酒店良好的设施洗澡，并把过去几天的内衣裤洗干净。当地的朋友招待了晚餐，随后八点我们开始直播，宣传日喀则的歌舞表演和市民生活。大城市果然热闹，很多百姓围观我们的直播，结束后又有几个私人朋友组局，折腾到十一点多才回到房间。

日喀则市的灯光是明媚的。我在人间烟火处和你说晚安。

加乌拉山口

天气好的时候，定日县海拔 5300 米的加乌拉山口的加乌拉观景台是看珠峰最好的地方。与昨天相比，我们换了一个角度看珠峰，这里离它更远了一些，直线距离大约 60 公里。在白天良好的光线下，珠穆朗玛峰和周围连绵不绝的 20 多座 7000 米以上的山峰尽收眼底。昨天和今天看到的珠峰模样完全不同，太壮观了。

定日县县长亲自给我们讲解这些山峰。海拔 8848 米的珠峰在我们的正前方，山顶处飘舞的旗云盖住了它身旁的洛子峰。洛子峰是世界第四高峰，也是珠峰的兄弟峰，海拔 8516 米。海拔 8201 米的卓奥友峰是世界第六高峰，但它实际看上去好像并不比珠峰低。卓奥友峰边上有些圆鼓鼓的山峰是格重康峰，是海拔 8000 米以内山峰中的老大，高 7952 米。在这里，海拔 7000 米左右的山峰只能作为小弟。我们最右边的山峰是希夏邦马峰，海拔 8027 米，是唯一一座全部身在中国境内的 8000 米级的高峰。我们最左边的山峰是马卡鲁峰，是世界第五高峰，海拔 8463 米。

　　在 14 座海拔 8000 米左右的高峰中，喜马拉雅山脉占了 9 座；新疆、阿富汗、巴基斯坦交界处的喀喇昆仑山脉占了 5 座。在加乌拉观景台可以看到这 14 座山峰中的 5 座。我有一个朋友现在已经登顶了其中的 13 座。还有一位即将要和我对谈的登山家何静，她不借助氧气已经登顶了 10 座以上 8000 米左右的高峰。县长告诉我，去年来了一个挪威的登山爱好者，只要登上卓奥友峰和珠峰，就能完成这 14 座山峰的登顶。

　　在户外直播，我的手又快冻僵了。真是受苦啊，但这是美好的受苦。珠穆朗玛峰、卓奥友峰、马卡鲁峰、洛子峰和希夏邦马峰，这世界五大高峰都在我眼前，此刻我只能发出慨叹：壮观啊，祖国的大好河山。

　　　　　　　　　　（此景点导游为定日县县长扎西，特别鸣谢！）

萨迦寺

提到西藏寺庙，我们首先想到的是布达拉宫（其实是行政中心，而非寺院），其次是大昭寺、小昭寺，再次是扎什伦布寺，但其实萨迦寺对中国的历史和文化也是非常重要的。

这次参观萨迦寺，很幸运有施展老师陪着，他因为忘记办边防证所以耽搁了一段时间，来得晚了一些。我和施展老师很熟悉，他是历史大家，和他一起游览萨迦寺，会给我们带来新的知识，帮我们开拓更宽的视野。

在藏语中，"萨"是"土"的意思，"迦"是"灰白色"的意思，"萨迦"的意思是"灰白色的土"。萨迦寺是十一世纪时由吐蕃贵族昆氏家族的后裔昆·贡却杰布出资建立的。昆·贡却杰布与北宋司马光、苏轼差不多是同一时代的人。昆氏家族的庄园原本在南山上，但那个地方风大、水远，日出晚、日落早，他住着不舒服，于是决定把庄园搬到北山。另外还有一种说法是，昆·贡却杰布之所以决定把庄园搬到北山，是因为北山上的土色发白且有光泽，是祥瑞之相。不过无论如何，这个庄园后来就成了萨迦的第一座寺庙。再后来，萨迦寺不断扩建，规模越来越大，影响力也越来越大。

公元1247年，萨迦派四祖萨迦班智达贡噶坚赞与阔端达成了凉州会盟协议，然后给西藏各地方的政教首领写了一封公开信《萨迦班智达致蕃人书》，告知他们西藏已成为蒙古属地，阔端大王已委派萨迦班智达等人共同治理西藏，还把蒙古为西藏制定的各项制度进行了说明。《萨迦班智达致蕃人书》意义重大，它不仅结束了吐蕃帝国崩溃之后四百多年混乱的局面，让西藏终于重新统一了起来，而且使西藏正式纳入中国版图，形成了更大范围的统一。更加深远的意义则在于，它也为后来红军的长征提供了历史经验，当年红军之所以选择川西这条路，据说其中一个原因就是这条路元朝军队曾经走过。

关于萨迦派后来逐渐式微的原因，施展老师说："萨迦派与蒙古人合作的时候，蒙古已经统治了中原，于是中原的资源被输入萨迦派，萨迦派由此兴盛起来，但是后来蒙古人被赶走了，失去了资源的萨迦派就逐渐衰落了。再后来，格鲁派重新与蒙古人结盟，中原和草原的资源重新输入，一直延续到明清时期。可见谁能够引入资源，谁就有机会成为主导性的教派。所以，我们不能就西藏论西藏，西藏的兴盛与发展是在汉满蒙回藏多元共生的过程中演化出来的。"

萨迦寺是藏传佛教萨迦派的主寺，分为萨迦南寺和萨迦北寺。我们今天来到的是萨迦南寺。萨迦文旅局局长索扎老师说，当时最先修建的其实是萨迦北寺，共有 108 幢建筑，后来在特殊年代几乎全被毁掉了，没有保存下来，现在废墟上的零星寺庙都是后来建造的。不过，萨迦南寺保存下来了，因为它转变成了当时政府的办公场地，具有政治意义，并不是纯粹的寺院。

萨迦南寺是一个巨大的城堡。站在城堡顶上，原来可以看到北面山上红白相间的建筑，成群结队，经幡飘扬。寺庙顶上有两只孔雀，代表了当时萨迦政权在政治、军事、文化、宗教领域的统治地位。挂两只孔雀，意味着它的宗教地位比挂盘羊角的要高。

大殿还是老建筑，里面共有 40 根柱子，都是当时元朝中央政府赐给西藏的，代表释迦牟尼佛三十二相之一的四十齿相。殿里的主供佛是释迦牟尼佛，佛像雕塑从底座到头顶一气呵成，一个焊接点都没有，这是尼泊尔大师安尼哥的工艺。另外，与宁玛派供奉莲

花生大师、格鲁派供奉宗喀巴大师不同，萨迦寺殿里没有供奉昆氏家族的任何一位上师。

萨迦派现在的喇嘛叫作堪布，已经不是萨迦的后人了。我很好奇萨迦寺现在是如何传承的，索扎老师说，是由萨迦佛学院和萨迦寺通过辩经晋升学位之后，再由（主管）堪布来挑选，也就是说，需要竞争上岗。

萨迦寺总共有17000多件文物，镇寺之宝是一个巨大的白海螺。这个白海螺最初是印度献给元朝的，元朝又赐给了八思巴，后来八思巴把它献给了萨迦派。这个海螺距今已有4600多年的历史，到萨迦寺也有八九百年了。

萨迦南寺范围广大，但我认为纯粹的宗教场所应该是萨迦北寺，萨迦南寺只是为了方便行政人员朝拜而已。

接着我们来到萨迦历史文化展览馆。馆内展示了八思巴时期的32幅唐卡，上面记录着八思巴一生的所有大事迹，比如萨迦班智达贡噶坚赞去凉州时的场景、忽必烈向八思巴进献白海螺的场景等。这些唐卡历经了800多年岁月，颜色依然鲜艳，甚至直接放在灯光下面也没有问题。

馆内还收藏了八思巴的第一块印章和国师之印，以及八思巴弟弟白兰王恰那多吉的印章，还有一份《萨迦班智达致蕃人书》的复制品。

参观结束的时候，施展老师很激动地说："很难想象，800多年前，萨迦班智达贡噶坚赞和八思巴从这里出发，一路到了凉州。后来贡噶坚赞在凉州去世了，八思巴则继续来到五台山、大都等地，穿越了大半个中国。在那之后，又过了几十年，南宋的宋恭帝赵㬎又从江南烟雨之地出发，来到大都，来到塞外草原，一路来到了这里。他们两个人的足迹正好相反，但是刚好把汉满蒙回藏几个民族连在了一起，让我们看到了国家多元一统的格局和结构。不论是研究西藏，还是新疆，还是中原，一定要把它放在一个更大的尺度、更大的结构里面，才能明白中国到底是怎样演化而成的。我们要为国家有这样厚重的历史而自豪。"

我也很感慨，萨迦寺让我对中国的历史和演化有了更直接、更深刻的体会。你如果知道这段历史，请静默十分钟，相信内心的感受会不一样。

（此景点导游为萨迦文旅局局长索扎老师，特别鸣谢！）

日喀则桑珠孜区

今天来到西藏第二大城市日喀则。我们上路已 15 天，难得遇到红绿灯，今天不仅遇到了红绿灯，还遇到了堵车。日喀则是非常热闹的城市，户籍人口差不多有 15 万，加上外来务工的人、开旅店和餐饮店的经营者，城市常住人口估计不止 15 万。

日喀则海拔 3900 米，对我来说，这相当于到了平原，要知道我们之前连续一个多星期都在海拔 4500 米以上的地方行走。昨天在珠峰，我穿了两件大衣还被冻得浑身发抖，脸色发青，差点失温，今天却换上了卫衣。卫衣已经 15 天没洗了，可是没办法，只有这一件。

到了日喀则，我们打算在这里稍加休整。吃晚饭之前，我把所有衣服都洗了。这些衣服都不太脏，因为高原地区没有太多风沙和垃圾。

带我们游览日喀则的导游姑娘叫央拉。"央拉"是"央吉"的简化，意为"快乐吉祥"；"拉"本来是加在名字后面表示尊敬的，但日喀则的老百姓习惯给孩子起名字时直接加上"拉"字，不是敬称，就只是本来名字。藏族人的名字不是吉祥就是幸福，不是长寿就是美好，吉祥的寓意是藏族人民起名字的基本要点。

我对日喀则并不是特别了解，但一直心有向往。这里有古老的寺庙，有全世界最高的山峰，也是农业和牧业非常完整的区域。我们前天在仲巴霍尔巴草原，今天越往日喀则方向走，农业绿地就越多。吃晚饭的时候，我发现一个有意思的现象：桌上有一半的菜品是水果和绿色蔬菜。我们这一路过来，吃了很多不同做法的牛羊肉，就是没有蔬菜，因为在海拔4500米以上的地方种蔬菜实在太困难了。但是日喀则的蔬菜不光自然状态下能种，温室里也可以种。

日喀则市桑珠孜区，翻译过来就是"心想事成的地方"，班禅大师的驻锡之地扎什伦布寺就坐落在此。清朝统治者将藏区的行政和宗教中心分成两部分，也就是前藏和后藏。前藏大致相当于现今的拉萨市（当雄县除外）、山南市和林芝市西部；后藏大致相当于现今的日喀则市（北方小部除外）。前藏以拉萨为中心，后藏以日喀则为中心。

在日喀则的广场上，我们欣赏了藏族同胞表演的各种非遗舞蹈，比如司马卓舞和普夏谐钦。到藏区的任何地方，藏族同胞表演舞蹈都非常欢乐，节奏感非常强。他们专注于跳舞，而且能在跳舞中得到很多乐趣。很多舞蹈并不是专门为我们准备的，他们平时也会自发地组织跳舞，参与人数最多的就是锅庄舞。相对传统的舞蹈需要提前排练，排练之后会到广场上给市民们展演。

日喀则的歌唱家王雅兰为我们演唱了一首援藏干部与藏族群众共同创作的歌曲，而后我们又听了一首六弦琴演奏的祝酒曲《江洛康萨》，这是日喀则流传很广的酒歌，表达了对故乡的热爱之情。

此时日喀则的夜晚，温度相当于北京三月中旬，凉爽宜人。日喀则是一个热闹的城市，也是一个温暖的城市。我头顶绿色的柳条飘扬，似乎是挥着手向往来游客表示欢迎。

去珠峰的时候路过日喀则，可以考虑在这里度过一个晚上，让这座城市的烟火气为你带来温馨。

（此景点导游为央拉，特别鸣谢！）

第十六天

空门和红尘

（2024 年 4 月 25 日）

今天是藏地之旅的第十六天。

早上拉开窗帘，日喀则沐浴在阳光中。早餐后的第一站是扎什伦布寺，这是除大昭寺，藏传佛教又一个重要的道场，也是历代班禅的驻锡之地，从四世到今天十一世班禅确吉杰布以来一直都以扎寺为活动中心。扎寺十五世纪初建立，一直有序发展，因为十世班禅的政治地位，在特殊时期没有受到太多破坏。寺庙依山而建，错落有致，金顶黄墙，庄严大气，来这里可以感受到比较完整的寺庙规制。这里的游客和朝圣者很多，为扎寺带来了一些红尘的热闹。其实空门和红尘本无绝对的区隔，绝对的区隔意味着绝对的寂寞。

离开扎寺，我们一路向东，下一个目的地是位于江孜县境内的卡若拉冰川。江孜还有另外一个著名的地方——江孜古堡，也叫江孜宗山古堡，这个古堡有英勇的历史。1904 年英军攻打江孜，西藏军民在宗山上用土制的枪炮，顽强抵抗了两个多月，弹尽粮绝，抗英勇士全部壮烈牺牲。这段故事在电影《红河谷》中有充分的展现。

今天的江孜被称为英雄城，由于时间关系，我们没有停下来参观古堡，只送上了注目礼。

随后我们到达了乃钦康桑雪山脚下的卡若拉冰川。这一冰川是中国离公路最近的冰川，曾经和349国道紧密相连。现在全球变暖，冰川退缩，已经离开公路上千米，但依然是离普通人最近的冰川。站在公路上仰望冰川，冰舌冰峰清晰可见，冷艳而壮观。

告别江孜，我们进入山南市的浪卡子县，当地朋友以歌舞欢迎，并为我们准备了午餐。随后我们继续上路，羊卓雍错扑面而来。羊卓雍错是西藏最受欢迎的圣湖之一，呈现半圆形，曲折环绕，你永远只能看见她的一部分。沿着湖边前行，她一直追随你左右，那一湖翡翠蓝的诱惑，让你似梦似幻，欲罢不能。极致的美是没有办法用语言描述的，那种感觉就像贾宝玉见到了林黛玉，先是目瞪口呆，随后就陷入了迷狂的某种兴奋，好像几世几劫前见过，产生了万年的留恋和缘分。这个时候任何语言都显得苍白无力，那是一种来自原始的冲击，是一种在人类使用语言之前就有的对于天地大美的感应。

从羊卓雍错离开，内心就有了一种失落，好像失恋的感觉。下山后我们沿着雅鲁藏布江一路前行，顺着拉萨河谷到了拉萨市内，入住拉萨松赞酒店。拉萨的朋友希望我为拉萨直播，并让我穿上藏装。恭敬不如从命，我换上藏装。晚上七点到小昭寺开始直播，一路宣传拉萨的市井文化和传统文化，体会八廓街的热闹。容中尔甲老师也到拉萨来看我，参加了直播，并为网友引吭高歌。

第一场直播完已经九点多，我们匆忙吃完晚饭，又赶到布达拉宫广场，和网友们一起欣赏布达拉宫夜景。本来布达拉宫的灯光应该十点半断电，但为了我们延续到了将近十二点。我和朋友说不能特殊对待，朋友说希望我们宣传大美西藏，就当在五一前和网友共同先过一个节日吧，我也大为感动。

　　布达拉宫在明媚的灯光下，高远庄严肃穆，对面的月亮冉冉升起，映照千年宫阙。布达拉宫自松赞干布建成至今已有一千多年历史，沧海桑田，世事变迁，宫殿依旧在，独自笑春风，"今人不见古时月，今月曾经照古人"。秦皇汉武，唐宗宋祖，历史上每一个朝代的辉煌，基本都是以老百姓的生灵涂炭为代价，而今祖国昌盛，普通老百姓也能够在故宫和布达拉宫前流连忘返。"旧时王谢堂前燕，飞入寻常百姓家"，多一点人间烟火的平常，少一点天翻地覆的动荡，也许更是百姓的福音。

　　直播完回到房间，已经晚上十二点。拉萨的城市灯光开始暗淡下去，高原的天空下，人们安然入眠。我在拉萨河畔潺潺的流水声中，和你说晚安。

扎什伦布寺

坐落在日喀则尼色日山下的扎什伦布寺（简称扎寺）是日喀则最大的寺庙，也是藏区最著名的寺庙之一。

扎什伦布寺最早是公元 1447 年由一世达赖喇嘛根敦朱巴兴建的，后来由四世班禅罗桑却吉坚赞加以扩建，也是从四世班禅开始，扎什伦布寺成了历代班禅的驻锡地。

扎什伦布寺是藏传佛教格鲁派六大寺院之一，另外五座分别是拉萨的甘丹寺、哲蚌寺、色拉寺，还有青海的塔尔寺和甘南的拉卜楞寺。寺里现有 800 多位僧人修行，据导游次多介绍，鼎盛的时候有三四千人。扎什伦布寺占地面积 70 多万平方米，建筑面积约 30 万平方米，大小经堂近 60 座。

扎寺之行很热闹，除了次多和招娣两位导游热情介绍，还有施展老师从历史的大纵横、大格局上为我们讲解补充。西藏的寺庙通常由几十个佛殿共同组成，有最老的，有新建的，有师父传徒弟的，还有各种供养人在建的佛殿。施展老师觉得这里的建筑格局与承德外八庙的须弥福寿之庙有点像。次多点头称是，他说"扎什"也就是"扎西"，意思是"吉祥"；"伦布"就是"须弥"，因此"扎什伦布"的意思是"吉祥须弥"。

扎什伦布寺地位最高的是班禅大师。大师每年藏历四五月份都要到寺中参加宗教法事活动，待三四个月。我在阿里的时候，曾经和班禅大师通过电话，他建议我到他的家乡那曲市嘉黎县去看看，但可惜这次来不及了。

早上是朝拜的时间，所以人比较多，他们当中有本地的藏族同胞，也有从青海、四川那边磕长头过来的人，还有一路磕长头到大昭寺再从大昭寺磕过来的人。我觉得凡是去布达拉宫的人，大多数也会来扎什伦布寺。

我们首先进入修建于 1914 年的强巴佛殿，殿内有世界第一鎏金铜佛——强巴佛像，高近 27 米。"强巴"的意思是"慈氏"，"慈氏"也就是"弥勒"，所以强巴佛就是汉传佛教里的弥勒佛，也是三世佛当中的未来佛。这尊佛像也是现在世界上最大的室内铜质镀金弥勒佛，由九世班禅亲自修建，共用了 23 万余斤黄铜、600 余斤黄金，建成至今已有 100 多年的历史。如此高大的佛像比例不好掌握，参观者仰视和平视的观感完全不一样。施展老师说，在敦煌莫高窟里面站着看佛像觉得比例有问题，蹲下再看就舒服了。

招娣说，大部分弥勒佛都是半蹲，但这尊大佛是坐在巨大的铜制莲花座上。相传 1937 年九世班禅在青海圆寂之后，强巴佛流泪了，现在佛像上还有清晰的泪痕。

下一个大殿是十世班禅的灵塔殿，殿名叫"释颂南捷"。十世班禅额尔德尼·确吉坚赞于 1989 年 1 月 28 日在日喀则圆寂，现在他的真身法体仍在灵塔里面，就在等身雕塑的后面。

在藏地民间说法中，弥勒佛、阿弥陀佛和释迦牟尼佛，其实是同一个佛在不同时期的化身而已，但是在汉传佛教中，弥勒佛与释迦牟尼佛是分开的，弥勒佛变成了另外一种个性——笑口常开，大肚能容。

接下来我们来到供奉四世班禅的宗佛堂。宗佛堂修建于 1662 年，于 1666 年竣工。扎什伦布寺里还有五世到九世班禅的合葬塔，由于一世到三世班禅都是追认的，因此灵塔并不在这里。四世班禅是历代班禅里面最长寿的，活到了 93 岁，他著作等身，也是威望最高的。我们看到了四世班禅的等身像，他的真身法体也在塑像的后面。贡献越大的活佛，灵塔上的珠宝就越多。

参拜完供奉五世到九世班禅的合葬塔，我们这一路就朝拜全了。本来这五位班禅都有自己的灵塔，但有些真身法体曾在特殊年代被破坏了，后来十世班禅重新为他们修建了合葬塔。现在合葬塔里保存的是遗骨。

施展老师说，扎什伦布寺是他一直想来的地方，资料里的强巴佛远远没有现场看到的震撼。在雪域高原上，周边群山连绵不断，看上去离中原世界很远，但这里散发出的无尽精神力量也会辐射到那里。他说他以后一定还会再来，我也是。

（此景点导游为次多、招娣，特别鸣谢！）

江孜 - 卡若拉冰川

今天我们来到导游卓玛的故乡江孜，很遗憾，因为时间安排紧张，不能把江孜的白居寺、帕拉庄园、宗山古堡、宗山抗英遗址、紫夏湿地等景点都走完，只能在匆忙中瞄一眼卡若拉冰川。

江孜的藏族同胞送给我一条纯手工织造的氆氇（就是一种围巾），我拿到手中一看，白色、红色、藏青色相间，是萨迦派的代表颜色。这条围巾是纯羊绒织成的，非常暖和，如果加上品牌标签，可以卖很高的价格。我不好意思拿，但盛情难却，我只能接受并答应了他们派发的任务：下次还到江孜来，而且一定要系上这条围巾。除了围巾，我还收到了上海援藏干部送的一身衣服，是一件羊毛衫和一件藏青色的羽绒服，他们看我一路直播总不换衣服，昨天晚上吃夜宵的时候送给我的。今天穿上以后，朋友们都说像老干部。

带着无法游览江孜的遗憾，我请施展老师讲解了江孜的历史过往。

十九世纪中叶，英国在印度阿萨姆大规模种植茶叶，然后有了向西藏倾销茶叶的企图。对大清来说，自茶马古道运输到西藏的茶叶，其税收是大清治藏最重要的财政来源，因此不可能允许英国在西藏倾销茶叶。遭到拒绝后，英国便决定用武力把这个市场打开。1888年，隆吐山战役打响，但此一战英国的利益诉求仍然没有实现。其中的原因是，当时俄国已经征服了中亚，翻过帕米尔高原就可以直接进军西藏，一旦俄国入藏，就会对印度形成居高临下的态势，英国对此非常紧张。

　　但是，英国也有另一手准备。二十世纪初，英日结为同盟，从1904年到1905年，在英国的支持下，日本在中国东北发动日俄战争，这意味着俄国的主要军力都被吸引到了中国东北，在西藏的军力薄弱，这样一来英国就可以趁机进军西藏。1904年3月，英军派步兵和骑兵，携带当时的先进武器进攻江孜，以图拉萨，于是藏族军民奋起抵抗，这就是西藏近代史上非常有名的江孜保卫战。其中最重要的一战就发生在江孜的宗山堡，我方持续抵抗三个多月，但因为武器的代差太大，英军最终攻破了宗山堡，剩下的藏族战士全部在宗山堡跳崖殉国。江孜古堡（宗山堡）现在还保存着抗英英雄跳崖处，对这段历史感兴趣的朋友可以去凭吊一下。站在那个地方往外望，可以看见白居寺，一世班禅曾在那里驻锡。

　　攻克了江孜，进攻拉萨的大门就打开了。英军一路攻占拉萨，十三世达赖喇嘛被迫离开拉萨。最后，大清与英国签订了《拉萨条约》，条约约定，英国的茶叶可以自由倾销到西藏；相应地，英军须撤出西藏。由此开始，对大清和后来的"中华民国"来说，西藏的经济和税收都成为巨大的问题。一直到中华人民共和国成立之后，这个问题才被有效地解决。

聊过江孜的历史，我们来到心心念念的卡若拉冰川。

卡若拉冰川位于西藏山南市浪卡子县和江孜县的交界处，距离江孜县城71公里，离公路只有300米。在阳光的照耀下，卡若拉冰川的冰舌和冰坡呈蓝色，非常壮观，像极了一幅巨型唐卡。到了夏季，冰雪融水会流向满拉水库。这里野生动物资源丰富，夏季可以看见土拨鼠、兔子蹦出来，一路过来我们还看到很多岩羊。

另外，这里也是很多影视剧的取景地，比如《红河谷》《云水谣》等。据说1996年拍摄《红河谷》时，为了制造雪崩效应，把冰川炸掉了巨大的一块，以至于直到现在被炸掉的那一块还像黑色

的伤疤，恐怕很难再褪去了。

人类的活动对冰川造成了巨大破坏。据卓玛说，她小时候冰川还能到山脚处；而几十年前，有些年份，冰川都可能流到马路上，汽车都无法开过去。为了拍一部电影，把冰川给炸掉，我觉得这个行为太不应该了。地球不需要人类，人类却离不开地球，珍惜地球给我们的一切，消除人类的狂妄已经是迫在眉睫的事情。至今，破坏生态环境和自然平衡的事情还屡屡发生，当人类意识到自己的愚蠢时，往往就像落下悬崖峭壁时发出的一声喊叫，除了空谷回响，一切都已经太晚了。来到这样的地方，我们应该心存敬畏，而不是让大自然成为人类的布景。来到任何一座山，除了地质学家做研究，我们敲掉任何一块石头都是不对的。

施展老师说，在这里他看到了一种人类的傲慢，而且是一种工业世界的傲慢，我们丧失了对自然的敬畏之心，以至于对它的破坏和伤害没有节制。而在当地的传统生活方式中，人们也会到山上采撷草木和山石，但他们对自然的破坏不会那么暴力和无度。

（此景点导游为卓玛，特别鸣谢！）

羊卓雍错

羊卓雍错是西藏的三大圣湖之一，被认为是西藏最美的湖泊。"羊"是"在上"的意思，"卓"是"牧场、草原"的意思，"雍"是"清澈、碧蓝"的意思，"羊卓雍错"就是"牧场之上的碧蓝湖泊"。

羊卓雍错海拔近 5000 米，湖面面积 638 平方公里。我们从哪个角度都看不到羊卓雍错的全景，因为它是一个环形湖。当地在山顶上开发了观景台，站在上面几乎可以看到羊卓雍错的全景，它像一枚戒指一样镶嵌在西藏美丽的大地上。

藏南地区雨水比较丰富，尽管羊卓雍错基本算是一个封闭湖，但湖水只是微咸，接近淡水，附近的牛羊喝的都是羊卓雍错的湖水。湖水非常清澈，到处都是游鱼。藏族人民不吃鱼，就把鱼放在里面养着，听说湖里还有几百斤的大鱼，但是从来没有人见过。羊卓雍错算是冷水湖，理论上鱼不可能长到那么大，但是人们会发挥自己的想象力，就像英国的尼斯湖，大家总觉得里面有神兽。

不管怎样，羊卓雍错是藏族地区鱼类最丰富的地方。做攻略的时候我还看到有人说这里的鱼不仅肉味鲜美，而且傻到你抓它都不会跑。

如果不是蓝天白云，羊卓雍错漂亮的蓝色就不能显现出来。藏区高原有两种蓝，一种蓝是天空的蓝，一种蓝是羊卓雍错的蓝，叫作"羊湖蓝"，好在老天给面子，我们看到了。施展老师也拿起自己的手机跟我一起直播，带着"施展世界"的朋友们从不同的角度看同一种景色。

施展老师觉得羊卓雍错就是造物主遗留在人间的一枚戒指，然而他在搜索羊卓雍错的资料时发现，网页上说羊卓雍错是大概四亿年前形成的，这是一个非常严重的错误，因为青藏高原形成到现在也才六千万年；四亿年前，青藏高原的土地上是一片汪洋，叫作"特提斯海"。

施展老师接着给我们科普：六千万年前，印度次大陆撞过来之后，过了很长时间青藏高原才逐渐隆起，而在隆起之前，并没有对行星风系的走向产生实质性的影响。所谓"行星风系"，就是由于地球的自转以及阳光的照射等，导致地球上一些特定的纬度带会有一系列固定的风的走向。这种行星风系在没有大阻挡的情况下，在北纬30度以及南纬30度周边各几百公里的范围之内，是典型的撒哈拉沙漠气候。但是中国的北纬30度是一个烟雨绵绵的地方，也就是风景如画的江南，这是什么原因呢？实际上，六千万年前，中国的江南也是沙漠，而新疆才是烟雨之地，但自从印度次大陆撞过来之后，经过几万年的沧海桑田，青藏高原的行星风系走向被实质性地改变了，使得江南成了烟雨之地，而新疆变成了大漠戈壁。地壳运动就像推桌布一样，在这边推一下，那边就会出现褶皱，所以印度次大陆撞过来之后，不仅使得青藏高原高高隆起，还影响了离青藏高原比较远的地方，比如更北边的祁连山、阴山、燕山等。当然，这其中也有其他地壳运动的影响，但是都跟这次地壳运动有分不开的联系。

为了保护羊卓雍错，当地没有开通船舶线路，但内环外环都有路。我记得纳木错也没有船，玛旁雍错也是没有船的，人类对这些圣山圣湖干扰得越少越好。施展老师感叹说，来到青藏高原，最能让人学会的就是敬畏。他强烈感受到，西藏的人们是在对宇宙、自然、天地的敬畏当中为自身寻找恰当的位置，而在东部沿海工业很发达的地方，人们每天却在紧张地内卷。人不能永远活在内卷的状态当中，人需要对价值和意义的追求。

对于藏族人民来说，只要山头有雪的山，基本都是神山；只要地上有水的湖，基本都是圣湖。藏族人民对山水的爱护超出常人的想象，对动物的爱护也超出常人的想象，藏区大部分牧民的羊和牛，都要养三年以上才可以屠宰或者卖掉，因为他们认为，任何生命都有享受更多自在时光的权利。

为了能够居高临下欣赏羊卓雍错"犹抱琵琶半遮面"的美，我们来到山顶的观景台。在观景台，除了能够看到更广阔的湖面，也能够看到远处的乃钦康桑雪山。仙气升碧湖，缥缈云海间。雾气升起来了，浮在湖面特别好看。景区讲解员旺姆说，民间传说羊卓雍错是天上一位仙女下凡变的，所以羊卓雍错的蓝喜欢变幻，它会让你的手机拍不出它的蓝，还原不了它的蓝。

意外的是，观景台上还能看到雅鲁藏布江。我已经追寻它四天了，从它的发源地马泉河开始，再到仲巴大草原，一路沿着它的源头过来。雅鲁藏布江自西向东奔流，夹在珠穆朗玛峰、念青唐古拉山和冈底斯山之间，一路汇聚各种小溪小流。雅鲁藏布江有主河道，但是在很多地方都有十几二十条支河道，而且方向都是一致的。来到林芝以后，遇到横断山脉，水就流不过去了，所以出现一个大拐弯，于是从由西向东流转为向南流，在横断山脉和喜马拉雅山的约束之下，形成了深达 2000 米的雅鲁藏布江大峡谷。雅鲁藏布江从此开始往南一路奔流，一直流出我国到了印度，就成了布拉马普特拉河，最后与恒河汇合一起流入印度洋。

　　离开羊卓雍错之前，施展老师特意在直播镜头前说，这次能够跟我一起走，特别幸运，我们一直比较熟，但从没有这么长时间、近距离地一起旅行，尤其他看到我的工作状态，觉得特别佩服我，甚至用"最钦佩的老大哥"来向我表示敬意。听他这么说，我也很感动，毕竟他知道，如果不表扬我，他就没有晚饭吃了。

　　（此景点导游为卓玛、旺姆，特别鸣谢！）

拉萨

拉萨我来过多次，本来计划这次先略过，但一众网友和当地友人都不答应，我只好遵命故地重游。

我们沿着拉萨河，一路到了拉萨，先入住了拉萨松赞酒店。这是松赞创始人白玛多吉赞助我们住的酒店，白玛也是我多年的朋友，我对他做松赞的理念特别佩服。

容中尔甲老师在松赞等我，他听说我在西藏旅行，特意从成都飞过来看我。我们俩是去年在四姑娘山的时候认识的，欣赏互相的气质，一见如故，成了好朋友。

容中尔甲老师一加入，加上施展老师，我们变成了"锵锵三人行"。我和容中尔甲老师都换上了藏装，相关朋友没有给施展老师准备藏装，他特别失落，我们嘻嘻哈哈嘲笑了他一阵，开心地出发去小昭寺参观、直播。

小昭寺始建于公元七世纪，是文成公主主持修建的。除了宗教原因，修建小昭寺也是为了表达文成公主的思乡之情。从气候原

因和文化传统来看，一般的建筑都是坐北朝南，小昭寺却是坐西朝东，面向公主的家乡远远眺望。

　　小昭寺专为供奉文成公主从长安带来的佛祖释迦牟尼 12 岁等身像。200 年后，金城公主进藏，把大昭寺和小昭寺内的释迦牟尼佛 8 岁、12 岁等身像互换了位置。据央金介绍，释迦牟尼佛有三尊等身像，比照他 25 岁、8 岁和 12 岁的身高一比一打造，类同佛祖本人。在历史进程中，这三尊佛像曾分散到印度、尼泊尔等地。12 岁等身像大约在北魏时期供奉在洛阳白马寺，后来被文成公主请到拉萨，放在小昭寺。某种意义上，这种珍贵信物的赠予，表明唐蕃之间要世代友好下去。

　　文成公主和松赞干布当时很恩爱，但九年后松赞干布就去世了。大唐本想迎回公主，但公主毅然留在了吐蕃，在这里待了三十多年。大唐与吐蕃的关系在这期间变得非常密切，很多藏区的商人不断向中原进发，带动了双方的贸易往来。在唐朝兴旺的时候，境内有 30 多万胡人，其中就包括吐蕃人。于是唐蕃古道渐渐形成，起初是政治联姻的路线，后来变成了商业贸易的路线。

小昭寺呈现佛祖释迦牟尼生平的壁画，是修旧如旧的文物保护项目，用矿物颜料重新描画，今年刚刚完工。小昭寺的二楼曾是文成公主的起居殿，是松赞干布去世后，文成公主在小昭寺居住的地方。起居殿内部供奉佛经，以《大藏经》的《甘珠尔》（佛语部）和《丹珠尔》（论疏部）为主。这些佛教典籍不只与宗教相关，更记载着科学、技术、哲学、历史、文学等内容，是藏地的百科全书。

藏经的场所就像现在的图书馆。我到西藏发现到处都有图书馆，这就是藏文化几千年依然能够传承的重要原因。藏族人重视文化的传承，他们不仅有 2000 多万字《格萨尔》的文本记录，还有口头说唱等文化传承的方式。

从小昭寺出来，我们来到八廓街。

"八廓"的意思是"中转经道"，已经有 1300 多年的历史。以大昭寺为中心，有三条转经道：内转经道，叫"囊廓"；中转经道，叫"帕廓"；外转经道，叫"林廓"。拉萨有很多四川人做生意，他们用四川话把"帕廓"念成了"八角"，再把藏语和四川话融合一下，就成了"八廓"。

八廓街是如何形成的呢？

人类有两件事情很有意思。其一，成规模的城池和村庄都是某种政治或者经济原因形成的，也会由于自然原因消亡，比如缺水、地震；其二，人类社会的规矩和制度，其实大部分都是根据习惯演变而成的，比如习惯上如何才能更加和平相处，就会根据这些习惯形成一些法律或者规章。

八廓街的形成就是第一点的印证。八廓街最初是没有的，后来大昭寺建成以后，很多来朝圣的人要绕着寺庙转好几百圈，他们需要吃饭、住宿，人们就避开正门的区域，沿着大昭寺一圈一圈开始营造建筑，再通过几十条小巷一直往外延伸，最后就形成了一个巨大的居民区。

拉萨是一个游客聚集之地，也是一个朝圣者聚集之地，所以八廓街的商店开得非常密集，生意也很红火。商店经营者有来自四川、重庆、云南等相邻省份的，也有来自尼泊尔的。央金指着一家店告诉我，这家店是尼泊尔人经营的，已有一百多年历史。尼泊尔人的名字太长，当地人记不住，看他经常戴一个白帽子，就叫这家店"夏帽嘎布"，是"白帽子店"的意思。这条街上的玛吉阿米餐厅也是拉萨的标志性商店，名字来自谭晶演唱的歌曲《在那东山顶上》，八十年代国内其他地方过来的年轻人很喜欢到这里打卡，我十几年前好像也来过，只是现在不敢大摇大摆走进去吃饭了。

除了店铺经营者的文化背景和籍贯多样，拉萨的其他景象也彰显着它是民族融合之地。走在八廓街上，面前居然出现一座清真寺。央金介绍说，拉萨是从清朝时期开始修建清真寺的，穆斯林信徒从克什米尔、甘肃和青海进入西藏，他们尊重藏族的文化习俗，也保留了自己的信仰，他们会说藏语，会写藏文，和藏族人、汉族人一起居住在拉萨的古院内。

在八廓街，我们来到了清政府驻藏大臣衙门旧址陈列馆参观。这是一座典型的藏式四合院，是清朝中央政府在拉萨设立的第一座驻藏大臣衙门，迄今已有近 300 年的历史。从雍正皇帝派遣僧格、马喇进藏成为第一任驻藏大臣到 1912 年清朝灭亡，共有一百多位驻藏大臣。他们每三年一换任，有点像现在的援藏干部。大家有机会可以到这里看看大一统的多民族国家是怎么管理运作的。

除了小昭寺和八廓街，施展老师推荐了两个较为小众的古迹，一个是功德林寺，另一个是关帝庙（藏族人称为"格萨尔拉康"）。

关帝庙在非汉族聚集区域的缘起很有意思。满洲在入关之前就特别崇拜关公，认为这是一个厉害的战神，后来满洲要结成满蒙联盟，以形成强大的军事基础，就告诉蒙古人，满族人是刘备，蒙古人是关羽，关羽对刘备那么忠诚，你们对我们也应该同样忠诚。他们还鼓励蒙古人读《三国演义》，后来蒙古人的第一信仰是藏传佛教，第二信仰就是关公，北到俄蒙边境恰克图，西到今天新疆伊犁，当时到处都是关帝庙。

拉萨的关帝庙是由满人将军修建，由蒙古人出身的活佛引入藏传佛教，在西藏地区祭祀汉人英雄的地方。关公对于西藏人来说，既是汉人英雄，也是西藏自己的英雄，因为他也是格萨尔王的化身。每个族群都有自己的英雄，这些英雄通过关公这个符号连接在一起，大家共享同一个文化符号，让每一个民族都获得了自己的尊严，形成了今天的大一统中国，这是多元融合、多元一体的绝好体现。

民间的关公庙，是走在茶马古道、唐蕃古道上的那些生意人修建的，因为关公在中国是财神，代表了做生意的人信奉的诚信和忠义。对我们来说，崇拜关公不只因为他是神，还因为他有作为一个人应该有的样子。

（此景点导游为央金，特别鸣谢！）

布达拉宫

　　晚上十点四十九分，我们吃过晚饭，匆忙来到庄严、雄伟、宽阔的布达拉宫广场，欣赏布达拉宫的灯光美景，体验布达拉宫的厚重文化和历史韵味。

　　平时布达拉宫的灯光晚上十点多就会关闭，可我们上一场直播持续到了九点多，时间有些来不及。当地政府为了在全国上百万网友面前展示布达拉宫的夜景，所以推迟了一个多小时关灯。

　　施展老师、容中尔甲与我同行，在夜晚淡云薄雾的天空下，我们共同等待月亮在布达拉宫上空升起。我和尔甲老师提议一起合唱歌曲《天路》。"天路"就是带大家从全国各地乃至世界各地来西藏、来拉萨的道路。此刻我们一起合唱这首歌，既应景又激动人心。

　　合唱结束后，导游央金为我们讲解了布达拉宫的历史。

　　布达拉宫是世界文化遗产之一，也是目前全世界海拔最高的宫殿式建筑，主要由白宫和红宫两大宫殿系统组成。布达拉宫最初在吐蕃王国时期由松赞干布主持兴建，后因天灾人祸完全破败。我们现在看到的白宫，是五世达赖喇嘛在 1645 年到 1648 年间修建的；红宫比白宫要晚 45 年，是五世达赖喇嘛圆寂之后，由摄政王主持扩建而成。布达拉宫还有一部分建筑是 1922 年修建的。总的来说，据文献记载，殿内有两个宫室有 1300 多年历史，其余大部分建筑则只有 340~370 年历史。

布达拉宫地面上有 1000 多间宫室，地下已探明有 1000 多个地垄。地垄就是布达拉宫的地基部分。宫殿依山而建，而且没有砸填山体，因此不像其他建筑工程一样，可以直接把墙体立起来，而是需要先将地面垫平，再在此基础上建造墙体。这样一来，地板和山体之间就会出现一个形似三棱柱的空间，这个空间可以被很好地利用，甚至还可以开窗户。如果你去过重庆，就会对此有直观的感受。重庆的很多楼房，上到 20 层才来到马路上，这与布达拉宫修建和利用地垄空间的原理是一样的。

布达拉宫并非原本就有如此规模。吐蕃王国时期，松赞干布决定把首都从山南搬迁到拉萨，于是在拉萨红山山顶建造了一个城堡，最初可能只有几十间房子，后来随着拉萨的政治地位不断提高，布达拉宫内部的行政人员和宗教人员也变得越来越多，于是沿着山坡不断扩建，最终成为世界十大建筑奇观之一。

另外，布达拉宫之所以建造在山上，有两个原因：一是如果遇到战争，易守难攻；二是当时拉萨河的水量非常大，为了防止宫殿被洪水冲走，只能建在山上。

布达拉宫内部不允许直播，但是非常值得亲自去看。我进去过两次。沿着台阶一路往上，感觉自己一步步走向更加圣洁、更加寂静、更加远离世俗烦恼的境界。著名的仓央嘉措就在这个宫殿里居住过，相传他说过一句话："住进布达拉宫，我是雪域最大的王；流浪在拉萨街头，我是世间最美的情郎。"仓央嘉措离开这个世界的原因如迷雾一般，但是他留下的诗句到今天依然是人间美好的象征。圣洁的境界，人间的感情，这两种美好的交织，对藏族人来说，恰似仓央嘉措的名句："不负如来不负卿。"

我们没有看到布达拉宫的内景，不过广场上的夜景，尤其是倒影，也是吸引游客打卡的重要因素。广场喷泉每次喷水三到五分钟，停歇十分钟，等到地面快要干的时候，再喷三到五分钟。在湿漉漉的广场上，我们看见了雄伟壮丽的布达拉宫和西藏和平解放纪念碑的倒影，水面映照着无垠的天空和大地的延伸，简直太美了。

我们所有人都不说话了，此时任何一句话都是多余的。

月亮已经升起来了，刚好飘过来一片云，像彩带一样缠绕在月亮的腰间。在这样的夜空下，我们与百万网友一起许愿，祝愿祖国繁荣昌盛、人民幸福安康。

我们又欣赏了布达拉宫的灯光秀。这里的灯光不是五彩斑斓的，而是白墙上打白色的灯光，红墙上打红色的灯光，黄墙上打黄色的灯光，让布达拉宫夜晚的颜色与白天的颜色保持一致，甚至使它在深邃天空的背景下更加庄严。此时此刻，周围所有的霓虹灯，包括月亮，都没法跟光影绰约的布达拉宫相比。

希望大家亲自来布达拉宫，到布达拉宫的内部探索每一个房间，你会留下更深刻的印象，而当你站在红宫的屋顶上俯瞰整个拉萨城的时候，又会是另一种体验。

（此景点导游为央金，特别鸣谢！）

第十七天

天地不言

（2024 年 4 月 26 日）

今天是藏地之旅的第十七天。

告别拉萨，奔向林芝。林芝在西藏是一个美好的存在，因为海拔只有 3000 多米而成为度假天堂。一般来西藏浅尝辄止的旅游都是以拉萨和林芝为中心的，像我这样不要命连续二十多天在路上，可能有些人会吃不消。拉萨和林芝周围，有足够代表西藏之美的景色可以让你流连忘返。拉萨有布达拉宫、大小昭寺，周围有羊卓雍错、纳木错、念青唐古拉山，林芝有巴松错、雅江大峡谷、南迦巴瓦峰，都是绝美的景致。

早上起来，沿着林拉高速前行，从拉萨到林芝接近 400 公里，一个上午就交代在路上了。如果你不是赶路，而是自驾游，建议走318 国道，这是我见过的最美的道路之一。沿着清澈透明的尼洋河，山转路弯，远处就是一座座雪山，一路村庄镶嵌在高山草甸中，牛羊在山坡上徜徉，有行驶在世外桃源的感觉，需要一整天的时间才能完成这一旅程。

我们下午一点到达林芝，朋友安排了简单的午餐。午餐结束我们迅速开始直播，先推荐了林芝的农产品，又转了城里的工布公园。工布公园是西藏所有城市里最大的公园，里面鲜花盛开，树木葱茏，小溪潺潺，碧波荡漾，雪山在四周环绕。我和容中尔甲、施展老师一起在公园里种了一棵桃树，网友戏称为"桃园三结义"。

　　林芝是一个桃源之城，每年桃花节万人空巷，不过我们到达的时候桃花已谢，红消香断，但人们并不惆怅，因为桃树披上了绿色，迎来的是一年郁郁葱葱的收获。就像我们的青春岁月，虽然短暂，却为未来几十年的生活和发展奠定了坚实的基础，所以陶渊明才会说："盛年不重来，一日难再晨。及时当勉励，岁月不待人。"

　　种完树我们去看了柏树公园。这里有上千棵千年以上的古柏树，这些尼洋河边上的古树，俯瞰了千年沧海桑田，阅尽了人间悲欢离合，沉默而无语地耸立了千年，因历经岁月而被人崇拜，给人以谦卑和安慰。从宇宙的尺度看，即使三千年的树也只是存活了一瞬间。苏东坡说："盖将自其变者而观之，则天地曾不能以一瞬。自其不变者而观之，则物与我皆无尽也，而又何羡乎？"任何一个人都是地球匆匆的过客，你争夺的功名利禄，生不带来，死不带去，因此放弃执念幻想，享受清风明月，"聊乘化以归尽，乐夫天命复奚疑"，才是正确的人生态度。古树下，人们正在进行舞蹈表演和祈祷仪式，我们一起参与了祈祷，希望祖国昌盛，人民幸福。

　　我们沿着尼洋河来到雅尼湿地，这是雅鲁藏布江和尼洋河的交会处。开阔的河床几乎一望无际，一条大河变成了几十条河汊，河汉间布满了沙洲，沙洲上长满了绿树。远处山峦起伏，近处河水潺潺，波光粼粼，辽阔与温婉相融，粗犷与细腻共存。天地不言，大美其中。

随后我们沿着雅鲁藏布江向南，今天的目的地是雅鲁藏布江大峡谷以及南迦巴瓦峰。一路上壮丽深邃的雅江在车窗外奔腾流淌，山头云雾缭绕，一会儿就下起了绵绵细雨。我心里想，南迦巴瓦峰肯定是看不到了，没想到在接近索松村观景台的时候，雨停了，天空的云层像一道纱帘一样被拉开，南迦巴瓦峰从云层中露出来，赫然显现在眼前。我们激动万分，立刻打开直播和网友们共享了这一时刻。可这种景象只持续了十几分钟，然后浓云四合，南迦巴瓦峰再也没有出现，犹如羞涩的姑娘掀开面纱，只让你看了一眼，就给你留下了无穷无尽的相思。

晚上住在山脚下的松赞酒店，酒店举行了欢迎仪式。周围是牧场，乡村山峦、田园风光如仙境一般。大家心情突然放松起来，一起喝酒唱歌，朋友放歌须纵酒，天涯何处不故乡。喝完酒归宿，外面天地之间唯留下雨声淅淅沥沥，这是我这次旅程中休息最早的一天，内心充满一种空灵的轻松。

我在南迦巴瓦峰脚下、雅鲁藏布江的涛声中，和你说晚安。

林芝

林芝号称"西藏的江南",平均海拔只有3000米左右,是西藏海拔最低的地方。如果要到西藏去玩,又害怕高反,林芝是一个好选择。坐飞机到林芝,可以去雅鲁藏布江边、尼洋河边看看,或者到林芝的巴宜区休息个三五天,慢慢探索,这样基本不会产生高反,不会像有些人一样,刚到拉萨下飞机,没走几步,脑袋就晕了,甚至还有的人直接就倒下了。

林芝的海拔最低点在墨脱县,只有几百米;最高点是米林县的南迦巴瓦峰,有7700多米。林芝的气候非常温暖,我们前天在珠穆朗玛峰下面被冻得半死,结果到了林芝就温暖如春了。林芝的植被资源非常丰富,墨脱居然能种香蕉、芭蕉和各种各样的热带植物。林芝的桃花节很有名,但现在桃花已经谢了,叶子开始变绿了。

"林芝"的意思是"太阳的宝座"。林芝位于西藏的东南方,对藏区人民来说那是太阳每天升起的地方,因而得名。林芝的尼池

村，因为阳光不受阻挡，日照时间是最长的。相传吐蕃时期有个大家族叫尼氏，而"池"是"宝座"的意思，因此"尼池"意味着"尼氏家庭的宝座"。

当地知道我们来西藏会考察好的农产品，所以供销社主任刘永强同志也参与了直播，我们先去了由林芝市委市政府搭建的农产品馆。展馆总面积3610平方米，目前入驻的产品有五六百种，涵盖了林芝市和西藏各地的产品，如藏红花、灵芝等。这当中有当地自产的，也有外来的，还有察隅县的大米、寓意民族团结的酒、加工后的灵芝粉，以及鲜花做的茶和糕点，还有林芝唯一的一款弱碱水等，游客当场就能买，十分方便。

林芝市的工布公园是西藏占地面积最大、植物种类最丰富、功能最齐全的城市中央公园，四周都有雪山，其中一座没有雪的山被奉为神山。据说这座山是"山王"，是吉祥之地：山上有各种各样的植物种类，山下也有水草丰美的湿地；山背后的水富含多种微量元素，被称为"水王"；沿着山脉走，还有柏树中的"树王"。人的心灵需要有所寄托，就把美好的向往投射在山、水、湖泊之上，于是就有了神山圣水。

西藏人民对于大自然的保护来自他们的文化基因，他们尊重世界上的一草一木，比如养牛，他们会考虑草应该怎样吃才不会受到太大的破坏，以便第二年能够继续。容中尔甲说，对藏族人来说，生态保护是一种生活习惯，也是一种信仰。

在导游的安排下，在全国网友的见证下，施展、容中尔甲和我三个人一起在工布公园种下了一棵树。上次在班公错，我种的是班公柳，这次则是桃树。尔甲老师离得比较近，将来结了桃子，让他寄给我们。

兜兜转转，我们已经在公园里走了5000步。林芝的空气太好了，云也白得不真实。这里的空气负离子含量很高，走路不容易觉得累，要是在阿里、日喀则或者珠峰脚下这么走，估计早就倒下去了。林芝的领导太"过分"了，我说我们是去看大峡谷、南迦巴瓦峰的，但他们说那两个地方晚上才好看，白天先帮他们宣传一下，结果就让我们在城市里一边散步，一边宣传他们的农产品。

我们一不小心就在公园里走了一个小时，为了不耽误接下来的行程，我们赶紧去找柏树王。离工布公园不远，有一片存在了近两千年的柏树林，里面有1000多棵巨柏。这里的巨柏叫"雅江巨柏"，树王的年龄已经有3200多岁，十几个成年人手牵着手才能抱得住。导游介绍说，每一片森林里都有一个树王，众多树的根系在地下互相长在一起，树王会自动甄别自己的幼树，然后将营养输送给它们，非常神奇。从去年开始，在广东援藏队的帮助下，每一棵树都有了自己的名片，用手机扫一下二维码就能看到整棵树的生长状况。

这里每一棵树的树龄都是我们几十代人生命的长度。出于对生命的尊重，在导游的引导下，我们绕着树王转了一圈。当地老百姓还为我们安排了在树王下的祈祷仪式。

从林芝到拉萨，如果你是抱着玩的心态，就一定要走国道。走国道有两个好处：一是国道看到的风景更美且更近；二是国道的车少，因为大部分车都走了高速公路。原来没有高速公路的时候，国道超级繁忙，路上又没有太多地方可以停车，速度稍微慢一点，后面的车就开始按喇叭。现在好了，那种着急赶路的车基本全都走高速了，国道上纯粹是旅游自驾的车，一路沿着尼洋河往东或者往西，周边不是清澈的河水、茂密的森林，就是迎面扑来的一座又一座雪山。这些雪山大多是没有名字的，但都很好看。

施展老师最近这几年到边疆各地调研，走的基本上都是国道。国道是按照山川、地形建设的，古代的行军路线与今天国道的路线大致重合，所以沿着国道走，能够近距离看到很多景色，还能对古代的军事地理有比较直观的感受。现在虽然很多东西都已经发生了改变，但是最底层的山川架构，还是得通过国道才能感受到。

随后的行程是从林芝到南迦巴瓦峰脚下的米林县。我们的计划是一定要看到南迦巴瓦峰和雅鲁藏布江大峡谷，毕竟那也是很多网友的期待。可一路上阴云笼罩，细雨绵绵，哪有什么神山的踪影。我们一路祈祷，希望到达雅鲁藏布江大峡谷的时候，能够云开日出，让我们看到日照金山的景象。容中尔甲为我们唱起了藏族民歌《三朵花》，唱罢施展老师开始抒情：林芝虽然号称是"西藏的江南"，但毕竟是"西藏"的江南，所以在小桥流水的温婉之外依然可以看到雪山的壮阔。

南迦巴瓦峰

南迦巴瓦峰,又称大祖父山,被当地人认为是众山之父。

南迦巴瓦峰坐落在喜马拉雅山最东端,雅鲁藏布江在这里有一个大拐弯,印度洋季风从南往北吹进雅鲁藏布河谷,水汽会在拐弯处汇聚,所以这里的云雾很多,旅行者的共识是,要看南迦巴瓦峰可比珠峰难多了。当地也流传着不成文的规矩,就是千万不能用手指南迦巴瓦峰,一指它就完全不出现了。

半路上,南迦巴瓦峰的主峰居然在厚厚的云层中露出来了,我们马上决定停车临时开播。我有一年在这里等了三天,什么也没看见;还有一次,看见明月之下南迦巴瓦峰雪峰如剑,高耸云天。今天真的运气爆棚,云图显示这里四面八方都是云,唯独南迦巴瓦峰那个位置有个云的空当。滔滔的雅鲁藏布江在脚下流过,山间的云被太阳染上点点颜色。

我们早些时候从林芝出发,满天乌云,雨下了好一会儿,雾气升腾。雅鲁藏布江湿气特别大,一旦云雾升起,像珠穆朗玛峰周围的云雾那样突然散去的可能性几乎为零。我今天其实已经把希望灭掉了，觉得肯定看不到南迦巴瓦峰了，想不到云雾专门为我们开了一条缝儿。

直播十分钟后，云层开始合上。刚才的山影像一把剑，刺破天空，现在这把剑要归鞘了。我本想用羞涩的姑娘形容南迦巴瓦峰，却发现不是特别合适，因为在我心目中，南迦巴瓦峰是康巴汉子一样英武的男子。

另一边山头上的阳光出来了，这些小山没有名气，只有五六千米高。施展老师打趣到，"到西藏就飘了，五六千米的山都觉得是小山"。我觉得在 7782 米的南迦巴瓦峰面前，在一众七八千米级高山林立的青藏高原，它们只能是小山，没办法，就像在他面前我永远"没有学问"一样。

在观看南迦巴瓦峰的观景台驻留，远处有村庄和大片的青稞田、桃园。老百姓把沿雅鲁藏布江的坡地开垦成了果田，如果游客站在中间，以远方的南迦巴瓦峰为背景照相会非常好看，这叫作经济价值的综合利用，可比单纯种青稞和油菜花划算多了。

我们又往前行驶了一会儿，山显得更高了一点。这时我们已经进入雅鲁藏布江大峡谷，这里是万丈深渊，我本想拍个视频，却发现录不出那种感觉，因为视频没有立体感，只有身临其境才会知道这种落差是多么让人恐惧。我录的视频都不专业，如果想看专业人士拍摄的雅鲁藏布江和雪山的风光，可以搜索"虎队 Tiger"或者"逆流阿海"，他们是我们这次自驾之旅的后勤保障团队，是一群在青藏高原上混的朝气蓬勃的孩子。虎队之所以叫虎队，是因为他和我一样也属虎，但不同的是，我 62 岁，他 26 岁。

施展感慨这一路的神奇，这么多十人九不遇的地方居然全都看到了，一个也没有落下。我觉得我们一路走来为藏族人民的旅游宣传做了一些事情，因为神山是守护藏族人民的，所以也就照拂了我们。当地藏民相信，凡是对着神山圣湖许愿，愿望就一定能实现。我这次真的理解了为什么藏族人那么虔诚地朝拜神山圣湖，因为天人之间真的有感应，只要你愿意做好事，老天就会照顾你。藏族人民对这一点深信不疑，他们内心虔诚，一点杂念都没有。

这几天，我和施展、容中尔甲凑在一起，展开了一段很开心的旅程，我们之间心无芥蒂，就像见到了老朋友一样。之前他们听说我在藏地自驾，无论如何要跟来几天，这对于我是特别幸福的事情。聚在一起有的聊、有的唱、有的欢乐，有酒喝、有肉吃、有高山大水欣赏。大家互相交流，互相加持，我觉得这就是朋友的重要意义。施展和容中尔甲过两天都要走了，我又要一个人陷入孤独漫长的行旅，不过新东方的"二大娘"周成刚老师马上将从大理过来跟我会合。我们的旅程还剩五六天的时间，还能继续愉快地同行在青藏高原、滇藏高原的大地上。

现在我们脚下的土地刚好是横断山脉和喜马拉雅山脉的分界线，南迦巴瓦峰是喜马拉雅山脉东边的最后一座高大的主峰，接下来的旅途中看到的雪山就属于横断山脉了。

在黄昏的暮色中，我们到达了位于雅鲁藏布江边上的松赞酒店。松赞的员工为我们举行了隆重的欢迎仪式。晚上在高原淅淅沥沥的雨声中，我们和当地的朋友一起喝酒唱歌，那种心无芥蒂的欢乐，让我觉得这才是人应该活成的样子。

第十八天

蓝天白云里有了你

（2024 年 4 月 27 日）

今天是藏地之旅的第十八天。

早上推开窗户，南迦巴瓦峰方向云雾缭绕，觉得今天再次看到雪山的可能性比较渺茫，心里就没存希望。工作到八点，抬头一看，蓝天已经露了出来，白云在山腰飘舞，神山如披着铠甲的侠士出现在我的面前，我一下子激动起来，赶紧喊助理打开直播，让网友欣赏。一个小时的时间我和网友们一起见证了南迦巴瓦峰的壮丽和周围如仙境一般的风景，阳光明媚，雪峰闪耀，绿野屋舍，白云飘舞，围绕山间，如哈达一样圣洁优雅。希望真是一个神奇的东西，过分希望常常迎来失望，不抱希望，心平气和，意外之喜却可能突然降临。

早餐后我们去雅鲁藏布大峡谷，一路上南迦巴瓦峰如影随形，总是在我们的前后出现，就像一个酷小伙，摆出各种姿态来吸引你。有人说南迦巴瓦峰就像一个害羞的女人，常常不以真容示人，所以十人九不见。但我觉得山都是男人，见与不见，都顶天立地在苍穹之间，我有我的个性，与你无关。大峡谷是一个旅游点，并不是那种"重岩叠嶂，隐天蔽日，自非亭午夜分，不见曦月"的峡谷，而是在非常宽阔的山谷平地上，面对雪山，下临大江，雪山熠熠闪光，雅江波涛如雪。台地上是一派田园风光，竹篱茅舍掩映在桃树之中，绿色的青稞田如地毯一样铺开，和天空白云互相交织，编织出一片桃花源般的太平景象。当然桃花源永远只是对游客而言，生活在其中的百姓是苦是乐则如人饮水，冷暖自知。所以陶渊明一边赞扬桃花源，一边说它不存在。我们坐上热气球，环视周围绝世美景，犹如鲲鹏御风而行。人只要不死心，只要努力，就有可能长出翅膀。

从大峡谷到林芝这一段，河面宽阔，水流平稳，游人是可以坐游船的。我们坐游船逆流而上，回到林芝，一路奇山异水，天下独绝。有三百万网友和我们一起欣赏了壮美的雅江风光。雪山高冷，

近山郁葱，水色缥碧，上下天光。船行青山里，壮阔天地间。那种大美，让人失语，同时也让人脱胎换骨，身轻如燕，好像化成了一滴水，融入了高山大水里，于是宇宙洪荒、蓝天白云、青山绿水里都有了你。

登岸以后，开车继续前行，翻过色季拉山，到达小镇鲁朗。色季拉山口雪山环抱，风景壮丽，到了鲁朗海拔下降，草青树绿，一片春天风光。我们在鲁朗吃了著名的石锅鸡，然后到草甸上骑马射箭，看草甸上报春花正在迎风开放，生命与生命的呼应是如此简单，风中的花朵就能让我激动半天。

从鲁朗出来，今晚的目的地是波密。我们一路向东，沿着318国道前行，路边的河流急流飞奔，珠玉飞溅，这是发源于来古冰川的帕隆藏布，最后和其他溪流汇合成为雅鲁藏布江的主要支流。我们路过了横跨帕隆藏布和易贡藏布汇流处的通麦大桥，看到了铁索木板桥、铁索公路桥和国道特大桥并存的现象，这些桥记录了时代的变迁，象征着祖国的发展，再次证明只有国家强大，天堑才会变通途。这里曾经是让所有商旅变色的地方，现今不仅畅行无阻，而且成了网红打卡点。

到达波密县城，夜幕已经降临。波密海拔只有2000多米，很多游客会在此驻足。这是一个热闹的地方，中心广场上有很多人围着篝火跳锅庄，我尽管饿着肚子，但也兴奋起来，参与了一会儿。随后我们和当地朋友吃完便餐，到达住宿地松赞酒店。进入房间已经十分疲倦，努力写下这些文字，我在波密宁静的深夜和你说晚安。

南迦巴瓦峰 - 雅鲁藏布江大峡谷

南迦巴瓦峰上除了几片薄薄的云，俊俏的容颜一览无余，这是我们的运气。这几天一直在下雨，水汽蒸腾，有的人在这里待了一个礼拜都没有见到神山的真容。

昨天阴云密布，今天云开日出，蓝天白云，雪山高耸。我发现用"江南"来形容林芝的美丽有些低估它了，江南确实绿树成荫、鲜花盛开，但是在这种高山大水中间，背对着雪山看到这样的绿荫，看到这样青翠的山脉，看到这样碧绿的河流，还有那些朴素、乐观的人民，完全是不同于江南的另外一种感受。林芝比江南更加辽阔、开朗、明媚、高峻。

昨晚下了一夜雨，我和施展、容中尔甲一起喝酒唱歌。也不知道喝的是什么陈年老窖，让我在某一瞬间，情绪和性格发生了改变，我不仅喝了白酒，而且喝多了，还一时冲动把 PK 唱歌的视频发到了网上。唱完歌我老老实实回去睡觉，施展却非要在雨天出去找星空。容中尔甲因为有事，第二天一早就飞成都了，剩下我和施

展继续领略美妙的南迦巴瓦峰和雅鲁藏布江大峡谷。

本来计划早上六点半起床写文案的，可抬头一看，窗外如仙境一般，哪还有心情写，赶紧告诉摄像小哥临时加播一次。直播结束，吃完早餐，出发去派镇。派镇是雅鲁藏布大峡谷的核心地带，边上是雄壮的南迦巴瓦峰，斧劈刀削，直插云霄；下面是奔腾咆哮的雅鲁藏布江，涛声如雷，浪花飞溅。

派镇有一个爱情广场，广场上有一棵千年古桑，相传是文成公主和松赞干布亲手种下的。导游央真姑娘说，他们不敢确定文成公主是否真的来过，但是西藏人民都喜欢把文成公主的故事添加到自己家乡的故事里面，希望能为家乡带来好运。爱情广场上还有一棵"破石而出"的桃树，据说二十世纪五十年代墨脱发生过一次罕见的大地震，山头的岩石脱落砸到了这里，恰好一棵桃树苗在石缝中坚韧地生长了起来，至今已有 60 年，形成了一个美丽的景观。

在江边，我们可以坐热气球飘到 80 米的高空，近距离观察南迦巴瓦峰。上了热气球，我突然有点恐高，赶紧拍一拍驾驶热气球的师傅，毕竟我们的命就在他手里。我在非洲草原上也坐过热气球，一飞就是两个小时，看到万马（角马）奔腾的热烈场景；如今在高原上，看到雪山脚下的村庄，却是静谧、优美到让人窒息的场景。面对这样的绝美景色，我只有两个字形容：无言。

云从半山腰又升起来，南迦巴瓦峰开始披上面纱。

南迦巴瓦峰有一个别号，叫作"十人九不遇"。据说，南迦巴瓦峰和加拉白垒峰是两兄弟，加拉白垒峰是弟弟，但成长非常快，个头超过了藏区很多雪山，南迦巴瓦峰十分嫉妒，趁着夜色砍掉了加拉白垒峰的头颅，于是我们现在看到加拉白垒峰顶永远都是圆圆的，成了一座"无头山"。上天惩罚南迦巴瓦峰永远驻守在雅鲁藏布江边，而南迦巴瓦峰也自知罪孽深重，就常年躲在云雾当中不敢轻易见人。

南迦巴瓦峰山势非常险峻，积不住雪，雪会滑到山谷底下形成冰川。南迦巴瓦峰差不多到了喜马拉雅山脉的最东端，再往东就是横断山脉了。这中间形成了一个相对低矮的河谷，印度洋的水汽可以顺着这个通道进来，滋润青藏高原在冈底斯山脉和喜马拉雅山脉中间的漫长谷地，而在这个河谷中汇流而成的最大河流就是雅鲁藏布江。这条河谷是水汽河谷，两边的庄稼都非常丰茂，表明湿气是够的。水汽源源不断送到高原上，弥散开去，就养育了众多高原草甸。因此，青藏高原牧民的生活与雅鲁藏布江水汽的输送是有很大关系的。

从派镇到林芝，雅鲁藏布江平缓流动，江平如镜，游人可以坐游船欣赏美景。我们也打算体验一下游船，就到了派镇码头。米林市和巴宜区以江水分界，派镇导游央真姑娘在上船的码头跟我们告别，由新导游米珠接力。

我们上了船，请车队去下船的地方、也就是娘欧码头等我们。从派镇码头到娘欧码头是逆江而上，全程大概需要一小时二十分钟。

在没有开发旅游以前，派镇上只有一两户人家，后来老百姓吃上了旅游饭，慢慢扩出了一个山脚下的小镇。我们坐的是快艇巡游船，从江面上看南迦巴瓦峰，两岸都是雪山草甸，风景美得让我

"心痛"，在高山大水之间，无论有多少人生的不如意都可以被消解掉。

米珠指着我们面前的雪山说："这是六字真言雪山。这座山从正面看有六个顶，一个顶一个字，所以被老百姓称为六字真言雪山。"山不来见我，我便去见山。出得家门，远走万里，大自然是不会辜负你的。如果想看天地之间的大壮美，一定要看雅鲁藏布江。雅鲁藏布江里面也有鱼，但是西藏有水葬的习惯，所以江里面的鱼就没人吃了。行至转弯处，我们看到了一个被雅鲁藏布江拐弯冲出来的巨大沙丘，沙丘与水面上的倒影连在一起，很像双手合十，因此被命名为"佛掌沙丘"。江的两岸还有很多斑头雁和黑颈鹤，米珠说，如果冬天来的话，能看见成千上万的斑头雁在飞，非常壮观。

在美景的包围中，不知不觉就到了下船的地方。下船后上车，再沿着318国道一路东行，翻过色季拉山，就到了我们的下一站——鲁朗。

（此景点导游为央真和米珠，特别鸣谢！）

鲁朗高山牧场

  沿着雅鲁藏布江大峡谷，翻越 318 国道上最险峻的垭口之一色季拉山口，我们一路来到林芝市巴宜区的鲁朗镇，这里是喜马拉雅山脉、念青唐古拉山脉和横断山脉三大山脉的交会点。牧场的气候比较温润，地上的草已经变绿了，此时羌塘草原的草还是黄色的。

  二十年前，鲁朗就被认为是人间天堂，当时有一个说法，说鲁朗是"中国的瑞士"，但浸淫在西藏高山大水的这十几天时间以来，我们一致觉得，瑞士才应该被叫作"欧洲的鲁朗"，或者说，瑞士和鲁朗相比，真是小巫见大巫。当然，阿尔卑斯山的景色确实不错，跟这里也有相似之处，但西藏山峰的海拔动不动就在 5000 米到 8000 米以上，而瑞士的最高山峰海拔也就只有 5000 多米而已。

  我十几年前来过鲁朗，对这里的牧场生活、田园风光有非常深刻的印象。当地有一个说法：到了林芝的鲁朗，就不想念自己的家乡了。我已经四十多年不住在家乡了，而是住在北京，但北京给不了我家乡的感觉。我在长江边长大，对水情有独钟，所以对雅鲁藏布江这片地区反而有亲切感。

我们在 318 国道遇到了堵车，所以比预计到达的时间晚了一个多小时。不过我们还是很幸运，此时鲁朗的云比早上多了一些，不然又要被晒个半死。而远处雪山山头上的阳光依然在，我们仍能欣赏美景，这又是老天对我们的眷顾。

到了鲁朗高山牧场，当然要体验骑马的感觉。我撺掇施展骑马，因为很想看到他从马上摔下来出洋相的样子，但他们牵来的马是给游客骑的，老实得不得了，已经都不太会奔跑了。另外，这里的马都是高山马，体型娇小，没有藏北草原的马体型大，骑上去有种骑驴的感觉。我是业余骑马的一把好手，对马的品种也有点研究。藏北草原的马体型小于蒙古马，蒙古马的体型又小于河西走廊的马。河西走廊的马是军马场培育出来的，是由西域汗血宝马的后代与蒙古马杂交而成，身体强健有力，耐力特别好。当然，蒙古马的耐力也特别好，当初成吉思汗的军队能够一直打到欧洲，一大半功劳应该给蒙古马。欧洲那种肩高达到两米的高头大马，是用来展示马术的，耐力比不上蒙古马。其实，蒙古马也是蒙古矮马和西域马杂交来的。在古代，马就是坦克，马的数量越多，品种越优质，就说明军事力量越强。汉朝时，汉武帝为了获得西域马，一路征战打到大宛（今天费尔干纳盆地），获得西域马之后，放在祁连山脚下饲养，现在那里叫山丹军马场，军马场的首位场长据说就是霍去病。

讲到霍去病，话题就多了。

施展说，汉武帝很神奇，他手下的很多大将都出身低微，比如农民出身的卫青，女奴的儿子霍去病，李广利也是贫寒出身，他得到提拔是李夫人的缘故。我觉得这和汉武帝的爱情观有关系，汉武帝年轻时，窦太后总是想给他指婚贵族女子，但他不喜欢，他反而喜欢聪明的、地位不那么高的女性，比如卫子夫和李夫人。这些女性的兄弟对社会现实很了解，而且因为从小吃苦，他们得到培养之后战斗力就会特别强，还能跟士兵打成一片。霍去病翻过祁连山攻打匈奴，把匈奴打得七零八落，所以《匈奴歌》里唱道："失我焉支山，令我妇女无颜色；失我祁连山，使我六畜不蕃息。"焉支山是祁连山的一个小分支，在今天张掖境内的山丹军马场附近。之所以会"令我妇女无颜色"，是因为焉支山上有一种花能够制成胭脂，能让女性的容颜更加艳丽。

另外，重用身份地位低的年轻武官，也和汉武帝的玩心有关系。汉武帝刘彻登基之初，由窦太后垂帘听政，十年以后窦太后去世，刘彻摆脱了约束，顽劣的本性和雄才大略才同时显露出来。汉武帝喜欢玩，他跟卫青、霍去病等人的年龄差距并不大，所以和李广这种老成持重、功勋卓著的老将玩不到一起，这才使得"冯唐易老，李广难封"。少年皇帝一方面潇洒，一方面又有战略眼光，这就不得了了。李世民也是少年皇帝，整个唐朝天下一半是李世民打下来的，时间久了弟弟就觉得哥哥的才华不如自己，战功也不如自己，却坐在太子的位置上，于是就发生了玄武门之变。

　　讲到历史，又进入了施展的拿手领域，他讲起了汉代的战力、军阵与王朝命运的关系。为什么汉武帝对匈奴的战争如此势如破竹？原因在于，中原的军队是步兵，战斗力主要来自精密的军事阵型，需要保持严密的队形；而骑兵的战力全靠冲锋，但是冲锋特别危险，除非有严格的军事纪律，否则没有人愿意往前冲。卫青和霍去病都是中原出身，能够把队伍的军事纪律带出来，他们为汉朝训练出了精锐的骑兵。汉朝的骑兵纪律严明，擅于冲锋，而匈奴的骑兵军纪松散，无法冲锋，于是汉朝军队就对匈奴军队形成了降维打击。

　　汉武帝北伐匈奴，在后世看来非常扬眉吐气，但实际上也埋下了一系列隐患。汉匈战争一打四十多年，把文景之治留下的国库财富消耗殆尽，国库耗尽就开始征税，连年的重税使得老百姓不得已抛弃了土地，逃到当地的大户那里求荫庇。《汉书》记载，到了武帝末年，海内虚耗，天下户口减半，这并不是说战争损耗了一半人口，而是说朝廷掌握的户口减少一半，这意味着朝廷掌控财政的能力变弱了，而豪族大户掌控财力的能力变强了，这就为东汉末年豪雄并起、天下大乱埋下了隐患。

茶马古道北线和南线的交会点是在波密，因此如果要去拉萨，鲁朗就是必经之地。北线唐蕃古道从西宁汇聚到昌都；南线的云南茶马古道和四川茶马古道，到了邦达草原往北走，也会走到昌都。在昌都会合以后，往西走洛隆、边坝，往西南斜插，就到达波密，从波密再往西走就到了鲁朗。鲁朗由于海拔适宜，地势平坦，牛羊成群，吃喝不愁，所以在古代就是一个很大的驿站，商队在这里休息一天，第二天一早才能翻越色季拉山，这样的话，一天时间刚好可以到达林芝。

在鲁朗的牧场上，我们看到了报春花和杜鹃花，而且我发现这里居然有很多牛粪，藏北草原是看不到牛粪的，都被牧民压实做成粪饼烧掉了。导游小林说，这里因为牧场面积够大，也有足够的树木，所以从来不烧牛粪，这里的牛粪完全是自然的肥料，来自草原，回归草原。

（此景点导游为小林和央真，特别鸣谢！）

是人间，胜似人间

（2024 年 4 月 28 日）

今天是藏地之旅的第十九天。

因为要去墨脱，内心有点小激动。但是去墨脱之前，要先为波密直播一场。昨天住在松赞酒店，面对着帕隆藏布，丰水期这里是一片湖泊，现在是一条河流，蜿蜒从沙滩中穿过。早上起来，淅淅沥沥下着雨，空气中都是松树的香味。

早餐后出发去岗乡云杉林直播，这是一片以云杉为主的原始森林，自然状态保护得很好。我们在林中道路上漫步，两边参天古木遮天蔽日，也有一些大树被藤类植物紧紧缠住，藤类植物蓬勃生长，大树则已经死亡。我发出感慨，人与人的关系不能像树和藤的关系，一方把另一方给缠死，而应该像两棵独立成长的树，枝丫可以交错，就像牵手一样，但一定要挺立于天地间，扎根于大地上，相互照应，共同成长。

这片森林是个散步的好地方，海拔不高，体感舒适。再往前走就到了河谷间一片平坦的草地，这个地方叫草湖，又叫冬草夏湖，丰水期帕隆藏布的水倒灌进来，这里就形成一个湖；枯水期草地露出来，就变成了放牧牛羊的丰美草地。现在是枯水期，绿草如茵，地上开满了小黄花，如点点繁星蔓延开去，美不胜收。蓝天、白云、青草、绿树、溪流、雪山，你认为组成一幅田园诗画应该有的一切，这里都有。

参观完云杉林和草湖，我们吃完便饭就向墨脱进发。墨脱是中国最后一个通公路的县，处在横断山脉、喜马拉雅山脉和念青唐古拉山脉的交会处，在南迦巴瓦峰和岗日嘎布山的南麓，海拔只有1000多米。2013年从波密修通了到墨脱的路，人们告别了肩扛手拿、徒步翻山越岭的历史。汽车进来了，墨脱迎来了发展机遇。但直到今天，亲自到墨脱的人也不算多，对于绝大多数人，这里一直是神秘之境。波墨公路相对狭窄，到今天依然遵循着双进单出的原则。我从来没有去过墨脱，所以内心非常好奇。

上公路不久，我们就看到了雪崩后堆积在马路两边如山的雪丘。我们盘山而上，一路雪山峻峭如剑。冬天下雪到一定程度，积雪下滑就会产生雪崩。阻隔波密和墨脱的是平均海拔4800米左右的嘎隆拉山，翻越原来的垭口极其危险，现在有了隧道，可以常年通车。隧道口海拔3700多米，周围白雪皑皑，雪峰群立。过了隧道沿着狭窄的公路下山，道路被泥石流和雪崩侵蚀，形成了泥浆路。随着高度下降，植被越来越丰富，空气中充满了湿润的味道，气温也不断升高。茂密的原始森林开始出现，两边山坡上杜鹃花争相开放。山头树木间雾气蒸腾，瀑布从天而降，水声轰鸣，气势宏伟。急流在谷底奔流，公路在峭壁上延伸，像两条巨龙，蹁跹腾挪。路边出现大量芭蕉树，明显呈现出热带气候植被特征。这正是墨脱的神奇之处和让人流连忘返的原因，十里不同天，一山有四季，头顶有雪山，身上汗淋淋。到了达木村，老百姓就开始卖本地的香蕉和芭蕉了。

墨脱是全国降水量最丰富的地区之一，气候温润，植被丰茂。雅鲁藏布江从林芝开始为了躲开南迦巴瓦峰的阻挡，向东北方向划了一道弧线，再转头向下，穿越墨脱向南流去。墨脱县城就坐落在河边的一块台地上，最初只有一千人左右，现在加上流动人口已经上万人。城市初具规模，楼房大部分是新建的，能够看出蒸蒸日上的发展趋势。

到了城里，我们直奔果果塘大拐弯，这是雅江上最大的拐弯。我们从德兴大桥跨过奔流的雅江，坐观光车来到观景台，观看并直播了大拐弯的壮丽景色。这十几天我们一路走来，越来越感到自己词汇的贫乏，面对壮阔天地，更多的是无言，只能自己心领神会，或者干脆神魂颠倒。百万网友和我们一起欣赏了果果塘大拐弯的景致，很多朋友都截屏留念。晚餐后我们应朋友邀请，直播了雨后的墨脱城市夜景。城中有一个湖叫莲花湖，夏天盛开莲花。雨后的夜晚，湖中升起薄雾，岸边灿烂的灯光和雾气相合，给人以如梦如幻的感觉，这里确实是人间，但又胜似人间。

这个美丽的小城不仅以温馨的姿态为旅游者提供方便，更是守卫祖国边疆的钢铁战士。半夜，我站在房间的阳台上，看灯光闪烁下的小城，安静祥和，内敛温婉，一条白云飘浮在城市的夜空，夜空外是山和水的万年相守。

我在这山水的怀抱里和你说晚安。

岗云杉林

波密是沿 318 国道从四川到西藏拉萨的必经之路，也是沿途海拔最低的城市，只有 2000 多米。波密户籍人口 4 万多，但是流动人口有 6 万多，他们主要是生意人，比如有从四川、湖南过来开饭店的。

波密有一片从来没有被砍伐过的原始森林——岗云杉林。岗云杉林位于雅鲁藏布江大峡谷国家级自然保护区内，总面积 4600 公顷，其中森林面积 2800 多公顷，森林覆盖率达到 61% 以上。这里的主要植被有云杉、冷杉、高山松，主要野生动物有羚羊、黑熊、豹子、猕猴、鹿等。岗云杉林周围白云缭绕，雪山环抱，美不胜收；林中绿树成荫，充满了松树的香味，也充满了湿润的气息。树上有树挂和松萝，有松萝就表明这里的空气极其干净，含氧量极高。同行的波密县副县长央金告诉我，岗云杉林的林下资源也很丰富，草坡上常见羊肚菌，采一把就够做顿午饭了，路边的一些羊肚菌已经被采掉了，而且野生动物也会过来吃。

像岗云杉林这样的原始森林在中国已经非常少了。多年前，现代化机械设备出来以后，砍伐变得非常容易，人们抱着人定胜天的态度，将原始森林一片一片砍掉了。到了今天，环境不同了，技术进步了，不再需要大规模砍伐森林了，当地通过各种方式号召大家保护环境、保护森林、保护野生动物。我在那曲萨普神山的时候，晚上吃饭都能看到熊在窗户外面溜达，老百姓也不敢碰它们。他们现在反而有点困惑了，因为有时候熊会对人们的生活造成干扰，比如有熊的地方晚上是不能在汽车里过夜的，因为熊的鼻子特别灵，它要拉开汽车门易如反掌。

　　央金说，波密不仅有中国最美的原始森林，还有中国海拔最高的有机茶园和最大的桃花谷。每到春季，28万多株桃树的桃花竞相开放，美不胜收。景区对每棵树都做了分类和介绍，二维码一扫就

能看到树的基本情况。

"人间仙境哪里寻？西藏波密欢迎你"，在西藏一路走过来，人间仙境太多了，比如纳木错和色林错，都是人间仙境，但是那两个地方海拔太高了，很多人无福消受那个仙境。要论海拔低、空气好，还是波密。

想要逛完波密的河流、冰川、草地、河谷、森林，一周的时间肯定不够。波密现在还没有机场，从林芝机场或邦达机场开车来这里需要五六个小时，不过这里应该很快就通高铁了，我们过来的时候，一路看见工程队在穿山打洞，就是为了修建川藏铁路。

这里老百姓的生活也挺浪漫的。他们放牧的时候，如果天气好，就在草坪上支个黑帐篷，放几张桌椅，一边吃从家里带的各种东西，一边欣赏辽阔草原、高山大水。在这种简单的生活中，人们的心里没有太多纠结，也没有繁杂的人事矛盾，没事就跟牛羊讲讲话，恬淡舒适，快乐似神仙。

来景区之前刚送走施展老师，他早上六点半坐汽车到林芝，要赶中午的飞机回去。他其实特别想留下来，但是他答应了家人五一去度假。下一次我们新疆行，他会多跟我逛一段时间。虽然容中尔甲和施展都走了，但我不想走。在原始森林里走走真的很舒服，身边是千年古树，脚下是被松针布满的路，一切都如此美好。

（此景点导游为央金，特别鸣谢！）

果果塘大拐弯

我们从波密来到墨脱，沿途欣赏了雅鲁藏布江气势磅礴的果果塘大拐弯。

墨脱在十几年前是中国唯一一个没有通公路的县，2013年开通了公路，到现在已经11年，这期间县城规模至少扩大了十倍。当初背包客来墨脱要花很多天，但今天我们只用了4个小时。

翻越了喜马拉雅山，我们现在在喜马拉雅山和横断山脉的南麓，一路从雪山、荒地到有植物的高山草甸，再到有常青树木的地方，然后到能够生长香蕉树的地方，让我感觉几个小时内经历了不同的奇幻世界。这个地方海拔只有1000米，感觉脑袋很重，因为氧气含量与之前相比太高了。

墨脱主要聚居着四个民族，分别是藏族、汉族、门巴族和珞巴族，其中以门巴族最多。到了墨脱县，门巴族人民赠予我一条门巴哈达（也是一种围巾）。门巴族的哈达与藏族的哈达类似，也是表达祝福和敬意的，不同的是，门巴族的哈达可以用来擦脸擦汗。

《甘珠尔》中，称墨脱为"佛之净土白马岗，隐秘圣地最殊胜"（白马岗就是指墨脱），还说这里的树皮吃起来像糌粑一样，水喝起来像牛奶一样，这里物资丰饶，什么都有，吃喝不愁。

果果塘是墨脱最具标志性的景点，2023 年被评为国家 4A 级景区。在藏语里，"果果塘"是"源泉"的意思。从天上俯瞰，大峡谷拐弯几乎是一个半圆形。整个雅鲁藏布大峡谷长 546 千米，在墨脱境内有 400 多千米，一路上看到很多大拐弯，但果果塘的大拐弯形状最完美，在一众拐弯中独具代表性。我见过不少大拐弯，但果果塘大拐弯是我见过的所有拐弯当中最圆满的一个，黄河第一湾、长江第一湾、金沙江第一湾都比不上它这么圆。果果塘大拐弯江水奔流滔滔，规模宏大，气势雄浑，确实值得来看一看。

相传雅鲁藏布江最初并不流经果果塘这块区域，但有一年这里

突发大旱，庄稼颗粒无收，很多老百姓甚至都被渴死了。天神看到这种惨状，就派了一条神蛇下凡。神蛇看到人间疾苦，非常不忍心，但是它的能力又有限，于是决定去雅鲁藏布江边吸水，再到果果塘把水吐出来。这么不分昼夜地来回跑，神蛇力竭而死，死后身体裂开，水都流了出来。天神为了褒奖它的功绩，就让它化作了雅鲁藏布江的一段。远远眺望，河的轮廓的确像一条巨蛇，甚至能分辨出它的头部，所以果果塘大拐弯也叫作"蛇形大拐弯"。

站在这个奇景之处，便理解了徐霞客等旅行家的心态。人类有探索的天性，任何天下奇观都想看一看，这也是人类和动物不一样的地方。这种无穷无尽的好奇心，用在科学上就诞生了科学家，用在工程上就诞生了工程师，用在文学上就诞生了文学家，用在旅行上就诞生了徐霞客。

滚滚雅鲁藏布江从这里拐一个弯，又继续往南奔流，河流在这里形成了一个圆，然后和后面的山连在一起，又形成一个心的形状，这是大自然的圆满，也是人类心灵的一种圆满。当地人还给这段路赋予了一个特别好的寓意：看了大拐弯，人生从此大翻转。就让雅鲁藏布江的滔滔江水把你的烦扰和负担统统带走吧，留下最美好的东西安放在崇山峻岭，永存在祖国的土地上。

（此直播景点导游为纳木措、顿珠，特别鸣谢！）

墨脱

在众多网友心目中，墨脱是一个神秘且让人向往的地方。

在通公路之前，墨脱只有 1000 左右人口，现在墨脱城内常住人口大约 4000，县城人口 1.5 万左右。去年光是进墨脱的游客人次就超过了 40 万，我估计今年应该更多。这里的很多商店都是四川、重庆、湖南、云南等地的人过来经营的，其中最火爆的就是建材商店，这表明这个城市正在迅速发展。

很多人不敢来墨脱，觉得墨脱山高水远不安全。我来之前内心也有点忐忑。在墨脱还没通公路时，我有朋友从林芝背东西一路徒步过来，随着海拔降低，蚂蟥不断地袭击他，走到墨脱的时候，身上粘了上百条蚂蟥。现在这一切辛苦都已经过去，从波密到墨脱的公路开通以后，就可以开车进墨脱了，翻山越岭、在原始森林里睡觉，或者和蚂蟥做斗争的情况再也不会有了。现在从成都出发，一路沿着 318 国道开车过来，到墨脱就是顺便拐一下弯的事情。

到墨脱的路途，体验很特别，从寸草不生、白雪皑皑的高山地

带进入嘎隆拉隧道，一出来就看到处处是雪山，接着沿"之"字形道路，从几乎呈直角的回头弯向下行路，走着走着就发现有草了，有松树了，有常绿阔叶林了，接着芭蕉树也出现了。路两边溪水潺潺，瀑布轰鸣。一路上碰到五六个瀑布，每一个都独具特色。来墨脱玩，目标不一定是墨脱城，更重要的是一路上变化的风光。

我们今天从波密来到墨脱，明天还要从墨脱回到波密，因为进入墨脱只有这一条路。之前的说法是这条路窄到不能错车，今天我证明还是可以错车的，只不过有些路段因为雪崩或者洪水冲击需要修复。这条路几乎是墨脱唯一的生命线，不管是自治区政府还是中央，都会全力以赴维护它的安全和通畅。现在这条路的规定是双日进单日出，这个规定和我们的时间安排有冲突，工作人员对我们说，如果时间实在紧张，可以想办法不给我们的车限行，我说我不允许自己有这方面的特权，于是调整了行程。

墨脱是西藏唯——个开着莲花的地方，"墨脱"这个名字在藏语里也有"莲花"的意思。墨脱是全国下雨最多的地方，年降水量最高能达到 4000 毫米，年平均降水量也在 2500 毫米左右。我们常常说烟雨江南，可长江中下游地区年降水量也只 1000~1500 毫米左右，而墨脱降水最多的局部地区甚至会达到年降水量 5000~8000 毫米。为什么会这样？因为这里位于雅鲁藏布江水汽大通道上，印度洋的水汽很大一部分就是沿着这个通道，最后输送到青藏高原。在滚滚而来的水汽面前，墨脱首当其冲，于是下雨成为常态。当地的朋友问我是不是习惯这种天气，我说当然习惯了，小时候遇到江南梅雨天，没有雨伞，也没有套鞋，就只能坐在家里看着门口的雨一下一个月。我从小就喜欢雨，喜欢雨滴落在伞上的声音。

墨脱的宣传口号是"美丽边城，秘境墨脱""穿越秘境墨脱，寻梦世外桃源"，但这些词都不足以表现墨脱的美。在最近的直播里，有网友反馈我们的一些词已经重复了，是的，语言永远无法穷尽大自然之美，所以词穷特别正常。

晚上我们在雨中游览了莲花公园，公园中的莲花湖是群山峻岭

中难得的一池湖水。在墨脱美好的夜晚，白鸭子在湖中休憩，湖水映照着城市的月光，上下辉映，波光粼粼。

莲花湖周边有今年四月刚刚建成的自然驿站，还有中国国家地理鸟类主题的营地。墨脱的海拔从几百米一直到7700多米，垂直落差巨大，因此生物资源非常丰富，有"世界动植物博物馆""世界基因库"之称。据统计，墨脱有全国鸟种数量的五分之一，拥有兰科植物、哺乳动物种类的十分之一，雪豹、孟加拉虎、黑颈鹤这

些明星物种如果有幸也可以见到。我想如果把墨脱极致的自然资源转化为文旅体验，也能起到呼吁公众保护动植物的作用。

我们在驿站稍微喝一杯茶等雨停。下过雨以后，外面的空气非常清新，能闻到特别新鲜的树的味道、天的味道、地的味道、水的味道。乌云散开了，地上湿漉漉的，空气也是湿漉漉的。在微雨的夜晚，小城非常宁静。在莲花湖旁边的草坪上，我们静看雾气从湖面升起。刘禹锡说，水不在深，有龙则灵；我说，湖不在美，有雾则灵。

今天听闻，我在鲁朗吃的那个美味的石锅鸡，做饭用的石锅，原产地其实在墨脱。墨脱盛产皂石，之所以叫皂石，是因为这种石头像肥皂一样，质地很软，并且摸上去是有温度的。石锅保留了石头原生的纹理，这对食物的翻煮有很大好处。石锅炖肉特别好吃，因为石锅的热量传递速度比铁锅慢，食材的味道就会被逼出来；关火以后，石锅比铁锅保温的时间长，焖蒸又会把肉变得更加细嫩好吃。我对做饭的锅具稍有点研究，我知道炖汤、炖鸡、炖肉，用石锅是最好的，其次是砂锅，实在没有办法才用铝锅或者钢锅。铝锅或者钢锅炖出来的肉不够香，因为金属锅传热的速度太快，肉的味道还没有被逼出来就已经熟了。

在鲁朗的时候，有很多网友想要石锅的购买链接。我建议当地专门扶持一个墨脱好货抖音店，让大山深处的墨脱好物可以销售到全国去。不过买这个石锅要做好付运费的准备，石锅自重10公斤，运费可能会贵一些，但石锅小心使用的话能用几十年，当地的石锅甚至可以传好几代人，其实也挺值的。

　　以后要吃石锅鸡，还得到墨脱来，今天晚上我又吃了一次，是真正的美味。

　　　　　　　　　　　　　　（此景点导游为纳木措，特别鸣谢！）

第二十天
寻梦世外桃源
（2024 年 4 月 29 日）

今天是藏地之旅的第二十天。

早上在墨脱的鸟鸣声中醒来，安静的小城已经阳光普照，缥缈的白云如丝带一样装点在城市上空，增加了小城柔美的气质。人的心境和环境密切相连，在这样透亮的环境中，我的内心如这里的空气一样，简单干净。

早上九点出发，到小城边上的半山腰去看海市蜃楼。所谓的海市蜃楼，就是站在高处看墨脱城的全景，看四周青翠的山峦，看雅鲁藏布江从峡谷奔腾而去，看云雾从峡谷升腾起来，像白色的绸带飘舞在半空，缠绕着山峦，抚弄着春色，丰富着蓝天。这是一幅超出我语言描述能力的世外桃源景象，似乎很不真实，一不小心就会被戳破。其实这样的景致在这里已经千年万年，只不过这里古朴内敛，不为外人道而已。当你到达一个地方，觉得此地何妨终老时，这就是你心里的桃花源，你心里会说一句，Yes，就是它了。墨脱，就是这样一个地方。

在观景台看完风景，我问山上有没有村庄，朋友说有，我说我们上去看一看。于是盘旋上山，到了山中的巴日村。村庄不大，总共几十户人家，房屋新旧相间，错落有致，猪和狗在路上自由游荡，绿树青翠，花草茂盛，崇山峻岭围绕四周，一片田园风光。我们敲开其中一家的门，狗吠柴门边，主人热情欢迎我们参观家园，房间里灶火温暖舒适，四周都是古旧的家具、炊具，屋顶烟熏火燎充满烟火气。从窗户看出去，房子四周是小块田地，两位老人正在地里劳作。人间烟火气，最抚凡人心，这让我想起自己在农村生活的时候，简单而快乐，无丰富的物质，有愉快的岁月。

离开村庄，我们沿着昨天的来路返回波密，一路上又反向经历了从热带到寒带的植被分布，从郁郁葱葱到白雪皑皑。到了波密，吃了便餐，沿着318国道向前行驶，帕隆藏布一直陪伴在我们右边，翡翠色的河水或急流奔涌，或水平如镜，如玉带一般穿梭在山林之间。318国道有很多处塌方，工人们正在辛苦维修，真是望不完的天边路，修不完的318。

下午五点，到达然乌湖。这里去年我已经来过一次，今天返程再次到来。这次行程本来安排的是然乌湖和察隅，再向东进入云南境内，到大理结束旅程，但察隅路段连续雪崩，道路封闭，我们只能调整行程。本来想沿318国道直接开回成都，但时间不够，于是改成到达然乌湖，在来古冰川松赞酒店住一夜，第二天再去昌都，第三天早上飞回北京。汽车则由车队成员开回成都。

昌都八宿在湖畔安排了欢迎仪式，并以湖山为背景进行了歌舞表演，推介文旅产品和农产品。周成刚老师这次本来要参加我的藏地之旅，但因为工作太多没法抽身，说最后两天一定要来高原接我回家，昨夜他从杭州飞成都，又马不停蹄转机飞昌都，下飞机后在高原上坐了六个多小时汽车，终于在下午六点到达然乌湖和我相见。战友相见，高兴得眼都红了，互相拥抱，热烈问候。我们两个从中学开始已经有了45年的友谊，在新东方共同合作也已经25年，基本达到了未语可知心的状态，这是人生何等的幸运！我们一起为网友直播了然乌湖美景，随后到达来古松赞酒店入住。松赞创始人白玛多吉也来到了来古，朋友相聚，逸兴遄飞，壮志豪情，九天揽月。

晚上大家一起举杯畅饮，对酒当歌，人生几何，直至午夜，方尽兴而散。如此挥洒余生，也许是我生命最好的归宿。回到房间，不知今夕何夕，看窗户外雪山连绵，夜空浓云飞舞，这万古的山河从来如此多娇。

我在蓝色的冰川下和你说晚安。

海市蜃楼

墨脱城边一座山的半山腰有一座亭子，可以俯瞰整个墨脱城的风貌，以及雅鲁藏布江从墨脱穿城而过的景象。早上来到这里，看到云雾缓缓从雅鲁藏布江面升起，形成一片巨大的云海，景色千变万化，这就是墨脱著名的海市蜃楼。

昨天刚好碰上了吕植老师，便与她一同吃了饭。吕植老师毕业于北大生物系，目前从事生态保护和科研工作。她是我的师妹，比我小一届，但是看上去至少比我年轻二十岁。吕老师每年都要来墨脱两三个月，跟当地老百姓交流，做田野实地考察，对生物多样性进行调查研究。在2008年北京大学迎新典礼上，我曾和她一同作为校友代表发言，今天幸运地在这里遇见，我们想听她分享墨脱地区动植物的保护和自然平衡问题。

吕植老师说，墨脱有中国乃至世界范围内都很特别的环境区域。在墨脱格林村水平距离40公里范围内，肉眼可见的地貌高差达到7000米。从雅鲁藏布江河谷一直到南迦巴瓦峰顶，这7000米大概分布着 9 个植被带，从高山冰川一直到热带雨林植被带特征，种类齐全；而且这里的植物保持着原始状态，这在中国非常难得。现在我国的森林覆盖率虽然一直在提高，但大多是人工林，是天然次生林，原始森林的覆盖率只有不到 1%。墨脱有很多"植物之最"，研究组在波密一带发现了亚洲最高树种、世界第二高树——高达102.3 米的西藏柏木；在格林发现了最高的不丹松，高达 76.8 米。

墨脱的动物资源也非常丰富。2022 年，吕植老师和研究团队在此见到了孟加拉虎，这周围还有雪豹、云豹、虎、猞猁四种大猫种群分布，可能是全世界大型猫科动物种类最丰富的地区之一。能供养这么多食肉动物，可见墨脱当地的食物链非常完备。一提起大型食肉动物，人们都会想起东非草原，但东非草原只是动物种群数量最多，动物种类数比不上墨脱。

地理环境造就了墨脱丰富的生物资源。墨脱的独特性很大程度归结于印度洋的水汽，使这里成为全球最北的热带地区。墨脱的生物多样性不光是水汽带来的，还因为它处于横断山脉、喜马拉雅山两大生物多样性热点区域的交会处，墨脱的某些山脊甚至可以作为生物地理上的分界线。

关于当地如何平衡自然资源开发与保护的问题，吕植老师说，藏南地区是孟加拉虎理想的栖息地，但村民的牲畜养殖与老虎的捕食行为之间存在矛盾，二十世纪九十年代这里还有老虎出没，但2001 年以后就比较少了。2019 年，中科院放置的红外相机首次拍摄到孟加拉虎的身影，2021 年和 2022 年连续拍到了十多次，但看起来只是一两只游荡过来的孟加拉虎，并未在这里繁殖、栖息。

门巴族百姓对资源的利用是非常有节制的，他们打猎之前要敬山神，请求山神赐予他们猎物；如果要在大树底下住一晚，他们就会请求树神保护自己。门巴族人对老虎不会直呼其名，而是管老虎叫"大哥"或者"舅舅"，他们也不会猎捕老虎，因为老虎是他们民族的图腾之一。这有点原始多神教的色彩，但是这种信仰对保护大自然会起到非常重大的作用，因为人们认为天地之间万物有灵，觉得就连一棵草都是神灵。

我觉得现在中国的生物保护状况逐渐恢复是有一定可能性的。前两天我在藏北地区，当地人说棕熊现在已经多到让人苦恼的地步，因为它们会伤害牲畜和农作物，但是牧民又不能伤害它们，因为它们是受到国家法律保护的。我们一路在羌塘高原上开车，发现

藏羚羊已经不太怕人了，它们离马路很近，镜头随时可以抓拍到；还有藏野驴，它们就在马路边上来回走。在阿里的冈仁波齐，野牦牛居然会跟着车跑，非常健壮，一看就和家牦牛不是一回事儿。吕植老师说，野牦牛是认为人类闯进了它的地盘，而且比它还要跑得快，它肯定不干。

吕植老师希望他们做的生物多样性研究能够让当地老百姓受益，比如发展生态旅游业，把这里的植物、动物的科研知识融入游览讲解，让当地老百姓来做导游，让游客亲身体验到这么美好的自然，也就会对保护自然多一份参与感。

我们一边聊，一边在亭子中远眺海市蜃楼。此时云雾从地面升腾而起，那种色彩哪个画家也画不出来。眼前的景象瞬息万变，而且里面活跃着各种生命。同时我们也看见墨脱城在阳光下闪耀着光芒，美丽如世外桃源。

我们到山上村庄的民房中体验了一次墨脱百姓的生活状态。这个村庄很美，正对着雪山，小狗就在路边坐着，一派安宁的景象。这里的民居和藏式建筑的风格类似，一层储存木材等物品，同时养鸡养猪；二层则是住人；三层通风好，储存粮食。家家户户屋内都有灶台，我推测除了烧水做饭，还是为了祛除浓重的湿气。白天村里见不到年轻人，因为都出去采茶叶了——这里刀耕火种的生产方式废止之后，在开垦过的山坡上种了茶树。茶树是灌木，造成水土流失的危害性没有种田那么大，这也是保护和发展的取舍，因为总得有一些产业让老百姓能够有经济收入。

参观到最后，吕植老师深情地说，墨脱的美景是显而易见的，但是背后的生物多样性今后仍然是这个地区发展的基础，希望每一个来墨脱的人，都能够维护这里美好的生态。同时，希望游客在墨脱多多停留，多了解这里的人文和生态知识，多认识一种鸟，多认识一种树，会让人感觉在这个世界上又多了一个朋友，多了一份亲切。墨脱能给人们提供万物共存的亲切感，保存这里的神秘和原始感，是每个人的责任。

（此景点导游为纳木措、吕植，特别鸣谢！）

然乌湖

在墨脱看完海市蜃楼后，我们沿着波墨公路，一路向北回到波密，从热带雨林又回到了雪山脚下的318国道，奔向下一个目的地——然乌湖。

然乌湖是岗日嘎布山中的来古冰川的冰雪融水流下来以后形成的，一下子形成了三个湖，其实它们原本是一体的。来古冰川是亿万年的结晶，全球变暖以后，冰舌越退越远，现在马上就要退到岗日嘎布山脚下了。然乌湖分为三段，也就是上然乌湖、中然乌湖和下然乌湖。然乌湖的下游是帕隆藏布江，一路向西来到波密汇入了雅鲁藏布江。

然乌湖下游有一个湖心岛，由于岛上供奉着龙王，当地人也称其为龙王岛。这位龙王是然乌湖的保护神，因此每年藏历六月份这里都会举行盛大的祭湖典礼。

"二大娘"周成刚老师终于抽出时间与我会合了，他还有一点高反。想起上次来昌都，我刚下飞机十分钟就开始直播，坐着车一路往芒康走，摄像师高俊播着播着就晕了，然后换上了小郭，小郭播着播着又不行了，又换上了我的助理小裴，大家轮流扛着机器，八个小时基本没有停播。我可能上辈子就是高原人，来西藏这二十来天，总共吸氧的时间不超过两个小时；在海拔4900米的班戈睡觉，房间里没有氧气，我居然也过了一夜。

沿着然乌湖往南走，终点就是来古冰川，一路上高山美水，风景壮阔。老周就坐我的车，给我滔滔不绝地回顾一路见闻。这次我的藏地之行相对比较圆满，该去的地方基本都去了，还特别幸运地看到了冈仁波齐和珠穆朗玛峰的日照金山，要知道很多喜欢摄影的人去了很多次都没拍到。

到了上然乌湖，就已经到来古冰川脚下了。如果早上过来的话，这里风平浪静，整个雪山会倒映在湖水中间，极美极美。来古

冰川海拔 6000 多米，是人可以靠得最近的冰川，既可以平视也可以爬到山上去俯视。

来古冰川的末端有个小村庄，叫作来古村。来古村原来是封闭的，几乎不跟外界打交道，后来松赞酒店的创始人白玛多吉在这里开了酒店，有的村民就加入了旅游行业工作，在酒店里做服务员。这次白玛多吉本来是在丙中洛的松赞石月亮酒店等我的，听说我被雪崩阻断以后，他从大理飞到成都，又从成都飞到昌都来找我。

松赞酒店的正面是岗日嘎布雪山。岗日嘎布绵延二三百公里，我们从墨脱过来翻过的嘎隆拉雪山垭口也是岗日嘎布的一部分，波密的米堆冰川也是它的一部分，来古冰川也是它的一部分。很难说岗日嘎布属于哪个山系，通常大家会把它归入横断山脉的最西端，因为已经靠近怒江了；但是也有人把它说成是三山混合：念青唐古拉山的末端、横断山脉的最西端，喜马拉雅山脉的最东端。不管怎样，岗日嘎布雪山形成了很多冰川，其中最著名的就是来古冰川。

每次看到壮观的自然美景，我都会产生一种领悟，甚至是觉悟，我觉得人们面对自身的时候，有时候思考是没有用的，因为思考本身就是一种纠结，但是当你面对某种突然来临的高山大水、雪山雄峰，当你面对纯朴的、心无芥蒂的藏族人民，根本不需要进行多余的思考，你突然间会明白，原来这才是最美好的。

（此景点导游为卓玛，特别鸣谢！）

第二十一天

天堑变通途

（2024 年 4 月 30 日）

写这篇文字的时候，我已经坐在了从成都前往北京的飞机上。

成都在下着淅淅沥沥的小雨，刚好吻合我的心情。二十一天藏地之旅结束了，离开那些高山圣水、纯朴朋友，内心有一种怅然若失的感觉。

昨天是藏地之旅的最后一天，本来不想直播了，但到了怒江大桥，觉得十八军战士建设大桥的英勇故事应该让更多的人知道，所以又开启了直播。在 318 国道上有两座桥建设难度大，战略位置重要，一座是前面提到的通麦大桥，一座就是怒江大桥。怒江两边是高耸入云的悬崖峭壁，建桥难度可想而知。建桥墩的时候有个战士不小心掉入了浇筑桥墩的水泥里，当时没有条件救援，只能眼睁睁看着战士被水泥吞没。现在老桥已废，巨大的桥墩依然耸立在怒江上，像一座永久的纪念碑，纪念着为修路修桥牺牲的几千名战士。只要知道这个故事的人，开车经过大桥时都会鸣笛致敬。

二十世纪七十年代又造了第二座桥，现在也废弃了。当初通车的隧道被改建成了怒江大桥纪念馆，我们参观了纪念馆。从桥上走过去，下坡到桥墩前敬献了黄花，对着桥墩三鞠躬。

我们沿着怒江峡谷前行，一路盘旋上了怒江 72 拐。怒江 72 拐是当初修建 318 国道时难度非常大的工程，在短短的距离内要从海拔 4600 多米的业拉山口下降到海拔 2700 米左右的怒江峡谷，山高坡陡，惊险万分，自驾的朋友到了这里手心就会冒汗。我们站在业拉山观景台为大家直播了 72 拐全景。公路如蜿蜒的巨龙，周围群峰耸峙，苍凉辽阔之感涌上心头。怒江大桥的建设精神象征着中华民族的血性刚毅，而 72 拐的盘旋登顶，也象征着中华儿女的百折不挠。在山边的红旗下，我们向百万网友告别。

随后，我们再次经过邦达草原、浪拉山口，盘旋下降到澜沧江边上的吉塘小镇。小镇海拔低，离机场近，方便今天早上坐飞机。小镇属于察雅县，新东方曾经为察雅捐建过小学，现在还资助学生假期到北京、上海等地学习，所以当地人民对新东方比较熟悉，听说我们在此住宿，朋友举行了热烈的欢迎仪式。我们在小镇参观了农产品展示，昌都政府随后给我颁发了荣誉市民证书，我欣然接受，希望以后能够名正言顺为西藏这片圣洁的土地多做点事情。最后一个晚上自然是团队欢聚，朋友献歌，互相敬酒祝福。正式晚宴结束，意犹未尽，又在小镇找到一家烧烤店欢闹到半夜才尽兴而归。

今天早上八点半出发去机场，沿浪拉山盘旋而上，峻峭的德玛雪山迎面扑来，我行注目礼向它告别。十点多飞机从海拔 4300 米的邦达机场起飞，直冲云霄。一路从舷窗往下看，云层下面是点点雪峰，这些雪峰既养育了当地人民，也养育了中华文明。没有长江黄河，就没有对中华文明的滋润，长江黄河的源头都在青藏高原。张明敏的中华民族旋律，这二十多天里反复在我耳边响起，只要黄河长江的水不断，中华民族就会千秋万世直到永远。

从成都转机飞到北京，已经下午五点。从飞机上看北京周围的山峦，青翠起伏，生机盎然，大地铺满了绿色，地里的庄稼正在蓬勃生长。这是和雪域高原完全不同的景致，但和雪域高原又血脉相连。离开北京的时候，所有的花树都含苞欲放，今天归来繁花已经凋谢，不见踪影，满树都是郁郁青青的绿色。花不等人，自在开谢，人非土木，随缘喜乐，这都是老天赋予生灵的美好。桃花谢了，路边的槐树又开出了白色的花朵，空气中溢满了槐花的芬芳，季节轮替，美好自然。人也一样，只要给岁月足够的耐心，我们也会在不同的年龄绽放出别样的美好。

藏地之旅共 21 天，行程 1 万公里，直播 61 场，我亲自剪辑的短视频接近 200 条。走过千山，越过万水，克服高反，挑战海拔，星夜赶路，风雨兼程，这是一次对肉体的考验，更是一次对心灵的洗涤。通过镜头我们努力把大美河山呈现在大家面前，但没法真正呈现的是藏族人民的坚韧、宽厚和善良，是他们朴素的信念和发自心底的慈悲，使我们的心灵受到了震撼和感动。出发前我是我，回来后我还是我，但已经不是我。高原对我的影响就像酒曲进入了粮食，慢慢发酵，会让生命变得更加纯美甘甜。

对于大美河山的描述，我搜肠刮肚用尽了所有词语，其实当你面对那连绵的雪山、晶莹的湖泊、广袤的草原、漫游的动物、虔诚的百姓、曼妙的舞蹈和悠扬的歌声，语言永远是苍白无力的，你最好的做法就是无语凝视，让这一切穿透生命，你能够听到生命破碎的声音，同时新的生命也在破碎中诞生。

感谢广大网友对藏地之旅的追随和关注，你们的鼓励和温暖是我们坚持下去的巨大动力，生命永远以某种方式互相连接，你们的关心和问候无形中给了我巨大的能量，让我意气风发回归少年，连续奋战21天，甚至有几天为了写文案、剪短视频而废寝忘食、通宵达旦。我希望把你们给我的能量通过我的努力传递给更多的人，一个美好的世界是大家共同努力的结果，我愿意成为一个传递美好的人，让生命与生命有更多温暖的触碰。心存善念，传递美好，这是我简单的信念。

"俞"你同行，期待来日。今天我在北京的星空下和你说：再见！

怒江大桥

说到怒江大桥,大家马上会想到十八军,想到"二路精神"。317、318 这两条国道是和平解放西藏前后,由十八军修建的。我们今天从国内其他地方到拉萨通行无阻,天堑变通途,完全是依赖这两条路。

怒江大桥是 318 国道最难建设的部分,但只有亲身来到这里,才能明白为什么难。这里是怒江峡谷最险峻的地方,周围都是壁立千仞、垂直上下的悬崖峭壁。最初的茶马古道和唐蕃古道都会聚在昌都,尽管到昌都要多绕一段路,多翻越一些高山,但跟越过怒江天险相比就容易多了。

怒江大桥附近有一个纪念馆,就建在已经废弃的公路隧道里面,让我们了解了十八军修建两条国道和怒江大桥的历史。1950年,中国人民解放军十八军奉命从西康省(也就是现在的川西地区)开始修筑康藏公路。公路修到昌都后发现,从昌都到拉萨没有任何一条道路通行,于是派踏勘队勘探一条最佳路线。尽管当时设备简陋，也没有任何资料可以参考，但他们还是勘探出了两条路线，一条是北线，一条是南线。北线就是从昌都、丁青、索县，经那曲到拉萨，即今天的317国道；南线是从昌都经过邦达、波密、林芝至拉萨，就是318国道。西南局比较偏向于走南线。走南线的第一个原因是南线气候比较温和，海拔比较低，这个是高原上用黄金都买不到的优势；第二个原因是南线经过的森林草原地区物产比较丰富，筑路部队可以就地取材；第三个原因是最重要的，就是南线可以全年施工、全年通车，而且靠近国防线。毛泽东主席批示走南线，并且要求在1954年通车。

为了如期通车，康藏公路指挥部向西推进了200多公里，来到了素有"天险"之称的怒江。经过激烈讨论，康藏公路总指挥陈明义拍板，就把大桥架在我们今天所在的河口位置。

那时刚好进入雨季，是怒江最汹涌的时节。他们遇到的第一个问题是如何连接东西两岸。为此战士们先后进行了四次渡江，前三次都失败了，第四次终于成功，为后续架设便桥奠定了基础。

接下来的问题是桥究竟架在哪个位置，路线应该怎么走。于是探险英雄崔锡铭副连长出现了，他带领自己的战士在峭壁上徒手攀岩，最终找到了最佳架桥位置，打开了炮眼，才炸开了一个豁口。

1953 年 11 月，经过 28 天的紧张施工，一座长 87 米、高近 40 米的贝雷式钢架桥建成了。通车典礼在这里举行，也是为了纪念为修建怒江大桥而牺牲的战士。

同样值得铭记的，还有出色的设计师齐树椿，他被苏联专家称为"独眼设计师"，因为他长期待在高原上，加上营养不良，有一只眼睛失明了；还有色季拉山垭口的设计者李昌源，他为 1954 年通车拉萨创造了先决条件；还有怒江沟路段的总测量师李鲁卿，他也是怒江 72 拐的设计师。

康藏公路的建设仅用了四年时间，创造了公路史上的奇迹，但同时也有四千多名烈士长眠于此。有一种说法是，修建康藏公路"每公里至少牺牲一位战士"，十八军就是付出了这样的巨大代价才修成了这条路。如今还有一支部队延续着十八军的精神，就是解放军汽车运输兵团。藏区经常发生泥石流或者塌方等灾情，运输兵团需要冲在第一线，为顺利通车做保障。他们这样形容自己的工作：养护工具就是我们的武器，道路就是我们的战场，泥石流和冰雪就是我们的敌人。

　　我们一路过来也能真切地感受到泥石流和塌方的可怕，而且冬天这里的雪崩也特别频繁，因此作为交通要道、西藏的血脉，318国道必须随时清理，才能保证畅通无阻。

　　我们经过的怒江大桥已经是第三代了，于2018年建成，全长165米。参观完博物馆，我们走上了二代桥。站在桥上，还能看到峭壁上凹进去的像一条路一样的痕迹。

　　据说大桥建到一半时，一个战士在浇筑桥墩水泥时不小心掉了进去，由于这个地方距离两边都很远，没有人能把他救出来，所以直到今天他依然还在桥墩里，这个桥墩也成了英雄战士的纪念碑。后来拆老桥的时候，这个桥墩被留在这儿。我认为中国最庄严的碑，其一是人民英雄纪念碑，其二就是这个桥墩，因为它纪念的是成千上万为祖国的解放事业献出了生命的战士。每到夜幕降临，桥墩会被灯光打上这样的诗句：神山峡谷行好汉，怒江两岸出英雄。

告别怒江大桥后，我们沿着奔腾的怒江一路前行，到了"怒江72拐"。爬山而上，一道一道拐，无穷无尽。虎队说，"怒江72拐"最初的名字叫"夺命108拐"。观看直播的网友们都说，绕来绕去看着镜头都晕车了。老周一直头疼，这是海拔升高的直接反应，感觉他这次完全是来体验高反的，没有任何其他目的。

到了业拉山垭口的怒江72拐观景台，海拔已经到了4600多米。从怒江大桥过来，全程20公里左右，但是垂直落差达到了2000米，相当于我们在山上边拐边爬了2000米，最后到达了垭口。

卓玛说，怒江72拐是"两路精神"最具体的体现。这条路最大的特点是弯比较多，坡比较陡，路比较窄，山上和山下是不同的风景。

一位网友给我们留言道："过了72拐中所有的弯路，以后的人生尽是坦途。"其实人生的坦途不在于拐不拐，而在于拐的态度。如果你以淡然的、心平气和的态度来对待人生的"拐弯"，人生就永远是坦途；如果遇到一个小石子你就大惊小怪，人生就永远是高低不平的曲折路途。

（此景点导游为卓玛，特别鸣谢！）

白玛多吉：追寻快乐源泉

白玛多吉，藏族人，松赞集团董事长。

周成刚： 这是藏地之旅的最后一场直播。我们今天特别高兴，请到俞老师，同时请到松赞集团的创始人白玛多吉先生。白玛多吉先生和俞老师二位都与众不同，他们都有情怀，有理想，有目标，有行动，有执行力。这两个人认识之后也在不断地琢磨，能不能在一起做点什么。俞老师穿越西藏，白玛先生专门陪同，一行人在沿途很多个松赞酒店下榻，获得了非常好的居住体验。

白玛先生，你当初是央视的摄影记者和编导，是藏族的一个年轻人，为什么突然之间想到要做精品民宿了呢？

白玛多吉： 现在也不年轻了，我们俩差不多，创业的时候也四十岁了。当年我去央视的时候，特别希望成为一个桥梁，一个文化的桥梁。五十六个民族组成了一个大家庭，共同生活在这个大家庭里，相互之间的了解特别重要。我们大部分藏族人，特别是我这一代人，从小上学就开始学汉语，对国内的了解挺多的，《孙子兵法》《三国演义》和儒释道都略知一二。反过来，长期跟汉族的朋友和领导接触，感觉他们对西藏、对藏族、对藏区的了解比较少。但在央视工作一段时间后，我发现实现初衷很困难。我就职的不是民族部，而是海外中心，能发挥的空间有限；而且光是媒体的传播仍然不够，要有更多人到藏区来深度体验，接触老百姓，看这里的风景，才有属于自己的感受。我想推动这种文化的深入接触，就出来创业了。

周成刚：俞老师跟我之前一块来过西藏好几次，你这次怎么会下这样的决心，用这么长的时间，把西藏所有重要的景点都走一遍呢？

俞敏洪：我第一次来西藏，就在内心产生了深厚的、无法用言语表达的感情，这里的圣山圣湖、蓝天白云对人有一种很自然的吸引力。过去十几年，我到拉萨出差了五六次，都是给学员演讲、参加政府安排的活动或者朋友安排的活动，确实一直没时间真正在西藏静下心来认真地玩、认真地感受。

但我怀有自驾西藏的心愿至少十年了。随着年龄的增加，紧迫感就愈发强烈。我们常常说做事业要只争朝夕，但是自己内心想要做的事情，老是因为工作忙、家庭琐事多等借口耽误，总是觉得没时间。人就是这样，你一旦给自己找出了理由，那就一定没时间，但你要是一咬牙一跺脚，也就有时间了。

其实最近新东方的事务非常多，但我还是必须来。离开我新东方依然会转，但是我这次要是不来，万一以后真没时间了怎么办呢？我和你同岁，白玛比我小两岁，到了这个年龄，干什么事都会觉得很迫切。为什么白玛这两年对松赞的发展那么迫切，或许也跟年龄相关。你是知道的，我从年轻时就对旅行怀有很强烈的情感，所以这次我是真的一跺脚就走了，想着就把事情都留给你干吧，弄得你这二十多天忙个半死。

周成刚： 你这次旅行有个人的诉求，也有旅行的情怀，碰巧新东方文旅事业也正在轰轰烈烈地启动。这一趟跟文旅事业的考察有没有关系呢？

俞敏洪： 有一定的关系，但是坦率地说，本质上没有关系。新东方做不做文旅，甚至新东方在不在，这趟旅行我都是一定要来的，而且我给自己下了一个决心，就是我要在八十岁以前，走遍中国乃至世界的山山水水，考察人文地理历史；而且在旅行的时候，把经验和经历都分享给别人。

这趟旅行我本打算只拍一些短视频，并没有想着要直播，后来到了汶川，看到震后建设得很好，就产生了一种冲动，想给全国人民看看汶川现在的新面貌。后来，在各地政府朋友的请求下，我就一路直播，自驾游变成了直播游。播了一段时间后，很多网友与我留言互动，他们表达了看到大自然壮美景色之后的激动心情，这让我觉得做这件事是有意义的。

同时我还在用发短视频的形式做沿途总结，第一天只写了两三分钟视频时长的内容，觉得挺轻松的，没想到后来内容越来越多，最长的视频有八九分钟。对于我来说，做八九分钟的视频太困难了，写出相对满意的文案也至少要花一个小时；接着还要录音，还要去找跟内容匹配的视频，然后剪辑、校对字幕，再配音乐，完全由我自己一个人完成。

沿路给大家直播风景和人文地理，我不需要查阅太多的资料，因为我对西藏各处都有大概的了解。这一路讲过来，你们都看了、听了，我还算是一个合格的文旅直播导游吗？

白玛多吉：不只是合格，而且是出类拔萃。你一个人做的视频和直播，严格地说，背后团队至少要三五十人。

俞敏洪：是的，东方甄选出去直播，一般都派出三十人以上的团队。我这次只带了两个人，还有两个助理，帮我打理日常事务，比如跟政府对接、应酬还有处理突发情况。

周成刚：在西藏云贵川一带旅行，衣食住行是特别有挑战的事。我想问问白玛老师，松赞民宿是怎么定位的？

白玛多吉：我们是为不熟悉藏区的人服务的。因为文化和语言的差异，更需要一种保姆式的服务，而且需要好好规划旅行的时间。比如说丽江到拉萨一线是茶马古道的一部分，在1959年开通公路之前需要走半年，茶马古道走半年时间的线路，需要浓缩在13到15天，要把线路的精华都游览到是需要精心布局的。首要的是综合自然和文化特色，我把每个酒店都布局在这个区域最有特点的地方。当然，难度可能更多的还是在程序上，因为这个区域社会发展程度比较低，而且还有些在自然保护区里，许多事就需要走专项程序，动辄两三年，甚至还有走了五年程序的情况。

周成刚：这次俞老师和团队也体验了好几个松赞酒店。

白玛多吉：对。俞老师直播的很多位置都是松赞酒店的选址，比如珠峰、吉隆、萨迦等。

周成刚：俞老师，这一趟旅行有没有什么特别难忘的？

俞敏洪："天苍苍，野茫茫""天似穹庐，笼盖四野"。坦率地说，太多艰难了。我很高兴这次迈出了脚步，如果纠缠在北京各种各样的事情中，二十天也会飞快过去，但是在藏区的二十天，不光在我生命中留下了很深的印迹，部分意义上甚至改变了我做人做事的态度。未来我做事的方式可能会变得更加简单明了，更加干净透彻，这是藏区透明的蓝天、纯净的雪山、纯真的百姓给我带来的感悟。

藏地之旅带给我的，不只是思考，更是一种觉悟，是一种突然之间透明了的感觉，不需要语言去概括总结。人和环境是密切相关的，在北京的钢筋水泥丛林中，我们不太能产生这样的想法。到了这里，面对高山大水，面对茫茫无边的羌塘草原，面对天高云低，面对动物在草原上自由奔跑，面对凛冽的寒风，望着山头白云飘舞，还有珠穆朗玛峰顶的旗云像烟气一样飘散在空中，我产生了三种强烈的感受：

　　第一，人类是很渺小的，不要想着战胜自然，而是要和自然和谐相处；第二，人的生命是很短暂的，在高山大水之中，随便一棵柏树可能就长了3000年以上，而且愈发郁郁葱葱，俯视着人间；而对于人类来说，人生百年已经算长寿了；第三，人与人之间的关系可以非常和谐，我对这一点体会更深。藏区的老百姓都会无私地互相帮助，这种理念仿佛刻进了他们的习俗之中。藏族人为什么要天葬？我本以为是自然原因，因为冻土无法土葬，后来才了解到，主要是因为他们的价值观：人即使死了，也还可以做好事，如果把遗体埋在土下，就会腐烂化为尘土，但是如果选择天葬，就能养活很多秃鹫。人的肉体进入大自然的食物链，灵魂也会随着飞鸟一起进入天空，这种观念给我的震撼非常大。

白玛多吉：这是去除我执。"我执"就是对自我的执着。在藏语里面，身体的意思是"剩下的东西"，身体实际不属于你。

俞敏洪：身体确实不属于你。"你""我"这些概念是人有执念的时候才出现的。一只老虎抓到一只羊，除非自己的孩子，否则它不可能跟其他老虎分享。人也是这样，分清你和我，这是生存的必要条件，因为人如果彻底无私，就活不下去了。当然，人有执念，人有奋斗精神，想要获得名声、地位、财富，这些都没错，但是到了更高一层境界，当你已经能够生存下去，"我"其实是没用的。如果你能保持相对不错的生存状态，不妨试着把"我执"放弃掉，为他人服务，和这个世界和谐相处。

这次来西藏让我坚定了另外一个心愿，就是捐献遗体。我跟薄世宁医生对谈时曾谈到遗体捐献问题，我提出自己也可以捐，但其实当时想法并没有那么严肃。这次我在骷髅墙前坚定了心愿，去世以后，如果我的肉体能为医学研究所用，那就自愿捐献，因为那时肉体已经跟我无关了。

白玛多吉：每个人都会认为"我"是最珍贵的。"我"在很大程度上是用肉体代表的，但是当你停止了呼吸和心跳，"我"与肉体的连接已经断掉了，如果让这具肉体进入食物链，其实是帮助一个人断除对"我"的执着。

俞敏洪：从占有"我"的东西，到最后放弃和我相关的东西，这是必经的过程。如果没有自我的信念，一个人就不可能自我发展、成家立业、创造事业，但是如果一个人执着于自我，最后就会坠入困境、欲望和我执之中。我觉得《心经》所说的"眼、耳、鼻、舌、身、意""色、声、香、味、触、法"，这些东西不是真的"我"，而是肉体的欲望。如果能识别这些欲望，让它与灵魂分离，就不会再受欲望左右了。

白玛多吉：精神和意志就可以得到更大的自由。

周成刚：我们把这个问题拉回到现实。俞老师和白玛先生是怎么一拍即合的？

俞敏洪：我去年跟白玛对谈过，他的人生理念深深吸引了我。他觉得人活着就是为他人服务，为他人创造更加美好的生活和体验。他说藏族人民任何时候的祈祷都是为众生，为天地和谐。

我觉得我们要向西藏人民学习保有那种虔诚的信念，能够抵御和消解生活中的苦难。藏族人民的生活条件很艰苦，他们在寒风凌厉、昼夜温差巨大的环境中生活，经受着大自然最严酷的考验，但他们还是永远保持乐观与开放。其实，在艰难环境中，互相帮助、互相抱团、一起努力，才是生存之道。

周成刚：这次藏地之旅有没有遗憾？

俞敏洪：有，比如说没有深入目的地。我很想转冈仁波齐神山，很想在珠峰脚下待两三天，很想去珠峰登山者的大本营。我这次只能浮光掠影地体会一下，但即便如此，给我的震撼也是很大的。人们常说，到西藏来，要么零次，要么无数次，我想我还会再来的。

周成刚：白玛先生做酒店和文旅，希望给人们带来什么与众不同的感受？

白玛多吉：我们企业的使命是"追寻快乐源泉"。人们想要快乐，但如果只是一味追求快乐本身，得到的快乐其实是不长久的。欲望永远无穷尽，这是人性。从藏文化的角度来说，要得到永恒的快乐，就应该去找快乐的源泉。藏族人民的快乐源泉就是给别人带来快乐，这一点的依据是寂天菩萨在《入菩萨行论》里的两句话，大意是"世间所有的喜悦都来自希望他人快乐，世间所有的痛苦都自希望自己快乐"。其实这是因果关系，做利他的事情，种一个好的因，就一定会得好的果。所以松赞想做的，就是追寻快乐源泉。追寻快乐最简单直接的办法是给予别人快乐，所以松赞想要给客人提供很好的服务，每个客人为此心存感激，为这个世界带来更多的快乐，这是最重要的，也是我们追求的。

周成刚：我最后再问问俞老师，你这次出来走了这么多地方，感受也很多，接下来你还会有什么新打算？

俞敏洪：坦率地说，我主观上没有想要为文旅做宣传做贡献，我只是在做自己喜欢的事情，行走在高山大水之间，体悟大自然的美好，寻找人类发展的奥秘，感受人类生存的状态。我做事情有一套自己的价值体系，如果自己喜欢做的事情同时能给别人带来好处，那就一定要去做；如果自己喜欢做的事情只对自己有好处，同时也不伤害别人，这也是挺好的；另外就是做事情的时候，在主观上一定不能伤害别人。一路直播，跟大家分享也能给我带来快乐。

关于事业上的打算，就是新东方现在在做的三件事情：第一是教育，给大家带来更多的知识，让孩子们更好地成长；第二是农产品服务。我这次感悟非常深，西藏有太多天然高品质农产品，但是他们不知道怎么卖到全国各地，也卖不出好价钱。如果仅仅在西藏内部消化的话，农产品的附加值就很低。我们上次直播卖青稞面，短时间内就卖出去几万份。我希望通过我们的努力，让农产品更好卖，甚至在价格上能提升一些；第三是给人们带来美好生活，比如文旅业务。我在西藏行走二十多天，撬动了很多人内心对更美好生活的向往。刚才一个朋友告诉我，他已经组织一个车队上路了，这就是我们做的事情带给他的动力。

周成刚： 好的，谢谢老俞，谢谢白玛先生，由于时间关系，我们今天的对谈到这里为止。

第二部分

西藏是一片神奇的土地，

除了拥有美好的蓝天白云、雪域圣湖，

更有源远流长和博大精深的文化，

值得我们去探索、了解。

西藏：神奇的大地

西藏是一块神奇的土地，除了有美好的高山大水，还有非常深厚的文化值得我们去了解。这次藏地之旅其实只是瞥了一眼，如果想要开展深度之旅，需要一到两个月时间。如果将来大家到藏地旅游，下面这些资料一定会对你有所帮助，包括西藏的地理、历史、文化等内容，供参考。

青藏高原

翻开青藏高原的地理范围图，大家最熟悉的就是青藏高原的那几条山脉，喜马拉雅山脉、昆仑山脉、阿尔金山脉和祁连山脉等。我们在甘肃直播的时候，这几座山被我们反复提到。河西走廊在祁连山的北面，我们从河西走廊到了敦煌以后，穿越阿尔金山脉到达柴达木盆地，曾直播过盐湖和青海湖的景色。

新疆南部地区是昆仑山脉，青藏高原东边是横断山脉。喜马拉雅山脉、阿尔金山脉、昆仑山脉和祁连山脉都是自西向东的，这几条山脉大致形成青藏高原南北的边缘地带。东边的边缘地带以横断山脉为主，我们非常熟悉的贡嘎山、玉龙雪山、梅里雪山、四姑娘山都是横断山脉的一部分。横断山脉的特点是自北向南，山沟里有三条河：金沙江、怒江、澜沧江，三江并流，与横断山脉的走向一致。其中，金沙江到了丽江附近拐了一个弯，一直向东流，就成为中国的母亲河之一——长江，而怒江和澜沧江一路向南，最后流出国门成为国际河流。

另外还有两条山脉也很著名，一条是喀喇昆仑山脉，自喜马拉雅山脉往西延伸，最后与帕米尔高原连在了一起；另一条是念青唐古拉山脉，它和冈底斯山脉联结在一起。冈底斯山脉自西向东延伸，连上念青唐古拉山脉，一直往东延伸，最后与横断山脉相连。

青藏高原中部还有一条山脉，就是唐古拉山脉。唐古拉山脉和念青唐古拉山脉不是一条山脉。

冈底斯山脉有一座非常著名的山峰——冈仁波齐峰。看过《冈仁波齐》这部电影的朋友们知道，冈仁波齐峰是冈底斯山脉的第二高峰，不是最高的主峰，最高峰是罗波峰，但冈仁波齐是冈底斯山脉最神圣的一座山峰，它不光是西藏苯教和藏传佛教教徒崇拜的地方，包括印度教教徒等，也都把冈底斯山脉作为神山来看待。

冈底斯山脉和念青唐古拉山脉连起来隔开了藏北地区和藏南地区。藏南地区是山谷地带，是由喜马拉雅山脉和冈底斯山脉共同形成的，以雅鲁藏布江为最大特点。冈底斯山脉和念青唐古拉山脉往北则是藏北高原，我们熟悉的羌塘草原、可可西里无人区都在这一带。

青藏高原整体是以山脉为界限，以山脉和河流形成的特殊高原地带。这块高原土地对中华文明的塑造起到了重大的作用。

青藏高原的范围

青藏高原是亚洲内陆高原，是中国面积最大的高原，也是世界海拔最高的高原。青藏高原在地形上可以分为六个地区：羌塘高原（藏北地区）、藏南谷地（冈底斯山脉和喜马拉雅山脉之间的地带）、柴达木盆地（尽管是盆地，但平均海拔高度3000~4000米）、祁连山脉、青海高原（包括青海湖一带，一直到巴颜喀拉山）、川藏高山峡谷地区（也就是横断山脉山区）。

我们一说到青藏高原，就觉得都位于中国，其实不是，青藏高原有很大一部分属于别的国家，比如不丹、尼泊尔、印度、巴基斯坦、阿富汗、塔吉克斯坦、吉尔吉斯斯坦，这些国家有的是全部国土在青藏高原上（不丹、尼泊尔），有的是部分国土在青藏高原上。

另外，帕米尔高原（古代叫葱岭）其实也是青藏高原的一部分。

青藏高原的形成

青藏高原是怎么形成的呢？

青藏高原的形成是一个复杂而漫长的地质过程，涉及多个地质时期的板块碰撞和地壳运动，不是一朝一夕完成的。

距今六千万年前，印度板块持续往北漂，引起了强烈的构造运动。冈底斯山脉、念青唐古拉山脉地区急剧上升，藏北地区和部分藏南地区脱离海洋，成为陆地。青藏高原是世界上最年轻的高原，它比长江三峡的山形成的时间晚很多。

长江最初发源于今天的三峡地区，大巴山、神女峰比青藏高原要更古老。地质学家认为长江曾经是向西流的，因为当时喜马拉雅山脉是古地中海的一部分，东高西低。后来印度板块持续向北漂移，插到青藏高原板块的下面，导致青藏高原迅速抬升，到今天为止也还在抬升中。据考证，喜马拉雅山系每年的增长高度是 1 厘米左右，而在远古时期，运动最快的时候，青藏高原每年抬升的高度是 7~10 厘米。印度板块插到青藏高原板块下面后，不仅抬升了喜马拉雅山脉，也形成了祁连山脉、阿尔金山脉、念青唐古拉山脉、冈底斯山脉等一系列山脉。

六千万年以前形成的青藏高原，给中国带来了什么影响呢？

大家知道，青藏高原这一纬度线上，大部分地区都是沙漠，比如非洲的撒哈拉沙漠、阿拉伯半岛的沙漠地带，但到了这里形成了喜马拉雅山脉、帕米尔高原等，把本来应该形成沙漠地带的气候挡住了。今天江南地区包括珠江三角洲、长江三角洲气候之所以湿润，是因为当太平洋的季风往西吹的时候，遇到了青藏高原阻挡，使得横断山脉往东地区，也就是四川、云南、湖北、湖南、江苏、广东、广西等地形成了非常好的湿润气候。研究认为，印度－亚洲板块碰撞导致整个青藏高原隆升，造成了大气环流改变，使得东亚季风增强、夏季降雨增加，所以横贯我国东西的远古干旱带消失了。

青藏高原和云贵高原整体上塑造了中国的地理特征，就是西高东低。因此，长江本来往西流，逐渐变成了往东流，一直冲过三峡，流向了江南地区，形成了非常肥沃的长江三角洲。

青藏高原的河流

亚洲的各大河流，大部分都发源于青藏高原及周边，包括新疆的一些河流，以及帕米尔高原往西流的阿姆河等。我们只讲发源于青藏高原核心区的一些河流，比如长江、黄河、澜沧江。我们现在把这三条河流的发源地叫作三江源。长江发源于唐古拉山脉主峰各拉丹东雪山；黄河发源于巴颜喀拉山。扎陵湖和鄂陵湖是黄河源头的组成部分，它们是非常美丽的湖泊。澜沧江发源于唐古拉山脉的东北部，在青海玉树藏族自治州的杂多县的吉富山。澜沧江的上游分为两个曲：扎曲和昂曲。扎曲被认为是澜沧江的正源头。扎曲和昂曲汇流变成了澜沧江。

在昌都城里，金沙江、澜沧江和怒江三江并流。怒江上游是那曲，"那"是"天"的意思，"曲"是"河流"的意思，"那曲"就是天河。从那曲往下是怒江，怒江是一条国际河流，一直往下流到缅甸境内，叫作萨尔温江。怒江一路往南流，一直流到印度洋，所以属于印度洋水系。

澜沧江也是国际河流，流经好几个国家。澜沧江下游流到中国之外叫湄公河。湄公河流过缅甸和老挝交界，是这两个国家的界河；再流到泰国和老挝的交界，接着流到柬埔寨，到柬埔寨以后流到越南，在越南胡志明市流入南海。澜沧江尽管一路向南流，但因为它最后流入南海，所以属于太平洋水系。

在国内发源流到国外的河流远远不止这两条，比如大家非常熟悉的雅鲁藏布江，沿着雅鲁藏布江大拐弯以及雅鲁藏布江大峡谷一直往南进入印度，叫作布拉马普特拉河，再往下进入孟加拉国。到了孟加拉国以后，和恒河合在一起，最后流入了孟加拉湾。

还有两条河，狮泉河和象泉河，它们都发源于冈仁波齐峰下，这就是冈仁波齐被藏族同胞，也被印度教徒当作神山的原因。狮泉河和象泉河都是印度河的源头，所以它们也是国际河流。

一说到印度河，大家特别容易把它与恒河搞混。恒河上游的两条支流，部分源头在中国，但是恒河绝大部分流域在印度，所以算是印度的河流，它也穿过了尼泊尔。印度河现在跟印度没有太大关系了。在英国殖民统治的时候，巴基斯坦是印度的一部分，后来英国殖民统治者撤退的时候，印巴分治，一部分叫巴基斯坦，一部分叫印度。所以尽管这条河依然叫印度河，但是除了象泉河的一部分穿过印度，它的绝大部分流域并不在印度，而在巴基斯坦。

前面说的这些河流，都是发源于中国的国际河流，而我们最伟大的两条河，黄河和长江，则自始至终都在祖国的土地上。青藏高原不仅高山大水雄壮、纯洁，能够让人摆脱世间烦恼，而且更重要的是它养育了中华文明。我们知道，古人是逐水而居，但其实到了今天，我们也是逐水而居，没有水，人类就没有办法生存，所以发源于青藏高原的黄河、长江，毫无疑问是中华文明的母亲河。从远古有文字记录开始，最早的黄帝、炎帝部落，都是在黄河边上生存。而在万年以前，长江两岸的人们就已经开始大量种植水稻了，现在发掘的各种各样的文化遗址，比如良渚文化、河姆渡文化等，就是有力的证明。青藏高原抬升带来的结果就是中国大部分河流自西向东流，这些河流养育了其流域的人民，形成了博大精深的中华文明。青藏高原有自己独特的文化，甚至在某种意义上哺育了中华文明，因为由它带来的丰沛河水养育了中华文明，让中华文明一直繁衍到今天。

还有一条大家可能不熟悉的江，叫作独龙江。之所以叫独龙江，是因为中国有一个民族叫独龙族，居住在独龙江源头附近。独龙江在怒江西边发源之后，迅速流到缅甸，而且自北向南横穿了整个缅甸国土，在缅甸最南端进入印度洋。独龙江在缅甸叫作伊洛瓦底江。我对这条江非常熟悉，因为我在这条江上坐过船。伊洛瓦底江从青藏高原下来以后进入缅甸的平原地带，因此它的河水流得非常平缓。伊洛瓦底江被认为是缔造了缅甸文明的一条江，是缅甸贯通南北的水上大通道。缅甸的古代都城曼德勒，还有著名的万佛塔之地蒲甘，就坐落在这条江边上。如果你去缅甸旅游，可以在这条江上从南到北、从北到南坐船观光。

西藏的"错"

"错"就是"湖"的意思。

我们到青藏高原去，不管是青海还是西藏，最想去看的就是湖，比如很多人特别喜欢的然乌湖、巴松错、纳木错、羊卓雍错，还有可鲁克湖、茶卡盐湖、青海湖，等等。

西藏和青海加起来有两三千个湖，为什么会有这么多湖呢？原因非常简单，因为雪山上流下来的水流不出去了。中国有两个内流区，一个是青海内流区，一个是西藏内流区。其中，青海内流区内大概有上千个湖，西藏内流区内大概有 1500 到 1600 个湖。

这些湖当中，一部分是咸水湖，一部分是淡水湖。

咸水湖的成因很复杂，一个湖如果没有外流河道，随着水分的蒸发，盐分就会留下来，再加上气候等诸多因素的共同作用，最终形成咸水湖，比如茶卡盐湖。

另外，水量大的话，湖的面积也会比较大，湖水的盐分就会少一点；如果水量小，蒸发厉害，湖水就会大面积萎缩，水中的盐分就会多一些。不管是在西藏还是青海，我们可以看到，当湖大面积萎缩以后，由于雪水融化量小，湖就会慢慢变成浓度非常高的盐湖。

更加重要的是，这一地区的土壤中也含有非常多的盐分，因为青藏高原这块地方最初在海底，它从海水中抬升形成高原的时候，土壤和岩石中自然含有大量盐分，盐分慢慢融化到水中，水又被太阳蒸发，就形成了盐湖。

西藏的湖，有一些是必须推荐的，比如纳木错。纳木错海拔4718米，是全世界海拔最高的湖，也是中国第三大咸水湖。第一大咸水湖是青海湖，第二大原来是罗布泊，但罗布泊后来干了，就不再被排在湖的序列里面，于是纳木错上升为第二。后来科学家经过测试后发现，色林错周围的雪山融水比较多，使得色林错的面积增加，已经超过了纳木错，于是色林错被排为第二大咸水湖。另外，扎日南木错是西藏第三大湖，面积1000多平方公里，海拔4613米，被认为是第四大咸水湖。

当惹雍错是苯教的圣湖。西藏有两个主要宗教，一个是苯教，一个是藏传佛教。到今天为止，我们所说的圣山不仅是藏传佛教的圣山，也是苯教的圣山，因为苯教崇拜山神、水神。西藏之所以有那么多神山神湖，主要是苯教和藏传佛教融合并继承了老百姓的传统信仰。

如果有机会，西藏老百姓一定要朝拜的三大圣湖，一个是纳木错，一个是羊卓雍错，一个是玛旁雍错。在西藏老百姓心目中，几乎每一座雪山都是神山，几乎每一个湖泊都是圣湖。圣湖中，最神圣的就是纳木错、羊卓雍错和玛旁雍错。纳木错和羊卓雍错离拉萨不远，现在有了高速公路，从拉萨开车去纳木错只需两个半小时。那根拉山口是念青唐古拉山从山南到山北的一个山口，海拔5190米。翻越念青唐古拉山的那根拉山口，就到了海拔近5000米的纳木错。羊卓雍错离拉萨更近，不过也要翻越山口；玛旁雍错离拉萨则比较远，在冈仁波齐峰附近。

另外，班公错也值得说一下。班公错是一个国际湖，在中国境内占到 68.5%，印控克什米尔地区内占到了 31.5%，是一个咸淡水混合湖。有时候印度教的人会到湖里沐浴，就像在恒河里面沐浴一样。

藏传佛教四大神山

西藏除了圣湖，就是神山，其中藏传佛教四大神山为冈仁波齐、卡瓦格博、阿尼玛卿和尕朵觉沃。四大神山，一座在西藏，一座在云南，另外两座在青海。西藏的神山当然很多，但是人们朝拜最多的就是这四座神山。

冈仁波齐是著名的神山之一，海拔 6714 米，是被朝拜最多的神山，不光藏族人民去朝拜，很多印度教的人也过来朝拜。

卡瓦格博，海拔 6740 米。2020 年 10 月 1 日刚好是中秋节，我曾在这个雪山脚下坐了整整两天，天天看日照金山，也天天看夜晚月亮照在山头上，雪山与星空相映的美好景致。卡瓦格博附近最隐秘的景点是雨崩村①。雨崩村原来只能徒步进去，一般需要两天时间，现在依然没有公路，但有越野车沿着乡土道路能带游客进去，也算一个旅游项目。你如果时间紧，一天之内可以走一个来回，但

---

① "雨崩"的意思是经函，当地有被伏藏的经函在巨石之中。

是有点匆忙。

其余两座神山，阿尼玛卿在青海，也被藏族人民视为神圣的山峰；尕朵觉沃，海拔只有 5400 多米，但也被认为是神山。

西藏的历史

西藏的历史到底如何，很多人没有认真了解，也不知道它的历史传承，当然我也没有进行过深刻研究，不过还是想跟大家稍微梳理一下，这样的话，你再到青藏高原玩的时候，心里至少有了两个坐标：一是地理的纵横坐标，这么多的山到底在什么地方，这么多的湖和河在什么地方，心里要有一个大概的地图；二是历史坐标，青藏高原在古代是怎样的，人民的生活是怎样的，后来又是怎样的。如果脑子一片空白去西藏玩，就只会觉得这个山好漂亮，那个湖好清澈，天上的云好白，这种自然反应显得太单薄了。如果对西藏的历史有大致的了解，我们花同样的时间，面对相同的景象，得到的收获就是不一样的。我希望大家去旅游的时候能够得到更多的收获。

西藏很长时间以来是政教合一的地区，到今天为止宗教仍对人们的生活有着重大影响。你只有了解了这些以后，才能知道藏族人民的习俗、行为、理念、价值观到底是怎样形成的。我们到西藏以后会有圣洁、纯洁、美丽的印象，不仅是在说自然景色，也是在说文化，而这又是如何形成的呢？藏族老百姓整体上为什么那么善良、那么谦卑呢？这次我跟松赞的创始人白玛多吉对谈，他说了一句话让我印象非常深刻，他说藏族人民不管是拜神山圣湖还是拜寺庙，从来不是为自己祈祷，而是为天下苍生祈祷，为这个世界变得更好而祈祷，他们不会祈祷发财、拥有更高的社会地位、拥有更多的牛羊，他们只是祈祷国泰民安、风调雨顺，祈祷所有人过得越来越好、越来越幸福。白玛多吉也是藏族人，他也在不断研究藏族的历史、人文和宗教，我相信他说的话是比较实在的。由于商业社会的发展，尽管一些藏族老百姓也有自私自利的行为，但是个别现象，大部分人仍然非常宽厚，会友好地对待周围认识的和不认识的人。这是我们需要去理解、学习的地方。

公元前 2000~3000 年的时候，西藏地区就已经有人居住了。卡若遗址是在青藏高原上发现的新石器时代的遗址，时间大约在 4000~5000 年前，也就是公元前 2000 年左右。在夏朝的时候，就已经有先民在青藏高原上生存，是农牧状态。在卡若遗址中还发现了彩陶，意味着当时的人们已经定居在了这里，有了手工艺，还出现了文化。

人类不可能在青藏高原由猿进化而来，一定是外部的人走进去的，那么几千年前人类是如何进入青藏高原的呢？我猜想他们可能是从四川、云南、青海等地跨越了艰难的高山大水，才在西藏这块土地上开辟了自己的生存之地。那时候他们与外界是隔绝的，毫无疑问是最原始的桃花源状态。

到了公元前三世纪左右，秦朝快要建立的时候，青藏高原上已经居住了众多的部族，现在我们统一叫作藏族，但是他们有可能来自不同的地区，一部分是来自四川云南地区的羌人部族，一部分是青海、蒙古高原等地的匈奴、蒙古等，还有一部分被认为是从印度或者阿拉伯地区迁移过来的，比如新疆小河墓地挖出来的骨骼和干尸，明显带有中亚地区人种甚至白种人的特征。那时候，青藏高原内已经形成了一些类似国家的部族，其中最厉害的就是象雄王国，后来又出现了吐蕃、苏毗、东女国这样的政权。

象雄，在汉语中还翻译成"羊同"，都是音译，现在通常叫作象雄。象雄最厉害的时候，领土不仅包括今天青藏高原所有区域，还包括喜马拉雅南麓现在尼泊尔、不丹、印度的一部分，还包括横断山脉地区的南诏地区，甚至延伸到了中亚地区。在象雄王国全盛期，苏毗国、东女国也在象雄王国的势力范围之内。古代史的发展，一向是久分必合、久合必分。到了北魏的时候，也就是大概公元四五世纪，吐蕃盘踞在拉萨周围的一小片地方。这时候象雄已经占据了阿里到拉萨的大片地区。

象雄王国是很厉害的，在青藏高原统治了大概一千年。作为一个王国，象雄不光有自己的宗教苯教（后来叫雍仲苯教），也有自己的文字。苯教本质上是多神教，认为什么东西都有神灵，比如山有神、水有神、树有神，天上飞过一朵云可能都有神。"雍仲"是什么意思呢？雍仲在汉语中就是万字符，是佛教的符号，表示吉祥如意的意思。佛教在中国到处传播的时候，雍仲苯教也受到了佛教的影响，但雍仲苯教与藏传佛教不是一回事。

象雄王国有两个重要的事情，一是它的宗教对后来藏传佛教的传统带来了重大影响，二是象雄王国还创造了文字——象雄文。到现在为止，我们还在翻译《象雄大藏经》，目前还没有翻译完，但是它的文化被传承下来了。要研究西藏历史，象雄王国是没有办法避开的。今天的藏文是从梵文学来的，但是或许也受到了象雄文的影响。

象雄王国后期，其他部族也逐步发展起来了。首先就是吐蕃，它慢慢把象雄王国往边缘挤，一直挤到了西部地区，也就是阿里一带。另外，一些靠近北边和东边的小国家也出现了，比如苏毗国。苏毗国是母系氏族，我们去昌都博物馆的时候，迎面第一个塑像就是几个男人跪在女王面前。苏毗国和东女国是两个以女王为核心的国家。《西游记》里面写到的女儿国，与这两个国家是有关系的。当时玄奘去印度的时候，沿路听到了这些故事，这在玄奘的文字中都有纪录。女王为终身制，后继者也必须是女性；女王管理国家，男子无权过问政事，只能去外面打仗、寻找食物。苏毗国给西藏文化也带来了一些影响，比如一些地区的一妻多夫现象，一个女人嫁两个或多个兄弟。之所以有这样的习俗，一是为了家庭完整，不因为分家而衰落，二是文化传统，那时候一个女人可以跟好几个男人结婚，然后由这几个男人来侍候这个女人。

不管是苏毗国、东女国还是象雄王国，到了公元七世纪的时候都被吐蕃灭掉了。吐蕃本来也是一个小部族，因为出现了牛人松赞干布，使大片土地划归治下，这就好比成吉思汗之于蒙古。在成吉思汗统领之前，蒙古部族散落在各个地方，成吉思汗把所有蒙古部族统一起来，在他有生之年几乎征服了整个世界。再比如秦始皇之于秦国，经过了五六百年的发展，"六王毕，四海一。蜀山兀，阿房出"，出现了大一统的局面。

我最近正在看王觉仁老师写的《功过汉武帝》。汉武帝之前的文帝、景帝对匈奴忍让、退让，以和亲政策维持和平，到了汉武帝时他就不干了。汉武帝当时是血气方刚的年轻人，再加上卫青、霍去病等人，战将如云，把匈奴打得丢盔卸甲。河西四郡（武威、张掖、酒泉、敦煌）就是那时被汉武帝拿下来的，于是河西走廊就被开发出来了。

那么，吐蕃人到底是怎么来的？

吐蕃人当然是西藏人民的一部分，也是后来构成藏族主体的一部分。关于吐蕃人的来源，有两种说法：第一种说法是羌人西迁。西藏地区的人民大部分是从周边地区涌入的，不同民族互相融合，形成了今天的藏族。今天的藏族也分为卫藏藏族、康巴藏族、安多藏族、嘉绒藏族等；第二种说法认为，羌族部落逐渐迁移到西藏地区，跟西藏地区的原住民混合在一起，融合发展后出现了吐蕃人。

吐蕃在部落领袖的带领下，占据越来越多的地盘，在拉萨河一带变成了小王国，而且幸运的是，一连出现了好几个狠人赞普。吐蕃的地盘越来越大，其发展路径与秦朝类似。我去过秦的发源地甘肃礼县，当时秦只是一个小部族，后来因为护卫西周有功，被封为王公贵族，经过了好几百年才在关中地区形成一个相对比较大的势力，成为处于戎狄和中原文明之间的一个诸侯国。后来秦国不断发展，统一了中原，成为大一统王朝。吐蕃的发展也是这样，先是占据了一个小地方，后来慢慢经过赞普们的经营发展壮大，然后先把象雄王国的一部分吃掉，再把苏毗国的一部分吃掉，最后等待一个英明的国王出现，就是松赞干布。松赞干布的父亲是囊日松赞，也是一个有成就的国王。囊日松赞四处征战，发展生产，开拓荒地，驯化野牛，取得食盐，势力日益壮大。吞并苏毗国其实不是松赞干布完成的，而是他父亲在位的时候就已经把苏毗国干掉了，而且把象雄王国的很大一部分也吞掉了。

大家知道，勇于进取的人一般来说都容易得罪人，比如隋炀帝，开拓大运河，东征高句丽等，这都得罪了很多人，于是他就被手下干掉了。囊日松赞也一样，他的那种勇于进取的精神得罪了很多贵族，所以他也被手下干掉了，儿子松赞干布继位。西藏和中华文明真正血脉相连，就始于松赞干布。

父亲被暗杀后，12岁的松赞干布继承王位，但自古英雄出少年，松赞干布继承王位之初就很厉害，这有点像康熙皇帝。康熙皇帝8岁继承皇位，面对那么复杂的局面，用一个小孩的智慧战鳌拜、平三藩，为康乾盛世的大好局面打下了基础。松赞干布继承王位后，先是迁都逻些，也就是今天的拉萨，平定了内部的叛乱，接着就灭了象雄王国和东女国，于是统一了整个西藏，形成了强大的吐蕃王国。

唐朝变得越来越强大的同时，吐蕃也变得越来越强大。松赞干布意识到了跟唐朝搞好关系的重要性。在吐蕃壮大过程中，吐蕃并不在唐太宗的眼中，所以松赞干布遣使到唐朝想娶公主和亲，连续两次被拒绝。松赞干布带着军队和唐朝打了几次，后来唐朝意识到吐蕃的力量不可小觑，与其打仗不如和亲，所以当松赞干布第三次求亲的时候，唐太宗就同意了，把文成公主嫁了过去。文成公主不是唐太宗的女儿，唐太宗不可能把自己的女儿嫁到那么远的地方，他将堂兄的女儿过继过来，给她封了一个文成公主的称号，然后让她嫁给了松赞干布。松赞干布也知道文成公主不是唐太宗的女儿，但毕竟娶的是皇家宗室的女儿，况且也不是为了爱情，而是为了搞好两边关系。松赞干布对这件事情非常重视，亲自到扎陵湖和鄂陵湖，迎娶了文成公主。

文成公主从哪儿走的呢？从青海的日月山。传说文成公主在青海湖的东边回头望，一不小心把镜子掉在地上摔碎了，就变成了日月山。日月山有两个山头，一头照着大唐帝国，一头照着吐蕃王国。文成公主去了吐蕃以后，跟松赞干布处得特别好，俩人还真产生了爱情。传说今天的布达拉宫最初是为文成公主建造的。松赞干布迎娶文成公主应该是在641年，他迁都拉萨的时间大概是636年或者637年，比迎娶文成公主早了好几年，那时候就已经有了布达拉宫的雏形（不是我们现在看到的规模和结构）。所以布达拉宫是为松赞干布迁都而建造的，不是为文成公主建造的，但是文成公主到吐蕃以后确实住在布达拉宫中，这是吐蕃表达对文成公主的尊敬的方式。松赞干布很喜欢文成公主，下朝以后也会穿文成公主给他带过去的汉服，这都是有历史记载的。

但是英雄命短，公元 650 年松赞干布去世了，享年 34 岁，跟文成公主在一起差不多 9 年。松赞干布去世后，唐朝想把文成公主迎回长安，结果文成公主不愿意走，她爱上了这片土地，愿意在这片土地上为吐蕃和唐朝的友好继续努力。这一努力就是三十多年，孤身终老于青藏高原，为汉藏文明的交流发挥了重大作用。

松赞干布是怎么死的呢？有各种各样的说法，其中一个说法是，尺尊公主得了瘟疫，传染给了松赞干布，松赞干布就病死了。尺尊公主是谁呢？松赞干布在娶唐朝文成公主的时候，同时也娶了尼婆罗（今尼泊尔）的一位公主，就是尺尊公主。有意思的是，藏传佛教的源头就来自这两位公主。松赞干布之前，西藏地区以苯教为核心，但文成公主信佛教，就把汉传佛教带到了西藏。尼泊尔是释迦牟尼的出生地，释迦牟尼到印度传教，后来在印度圆寂。尺尊公主从尼婆罗带进了印度佛教。印度佛教和汉传佛教融合到一起，再加上苯教的文化影响，就形成了最初的藏传佛教。

与唐朝一样，吐蕃也有鼎盛时期和衰落时期。吐蕃鼎盛时期，版图广大，甚至包括西域。那时候吐蕃的版图与唐朝的版图差不多大。吐蕃最强大的时候，领土不仅包括逻些城，也就是今天的拉萨，也包括四川、云南、康巴地区，还包括成都以西所有横断山脉地区、青藏高原地区以及祁连山脉北部地区，甚至包括贺兰山脉的一小部分，再到库车、喀什、玉田、塔里木、且末等地区。也就是说，新疆很大一部分地区、河西走廊地区、青藏高原地区、四川以西大部分地区，基本都在吐蕃的势力范围内。当然，这时候已经不是松赞干布统治了，而是他的后代。今天我们去敦煌莫高窟，还可以看到吐蕃时期画的壁画以及一些佛像，这都是在吐蕃最兴旺的时候建造的。

吐蕃与唐朝的关系时好时坏。现在大昭寺前面还有唐蕃会盟碑，表示永远和睦相处。但是立碑归立碑，打归打，如果唐朝厉害一点，就把吐蕃往回挤一点；如果唐朝衰退一点，吐蕃就往前挤一点。吐谷浑则夹在中间半死不活。公元755年，唐朝发生了安史之乱，朝廷抽调大量军队镇压叛乱。吐蕃一看，西边空虚了，就把河西的大片土地占领了，这是在赤松赞普时期。到了公元八九世纪的时候，吐蕃内部发生了矛盾，就逐渐衰落了。很多时候，内斗比外战更可怕，如果外面来强敌，大家团结一致对抗强敌，是有可能战胜敌人的，但如果内部变乱，不需要外面的敌人动手，自己就把自己消灭了。吐蕃就是这样，皇室内部斗争加上宗教分裂，使得它的控制能力越来越弱，接着爆发了平民和奴隶大起义，政权就崩溃了。

吐蕃与唐朝的崩溃几乎一模一样，唐朝兴旺的时候吐蕃开始兴旺；唐朝衰退的时候，吐蕃有一段时间变得更加兴旺，但紧接着也衰退了。五代十国时期，吐蕃也是四分五裂的状态。但是中原很快就有了宋朝，开始大规模统一，尽管统一得不够完整；而吐蕃则进入了大概三百年的黑暗时期，各个部族之间打得昏天暗地。这个过程中，人们就呼唤英雄的出现，这个英雄就是格萨尔王。据说现实中确实有这样一位英雄，但更重要的是老百姓希望有英雄出现，于是就有了格萨尔王四处征战，统一西藏，帮助人民摆脱苦难的故事。

古格王国

吐蕃王国分崩离析以后，出现了另一个王国，它占据了现在的阿里地区，也包括部分阿里以东地区，这就是古格王国。很多人把古格王国和象雄王国混为一谈，这是错误的。象雄王国大约存在于公元前十世纪到公元七世纪，而古格王国存在于公元九世纪到公元十七世纪，这是两个不同时期的政权。

不过古格王国与象雄王国有一定的关系，因为地理上二者是重合的，但更重要的是它与吐蕃王国有重要关系，因为古格王国是吐蕃王国分崩离析后，由吐蕃王室后裔在阿里建立的一个地方政权。元朝统一西藏以后，古格王国也就成了元朝的一部分。

元朝以后的西藏

吐蕃在公元九世纪分崩离析以后，是谁统一了西藏？这时候已经不是西藏本地人统一西藏了，而是后来的两种力量，一是外来政治力量，一是宗教力量。外来政治力量就来自元朝。

成吉思汗去世后，他的儿子窝阔台成了国王，他有一个儿子叫阔端，他分封的地区包括今天甘肃、西藏、青海、宁夏、内蒙古西部还有新疆的很大一部分，首府是河西走廊一带的凉州，也就是现在的武威。那时候除青藏高原，其他地方已经都在蒙古帝国的手中。窝阔台对儿子说，你是凉州王，青藏高原这个地方如何统一，你自己去做。阔端是一个很有政治头脑和战略头脑的人，他知道如果让部队攻打吐蕃地区，即使打下来，也是杀敌一千自损八百。尽管吐蕃处于分崩离析的状态，但在高原上作战，骑兵起不到太大作用，所以阔端想通过谈判解决问题。

当时西藏地区的宗教力量是非常强大的，藏传佛教已经分成了一些派别，比如宁玛派、萨迦派等。那时萨迦派的影响力最大，领袖是萨迦班智达贡噶坚赞。贡噶坚赞当时在青藏高原威望非常高，阔端就给他写了一封信，说请你到我这边来谈谈统一的问题，否则我的兵马打到高原上，血流成河，实在没有必要。贡噶坚赞想，如果不去的话，蒙古部队就会打过来，必然生灵涂炭，所以他带了自己的两个侄子一起去见阔端，其中一个就是八思巴。八思巴后来成了忽必烈的帝师，他在后世的影响力甚至比贡噶坚赞还要大。贡噶坚赞带着侄子从今天的阿里地区出发，用了两年时间长途跋涉来到凉州。到了凉州，等阔端又等了半年，因为阔端到蒙古和林参加活动去了。到了第二年，两人终于见面了，没想到一见如故，谈了两天两夜，高兴得不得了，于是达成了协议：西藏地区服从蒙古统治，但是允许相对独立。同时因为阔端对藏传佛教很感兴趣，所以蒙古贵族们包括军队开始信藏传佛教。蒙古信西藏的宗教，在领土上合为一体，西藏除了纳税以外可以自主发展。

当时蒙古除了要把西藏纳入蒙古帝国的版图，跟南宋也在死磕。蒙古军队想从正面突破长江占领南宋，但是非常困难，因为蒙古军队是骑兵，对水路不熟悉，他们想从后面包抄，但这样的话就要到云南地区，需要从西藏绕过去。后来红军长征走的路就是当时蒙古为了打南宋走的路，只不过方向相反。蒙古军队从甘南地区进入四川大渡河地区，再往下直插云南，占领了云南的大理国，在那里休养生息，然后从背后插南宋一刀；而红军长征走的路线是从贵州、云南、四川往北沿着与蒙元帝国军队相反的路线进入甘南地区、陕西，最后建立了陕甘宁革命根据地。

不管怎样，凉州会盟以后，青藏高原地区就纳入了中原王朝，从此变成元朝的一部分。蒙古人后来退出了中原大地，明朝就接续了对西藏的管辖权，到了清朝就更加不用说了，满藏回蒙汉五族一家。所以阔端和萨迦班智达贡噶坚赞在祖国统一方面，都做出了重大贡献。他们一个是帝国统帅，一个是宗教领袖，惺惺相惜，后来两人都在1251年去世。阔端去世以后，葬在凉州，但墓地不详。蒙古帝国有一个特点，就是贵族去世以后没有坟，埋在草原里面，还要万马踏成平地，让人找不到坟墓在什么地方。有一些线索和研究表明，成吉思汗墓可能在今天蒙古国的某些区域，但具体位置不详，所以现在的几个成吉思汗陵，在某种意义上都是推测的，不一定是真正的陵墓所在地。不过萨迦班智达贡噶坚赞的灵骨埋在了武威的白塔寺中，后来白塔寺因为地震毁掉了，现在只剩下一个五米高的基座，据说贡噶坚赞的灵骨还埋在塔基下面。

卫藏、康巴和安多

整个藏区不止有西藏，还包括青海、川西、甘南和云南西北部，统称为青藏高原地区。整个藏区根据方言不同，分成了卫藏、康巴和安多三部分。

卫藏，大体上是现在的西藏，它又分成前藏、后藏和阿里三个部分。前藏是今天拉萨和山南地区，后藏是日喀则地区，阿里在藏北高原上。卫藏在元朝、明朝时称为"乌思藏"；清称"卫藏"，"卫"即"乌思"，指前藏，"藏"指后藏。到了康熙年间正式定名为"西藏"。

康巴就是横断山脉地区，大体包括西藏的昌都地区、四川的甘孜、阿坝的部分地区，以及云南的迪庆。

安多是以念青唐古拉山以北为核心的青海到四川北部地区，以草原为主。

这三个地区有不同的特点，用藏区的一句老话说就是："法域卫藏，马域安多，人域康巴。"这是什么意思呢？卫藏是藏族文化的发祥地，是古代吐蕃王国的政治、经济和军事中心，所以被称为"法域"。康巴的男人彪悍神勇，康巴的女人高挑健美，男女都好看，所以被称为"人域"。安多草原辽阔，是藏地最主要的牧区，多出良马，所以被称为"马域"。

藏传佛教

藏传佛教最初起源于七世纪，雍仲苯教部分意义上也有佛教的因素。松赞干布迎娶了尺尊公主，把印度佛教带进来，又迎娶了文成公主，把汉传佛教融入进来，加上原来的雍仲苯教的影响，形成了最初的藏传佛教。刚开始的时候，藏传佛教并不是那么兴旺，莲花生大师入藏以后，藏传佛教才开始兴旺起来。一直到朗达玛灭佛前都是藏传佛教的前弘期。

莲花生大师是谁请进来的？是赤松德赞。赤松德赞在历史传承上被认为是第三十七任赞普，他特别喜欢佛教。他在位期间采取各种手段，翻译佛经、建立寺庙、成立僧团，有点像北魏的孝文帝。一个国家的国王或者皇帝对于宗教的重视，或者对于某种理论和思想的重视，一定会推动整个国家对于这种理论和思想的重视。孔雀王朝的阿育王是推动佛教发展的最重要人物。本来佛教到了孔雀王朝时已经式微了，但阿育王统一了印度以后，要寻找一种宗教统一人民的思想，于是找到了佛教。阿育王拼命弘扬佛教，不止在印度范围内推广，还派了大量僧众到世界各地传播佛教。阿育王派了一批人往南走，到了东南亚，到了斯里兰卡，形成了南传佛教；又派了一批人往北走、往西走，逐渐在中国形成了北传佛教。

赤松德赞为了弘扬佛教，到印度请了最厉害的高僧来到西藏，他先找到了寂护，寂护又推荐了莲花生。莲花生来西藏以后建的第一座寺庙是桑耶寺。桑耶寺今天还存在，就建在拉萨河边上，离西藏机场比较近。

吐蕃的都城，除了布达拉宫，还有一个夏宫，就在桑耶寺旁边。桑耶寺建成后，赤松德赞命在此剃度的第一批藏人出家为僧，号称"七觉士"。桑耶寺为西藏第一座佛、法、僧三宝齐全的佛教寺院。

除了莲花生大师，赤松德赞还在印度找了很多僧人为吐蕃的贵族们剃度、受戒、传教，于是贵族都开始信仰藏传佛教，这就是藏传佛教兴盛的起因。

到了九世纪，藏传佛教在西藏已经非常流行，自然对雍仲苯教造成重大影响。苯教信众当然不干，起来进行反抗。于是朗达玛被苯教教徒推了上来，开始了灭佛运动，就把佛教暂时灭掉了，不仅把桑耶寺等一些寺庙关掉了，还把大昭寺改成了屠宰场，甚至把文成公主带来的释迦牟尼12岁等身像扔掉了，幸好后来被佛教教徒藏了起来。在这一时期，文成公主也不再是唐朝和吐蕃的文化使者，而被认为是魔鬼转世。很多僧人被勒令改信苯教，如果有人不愿意改，就强迫他们带着狗和弓箭去山上打猎，让他们杀生。这是藏传佛教的黑暗时期。

朗达玛灭佛后一百年，在西藏核心地区，尤其拉萨这一带，已经没有人再传藏传佛教了，或者说至少没有公开传播，但藏传佛教传到了其他地方，比如安多、康巴、阿里等地区。当这些地区的佛教蓬勃发展起来后，到了十一世纪，藏传佛教就从这些地区开始向核心区传播，传播路径分成上路弘传和下路弘传，上路弘传是从阿里地区进入卫藏地区，下路弘传则是从康巴地区、安多地区进入卫藏地区。藏传佛教重新传回以后，又在西藏地区形成了气候。那时候尽管政权分裂，但是佛教已经在西藏形成了完整的覆盖。

宗教发展到一定程度，就必然会分成很多派别，但佛教的派别之间关系比较温和，不死磕，从来没有进行过教派之间的大规模杀戮，而且派别之间相似度高，只是形式、仪式、理念上稍有不同而已，比如汉传佛教的法相宗、三论宗、天台宗、华严宗、禅宗、净土宗、真言宗、律宗等派别。

十五世纪初，藏传佛教出现了格鲁派。加上早先出现的宁玛派、萨迦派、噶举派，共同成为藏传佛教的四大教派。在四大教派中，我们要区分的主要是两个：一是宁玛派，一是格鲁派。

格鲁派的创教人是宗喀巴大师。宗喀巴大师生于 1357 年，死于 1419 年。他出生在青海的湟中，也就是今天塔尔寺的所在地。今天青海西宁的塔尔寺是围绕着宗喀巴的出生地建造的。宗喀巴出生在元朝的一个小官员家庭，从小就表现出对宗教的热情和天分。在他年幼的时候，他的父亲就把他委托给噶举派的噶玛巴活佛，让他出家了。到了十六岁，宗喀巴几乎精通了他看过的各种经文。宗喀巴十六岁来到拉萨，先后拜在几位大师门下，学习了近二十年。后来他写了两本书，《菩提道次第广论》和《密宗道次第广论》，这两本书在格鲁派和藏传佛教中具有巨大的影响力。1409 年，宗喀巴大师在大昭寺法会上传法，广受僧众欢迎。

格鲁派的特点就是戒律严明，在宗喀巴大师的引导下，格鲁派变得非常有影响力。大约在公元 1409 年的时候，他在拉萨东面 40 公里左右的汪古尔山山顶建立了甘丹寺。甘丹寺要从拉萨河往上走相对海拔 1000 多米，我们是开汽车上去的，但古代的信众想要来到这里，就需要爬 1000 多米高，可见多么艰难。不过，越艰难的地方就越有人朝拜。

从建甘丹寺开始，格鲁派就产生了。宗喀巴的弟子们四处传播他的理念，甘丹寺的影响力也不断扩大。我们比较熟悉的一些西藏的庙宇，比如哲蚌寺、色拉寺、扎什伦布寺，还有青海的塔尔寺、甘肃的拉卜楞寺，以及北京的雍和宫，都属于格鲁派。格鲁派之所以能够产生这么大的影响力，与清朝也有关系，因为清朝需要扶持一个教派与中央配合，从而对青藏高原地区进行有效的统治，于是选中了格鲁派。到今天为止，格鲁派的影响力依然是最大的。

茶马古道

西藏地区人民由于"其腥肉之食，非茶不消；青稞之热，非茶不解"，而将茶作为日日不可或缺的生存必需品，但在藏族所居的青藏高原地区，又素不产茶，因此为了将川滇的茶叶运入藏区，同时将藏区的土特产输入汉地，一条条以运输茶叶为主的交通线就在藏汉两方商贩、背侠、驼队、马帮的披荆斩棘下被开拓出来。由于唐朝以来这种贸易关系以汉地的茶与藏区的马进行交换为主，历史上称为"茶马互市"或者"茶马贸易"，所以这些为贸易开通的商道就被称为茶马古道。

茶马古道是一条贸易通道，也被称为古代南部的丝绸之路。茶叶的主要产地是四川和云南。四川成都雅安附近的蒙顶山，是四川最核心的产茶区；云南则是以普洱为核心产茶区。这两个核心产茶区的茶叶经过茶马古道被运到西藏。

茶马古道分为两条：一条从成都到康定，经过芒康到昌都；另一条从普洱到大理、丽江、芒康，再到昌都。为什么说昌都是茶马古道的核心地带呢？因为昌都是两条茶马古道的会合地。在昌都会合以后，再继续往西就到达了拉萨等地。

今天从邦达到林芝有 318 国道，但这条路古代是没有的，因为中间横亘着怒江、业拉山。怒江峡谷全是悬崖峭壁，根本下不去，只能绕到昌都从较为平缓的地方拐个弯再到林芝去，也就是从昌都走到洛隆、林芝，再到拉萨，这是茶马古道的核心路线。因此，昌都就变成了茶马古道的集散地，也变成了古代西藏地区最兴旺、最昌盛的枢纽地带之一。

茶马古道到了拉萨并没有结束，还要到日喀则、阿里地区。到了日喀则，往南一拐就到了亚东。亚东是中国的一块横插在不丹和尼泊尔之间的领土，茶马古道的物资会经过亚东全部运送到印度一带。茶马古道不是从唐代开始形成的，而是从唐代开始兴旺的。茶马古道可能在更早时期就有了，因为只要有人就有贸易，有贸易就有贸易通道，这是必然的。后来考古学家在中亚地区发现了五六千年前来自四川和云南一带的一些遗留物，这表明，我们居然在几千年前就到了中亚地区或者印度地区，这被认为是远古时期通过茶马古道进行的世界贸易交流的证据。那时候四川和云南的东西不太可能经过北面的丝绸之路再到中亚去，一定是通过南部的某条崇山峻岭之间的道路过去的。茶马古道促进了民族之间的交流，文化的交流使得文化趋于统一，物资的交流使得市场得以繁荣。

　　茶马古道还有一件事情大家应该知道，在抗日战争时期，通往昆明和成都、重庆的物资通道全部被日本人堵住了。我们当时只有两条道路运送物资，一条是从缅甸用汽车运送到昆明，后来缅甸被日本人占领了，这条路就走不通了。当时为了打通这条战略通道，中国远征军打到了缅甸，但是结局非常不好，其中一个重要原因是当时缅甸被英国统治，日本人打着帮助缅甸人民把英国人赶出去的旗号进入缅甸，所以当时缅甸人站在日本人一边，帮日本人打中国远征军。中国远征军后来大撤退，走入崇山峻岭，就和这个因素有关。第二次世界大战后期，缅甸人发现日本人就是想占领缅甸，于是开始抵抗。滇缅公路失守，后来就有了驼峰通道——美国用飞机把物资从印度翻越喜马拉雅山送到中国来。这条通道代价高昂，因为必须飞越海拔8000多米的喜马拉雅山，所以飞机经常失事。除此之外的一条通道就是茶马古道，成千上万的马帮通过茶马古道，从亚东等地用马驮驴拉的方式，把物资源源不断送到重庆、昆明等地，所以茶马古道在中国抗日战争时期也发挥了重大作用。

国道

青藏铁路通车前，我们到西藏拉萨的主要通道就是国道，主要是经过 318 川藏南线、214 滇藏线、从北京经西宁再到拉萨的 109 青藏线。当时这几条线的建设也特别困难，最初很多地段没有双向道，所以进藏非常艰险。后来随着祖国的发展，青藏铁路通到了拉萨。韩红的歌曲《天路》就是对青藏铁路的歌颂。

除了青藏铁路，现在川藏铁路也已经在建了。我们沿路看到架铁轨的桥墩已经耸立在了山谷中间。不光铁路，高速公路也在建，比如从西宁到格尔木的高速公路现在基本已经建完了，而从格尔木到那曲这一段还没来得及建，因为要翻越唐古拉山、念青唐古拉山和可可西里无人区，不过从那曲到拉萨已经有了拉那高速。从拉萨到那曲原来开车要一天时间，现在只需要三个小时左右。同时，从四川雅安起始的高速公路现在已经建到了康定，原来从成都到康定开车需要整整一天时间，要翻越好几座山，但今天两个多小时就能到了。从康定到林芝这一段现在还没有建高速公路，不过未来一定会修通的。另外，林芝到拉萨也有了高速公路，叫拉林高速。原来从林芝到拉萨一天的时间都不够，现在只需要四个多小时。

作为进藏的旅行者，走国道是非常美好的事情。如果走高速公路，所有景点都会一闪而过，况且有的景点附近还没有出口，只能遥望；如果走国道的话，你可以随时停下来欣赏美景。我相信，未来高速贯通后，国道也不会被废弃，而是会变成一条以旅行为主的路线，所以了解藏区的国道仍然非常有意义。

中华人民共和国成立以后，做的最重要的事情之一就是修建国道。

国道分成三类，第一类是以首都为原点呈放射状的国道，就像秦始皇围绕咸阳往全国各地修建放射状的驰道一样；也有点像古罗马帝国，从罗马开始往各个被占领的地方延伸道路，所以直到今天还留下一句话，就是"条条大路通罗马"，指的是罗马帝国的道路四通八达。今天你到意大利旅行，还可以看到不少罗马大道的遗址，当初建造的时候，跟现在修高速公路一样，将路面一层一层压出来，有的地基厚达一到两米，所以保存到了现在；秦始皇修建的驰道，从咸阳一直到河套平原现在也还能看到一点遗迹。中国古代修路通常不太注意路基，所以随着时间的推移，很多道路就被废弃了。但是这些道路的存在都表明，对于一个大一统的国家来说，道路的四通八达对于信息的传递和国家的管理是非常重要的事情。

从首都北京开始往全国延伸的国道，都以"1"开头，比如 109 国道，是从北京到西宁，再到格尔木，再到拉萨。所以以后你只要看到以"1"开头的国道，就知道是从北京开始的。不过有一个例外，就是 112 国道，它是绕北京的一条环线。

第二类是南北向国道，以"2"开头。南北向国道虽然大部分情况下会拐弯，但整体方向都是南北向，比如 214 国道，是从云南开始一直往北直达西宁的一条国道。214 国道也被称为滇藏线，是从云南进藏的国道。滇藏线穿过昌都后到达玉树，再往前就是西宁。

第三类是东西向国道，以"3"开头。在西藏，以"3"开头的国道就是川藏北线和川藏南线，川藏北线叫317，川藏南线叫318。317国道是从成都到那曲，318国道是从成都到拉萨。我们现在说的318川藏南线，指的是从成都到拉萨这一段，但实际上318国道是从上海开始一直到拉萨的，横穿了整个中国从东到西的区域。

另外我们还会看到以"5、6、7"开头的国道，都是省一级或县一级的道路。改革开放以后，中国提出一个路网的大计划，叫作"五纵七横"，是指修建五条纵向的高速公路和七条横向的高速公路，总里程4万公里左右。2007年左右，经过前后15年的建设，"五纵七横"的主干线修建或者把部分国道改造成高速公路的计划完成了。当然，今天中国公路的建设已经远远不止"五纵七横"，甚至超出了我们的预想，比如我们没有想到会有高铁出现，如今它已经改变了中国旅游交通的面貌。虽然如此，国道对于老百姓的生活而言，依然十分重要。

西藏的几条主要国道，一是川藏南线318国道，从成都经过芒康到拉萨；二是滇藏线214国道，从大理往北走到芒康、昌都、玉树，最后到西宁；三是川藏北线317国道，从成都出发，经过四姑娘山、马尔康，再到昌都，再往前到类乌齐、丁青，再到那曲、拉萨；四是109国道，从西宁到格尔木，再到那曲、拉萨；五是新藏线219国道，这条线本来是从新疆叶城到日喀则的拉孜县，但后来做了延长。

川藏北线和川藏南线，都是从成都出发，经过了各种大家熟悉的景点。南线从成都出发经过雅安、泸定桥、康定、新都桥，一路可以看到各种各样的山，再到理塘、海子山、巴塘、东达山，到达邦达、八宿、然乌湖、来古冰川，再到巴松错、林芝，在这里可以看到南迦巴瓦峰，也可以看到雅鲁藏布江大峡谷，从林芝开始往拉萨走就变成了高速路，当然也可以走国道，翻越海拔超过5000米的米拉山口，到达拉萨。北线经过都江堰、汶川、映秀镇，到小金、四姑娘山，再继续往前走，到达道孚、炉霍、甘孜、德格、江达，可以参观著名的德格印经院，再到昌都，一直到那曲，从那曲到拉萨是高速路，会经过著名的纳木错。

214国道，从楚雄、大理到丽江、玉龙雪山、香格里拉，最后到奔子栏、德钦、梅里雪山，再到盐井、曲孜卡、芒康、邦达、昌都，再翻越巴颜喀拉山，途经黄河源头扎陵湖和鄂陵湖，然后进入青海，到达西宁。

214国道也是古代的唐蕃古道。唐蕃古道是唐朝和吐蕃交流的主要道路。松赞干布和他的后代跟唐朝进行联络，就是通过这条路。这条道路跟茶马古道是有区别的，茶马古道是各种贸易之路，唐蕃古道可被称作"政治之路"，是使者来往使用的，当然也发挥了贸易的作用。唐蕃古道从西安到西宁，从西宁到青海湖，翻越巴颜喀拉山，到达鄂陵湖、扎陵湖，再到类乌齐，也就是昌都，再往前走到达那曲、拉萨。文成公主当初进藏，走的就是这条路。

109国道就是青藏线。沿着唐蕃古道走到青海湖，偏离古道一直往西就到了格尔木，这就是青海道，是古代祁连山南边的丝绸之路。这条丝绸之路并没有到拉萨，而是到格尔木往西进入了新疆。从格尔木到那曲的路，在古代是非常难走的，因为要翻越唐古拉山，穿越可可西里无人区，再翻越念青唐古拉山。109 国道在当时的重要意义，就是把青海和西藏整体上做了一个串联。沿着 109 和 214 国道这两条线走，就能看到很多著名的旅行目的地，比如三江源、可可西里保护区等。

219 国道是中国最西边的一条自北向南的国道，原来是从新疆叶城到西藏拉孜，后来往北延伸到了新疆的喀纳斯，往南延伸到了广西的东兴市，总长度达到 10086 公里，成为中国最长的国道。这条国道现在是很多自驾爱好者的梦想之道，沿着这条国道不仅能看到美丽的边疆风景，还能看到绝美的高原沙漠风光。我有朋友自驾走过这条路，他说现在道路状况比原来好很多，但也不是特别好，如果是雨季的话，特别容易遇到塌方。这条路也是我一心一意想去自驾的路线，估计需要用 20 到 30 天的时间。

昌都

西藏自治区分成 7 个行政区，以拉萨市为中心，从东往西有昌都市、林芝市、山南市、那曲市、日喀则市、阿里地区。这几个地方原来都叫地区，现在大部分都改成市了，仅剩一个阿里地区。

昌都是"藏东明珠"，不管是川藏北线、川藏南线还是滇藏线，要到拉萨必须穿过昌都。很多旅客在穿过昌都的时候，并没有停下脚步，而是穿昌都而过，但其实昌都是康巴的核心地区，有很多美景，也有非常深厚的文化底蕴。

昌都在西藏的最东面，由很多县组成，比如江达、芒康、左贡、八宿等。从八宿往南走，就到了林芝。原来的茶马古道，是从芒康开始，经过左贡，再往北经过八宿县邦达镇，到达昌都，再往西经过类乌齐，到丁青，再到那曲、拉萨。为什么当时茶马古道不从八宿直接往西走呢？因为有怒江天险阻挡。后来我们建318国道的时候，本来也是打算经过昌都，但会增加很多距离，于是决定从八宿往西走，牺牲了很多战士的生命，才打通了怒江天险。

昌都在古代就已经开始有了部落，部落慢慢发展成国家。在这个高山大水的地方，外人不容易进来，所以自成一体，形成了独特的文化。

昌都最大的特点就是三江并流。一说三江并流，大家都觉得是在云南，其实云南只是三江并流最窄的地方，也就是怒江、澜沧江和金沙江相距最近的地方，而在昌都早就有三江并流。昌都的特点，就像一个四川的"川"字，三座山、三条江，而且大部分是南北走向而不是东西走向，这就是昌都与云南以及青海地区交往密切的重要原因。

三江并流地区、四川甘孜和阿坝的部分地区、云南德钦的部分地区，再加上昌都，合起来就是康巴地区。康巴地区的康巴人出类拔萃，"康巴汉子"的称谓尤其有名。昌都也是青藏高原最早有人类居住的地方，现在发掘出来的卡若遗址表明，在4000多年前的新石器时代，昌都就已经有人类居住了。

昌都的康巴文化不仅受到云南纳西族、苗族、彝族等民族的影响，也受到青海地区匈奴、柔然、吐谷浑等古代民族的影响，文化具有综合性。康巴文化有个特点，就是奔放豪爽，因为它要接纳不同的文化因素并且融合。各个民族融合在一起，混杂居住，形成了康巴藏族，因此从血缘上来说，康巴藏族不能算纯粹的藏族。康巴汉子高大豪爽，康巴女子却非常柔美，对比特别明显，这是昌都的地理特点塑造的民族性格特点。

康巴一直是一个贸易、文化交流非常丰富的地区。多民族文化融合，加上藏区浓重的宗教色彩，形成了具有丰富内涵和底蕴的康巴文化，成为一个独特的文化现象。我跟阿来老师对谈的时候，阿来老师也强调自己是藏族，他这个藏族叫作嘉绒藏族。嘉绒藏族地区是在阿坝州的金川、小金、马尔康、汶川、雅安这一带，讲的是嘉绒藏语。嘉绒藏语与藏语相通，但有自己的特点，可能就像北京话、粤语、上海话的差别那样。之所以叫"嘉绒"，是因为藏区称这个地区的藏民叫"绒巴"，"绒巴"在藏语中是"农民"的意思。可见这个地区的人主要以农业为生，还有一点点牧业。嘉绒族在1954年以前一直被认为是一个独立的民族，1950年中央民族学院还设有嘉绒研究班，但1954年第一届全国人民代表大会上，嘉绒族被认为是藏族的一部分，只不过更加多元融合，与汉族和其他民族接触更多。